Teestunde mit Todesfall

EIN FALL FÜR WELLS & WONG

Robin Stevens wurde zwar in Kalifornien geboren, wuchs aber in einem College in Oxford auf, gleich neben dem Wohnhaus von Alice im Wunderland. Schon in frühester Kindheit wollte sie entweder Hercule Poirot oder Agatha Christie werden. Als das mit dem beeindruckenden Schnauzbart nichts wurde, entschied sie sich für eine Karriere als Krimiautorin.

ROBIN STEVENS

TEESTUNDE MIT TODES FALL

Aus dem Englischen
von Nadine Mannchen

CARLSEN

Außerdem von Robin Stevens im Carlsen Verlag lieferbar:
Mord ist nichts für junge Damen

Wir produzieren nachhaltig

- Klimaneutrales Produkt
- Papiere aus nachhaltigen und kontrollierten Quellen
- Hergestellt in Europa

FSC
www.fsc.org
MIX
Papier aus verantwortungsvollen Quellen
FSC® C083411

Veröffentlicht im Carlsen Verlag
Mai 2022
Deutsche Erstausgabe

Übersetzung: Nadine Mannchen, Helmbrechts
Lektorat: Tatjana Kröll, Knesebeck Verlag
Titel der Originalausgabe: *Arsenic for Tea*
Erschienen bei Random House Group Ltd.

Umschlaggestaltung: formlabor unter Verwendung
der Umschlagadaption von Leonore Höfer, Knesebeck Verlag
Die Hardcover-Ausgabe wurde vermittelt durch die
Literarische Agentur Thomas Schlück GmbH, 30161 Hannover.
ISBN 978-3-551-32058-2

Für Boadie und die MBs,
mit herzlichem Dank für Jahre voller
Wärme und Freundschaft – und für Daisys Haus.

Teestunde mit Todesfall

Ein Bericht über

den »Mordfall Mr Curtis«,
im Rahmen der Ermittlungen
der Detektei Wells & Wong.

Aufgezeichnet von Hazel Wong
(Schriftführerin und Vizevorsitzende
der Detektei), 13 Jahre alt.

Begonnen am Samstag, 13. April 1935.

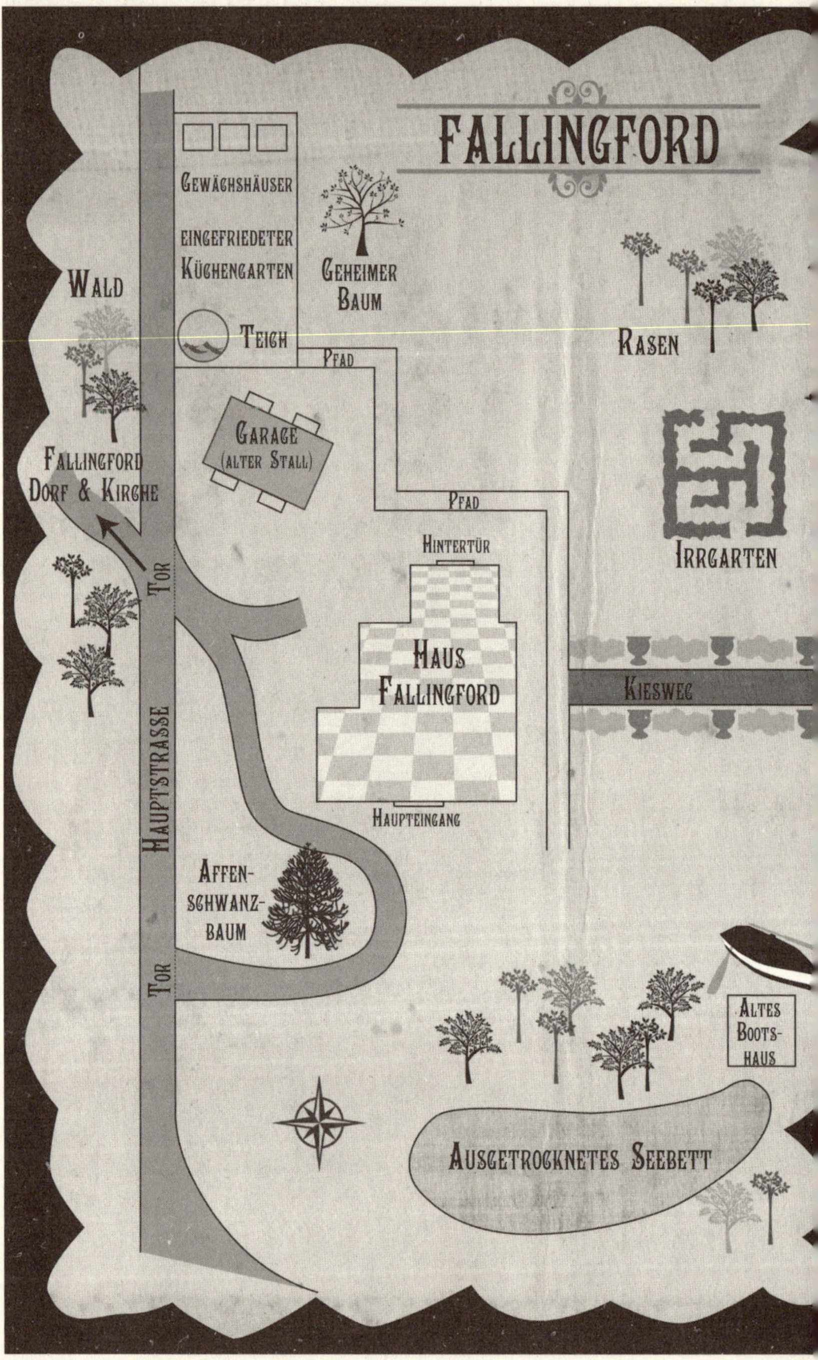
FALLINGFORD
Gewächshäuser
eingefriedeter Küchengarten
Geheimer Baum
Wald
Teich
Rasen
Pfad
Garage (alter Stall)
Fallingford Dorf & Kirche
Pfad
Irrgarten
Hintertür
Tor
Haus Fallingford
Kiesweg
Hauptstrasse
Haupteingang
Affen-schwanz-baum
Tor
Altes Boots-haus
Ausgetrocknetes Seebett

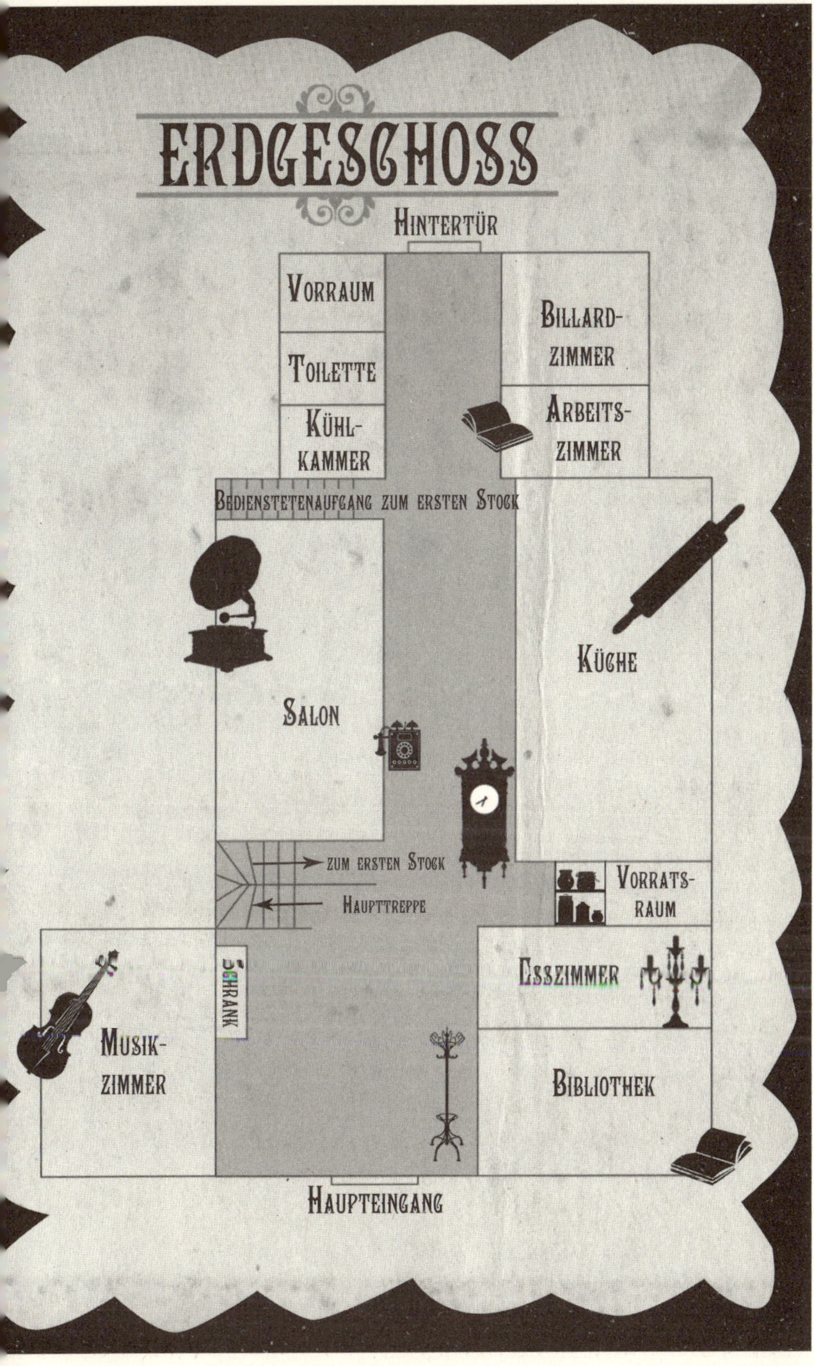

ERDGESCHOSS
HINTERTÜR
VORRAUM
TOILETTE
KÜHL-
KAMMER
BILLARD-
ZIMMER
ARBEITS-
ZIMMER
BEDIENSTETENAUFGANG ZUM ERSTEN STOCK
SALON
KÜCHE
ZUM ERSTEN STOCK
HAUPTTREPPE
VORRATS-
RAUM
SCHRANK
ESSZIMMER
MUSIK-
ZIMMER
BIBLIOTHEK
HAUPTEINGANG

ERSTER STOCK

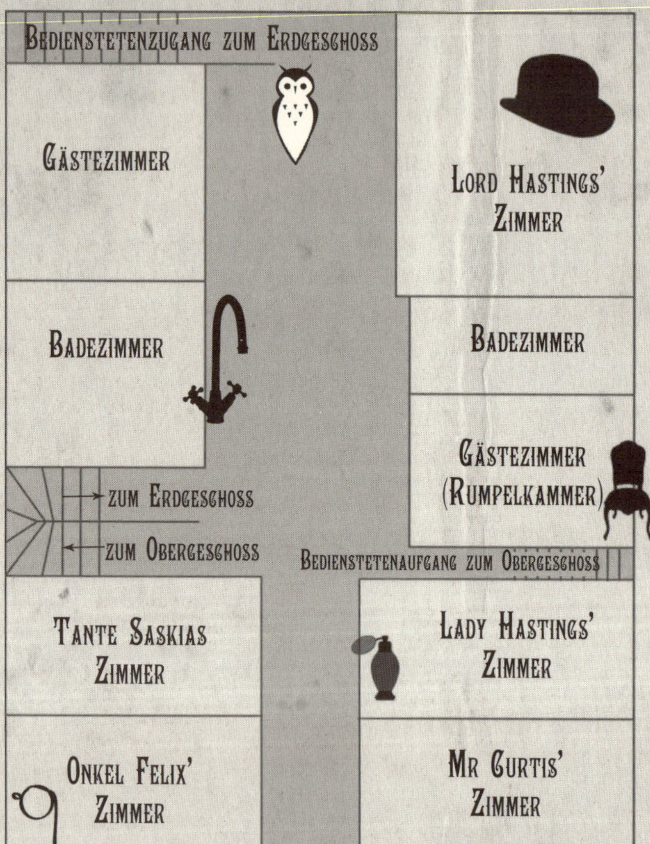

OBERGESCHOSS

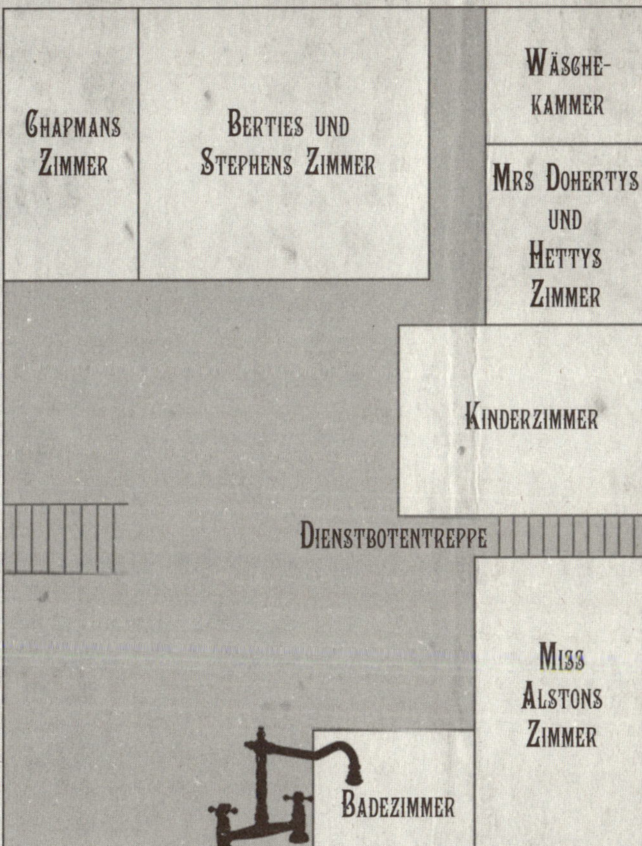

FALLINGFORD

Die Familie Wells

George Wells – *Lord Hastings*
Margaret Wells (geb. Mountfitchet) – *Lady Hastings*
Saskia Wells – *Tante von Lord Hastings*
Felix Mountfitchet – *Bruder von Lady Hastings*
Albert »Bertie« Wells – *Sohn von Lord und Lady Hastings*
Daisy Wells – *Tochter von Lord und Lady Hastings, außerdem Vorsitzende der Detektei*

Gäste

Hazel Wong – *Vizevorsitzende und Schriftführerin der Detektei*
Katherine »Kitty« Freebody
Rebecca »Küken« Martineau
Denis Curtis – *Hausfreund von Lady Hastings*
Miss Lucy Alston – *Gouvernante von Daisy Wells*
Stephen Bampton – *Schulfreund von Bertie Wells*

Bedienstete

Chapman – *Butler der Familie Wells*
Mrs Doherty – *Köchin und Haushälterin der Familie Wells*
Hetty – *Hausmädchen der Familie Wells*

Hunde

Toastie
Millie

Stammbaum der Familie Wells

Elizabeth Baker-Briggs
*1869, †1918

∞ 1890

Arthur Wells
*1861, †1918

Saskia Wells
*1865

Rupert Wells
*1894, †1917

George Wells
*1891

∞ 1917

Margaret Mountfitchet
*1899

Felix Mountfitchet
*1897

Albert »Bertie« Wells
*1918

Daisy Wells
Vorsitzende der Detektei Wells & Wong
*1921

• TEIL EINS •

Die Ankunft von Mr Curtis

1

Etwas Grauenhaftes ist Mr Curtis zugestoßen.

Ich muss zugeben, es überrascht mich selbst, dass ich so erschüttert bin. Noch heute Morgen hätte ich jedem, der nach meiner Meinung gefragt hätte, erzählt, dass Mr Curtis ein ganz und gar scheußlicher Mann ist. Doch nicht einmal der gemeinste Mensch auf Erden hat so etwas verdient.

Unnötig zu sagen, dass Daisy das anders sieht. Ihrer Ansicht nach sind Verbrechen nicht real, nichts, worüber man sich aufregen sollte. Für sie zählt einzig und allein, *dass* etwas geschehen ist, und sie will begreifen, wie es dazu gekommen ist. Ich natürlich auch – sonst wäre ich ein schlechtes Mitglied unserer Detektei –, aber egal, wie viel Mühe ich mir gebe, ich kann *nicht nur* wie ein Detektiv denken.

Doch so wie die Dinge liegen, müssen Daisy und ich unseren ermittlerischen Spürsinn schleunigst aktivieren. Es ist nämlich so: Gerade haben wir etwas abgrundtief Bestürzendes belauscht. Es hat uns bestätigt, dass das, was Mr Curtis zugestoßen ist, weder ein Unfall noch eine plötzliche Krankheit war. Jemand hat ihm das angetan, was nur eins bedeuten kann: Die Detektei Wells & Wong hat einen brandneuen Fall!

Daisy hat mir aufgetragen, im Fallbuch der Detektei festzuhalten, was wir bisher herausgefunden haben. Ständig liegt sie mir damit in den Ohren, wie wichtig es ist, sich Notizen zu machen – nebenbei ist sie fest davon überzeugt, dass nicht sie diejenige sein sollte, die das erledigt. Fallnotizen sind meine Sache, da schließlich ich Schriftführerin der Detektei und neuerdings auch Vizevorsitzende bin, während Daisy Vorsitzende ist. Obwohl ich eine ebenso gute Detektivin bin wie sie – wie ich bei unserem ersten echten Fall, der Untersuchung des Mordes an Miss Bell, bewiesen habe –, bin ich doch ein ganz anderer Schlag von Mensch als Daisy. Ich durchdenke gerne alles, bevor ich zur Tat schreite, während Daisy sich wie ein Hund auf ein Kaninchen Hals über Kopf auf die Dinge stürzt; und dabei bleibt für Notizen selbstverständlich wenig Zeit. Schon auf den ersten Blick sind wir beide grundverschieden: Ich habe dunkle Haare, bin klein und eher pummelig. Daisy dagegen ist dünn wie ein Windhund, hochgewachsen und hat prächtiges goldblondes Haar. Trotzdem sind wir beste Freundinnen und ein ausgezeichnetes Gespann, wenn es darum geht, Verbrechen aufzuklären.

Aber ich glaube, ich sollte endlich zum Wesentlichen kommen und erklären, was sich zugetragen hat und wer Mr Curtis überhaupt ist.

Vermutlich ist es ein guter Anfang, an dem Punkt zu beginnen, als ich Daisy zu Hause in Fallingford besucht habe, um die Osterferien dort zu verbringen und außerdem ihren Geburtstag zu feiern.

2

Das Frühlingstrimester an unserer Schule, dem Internat Deepdean, verlief ziemlich ungefährlich und gewöhnlich – was nicht selbstverständlich war nach all dem, was vergangenes Jahr dort passiert ist. Ich rede von dem Mord und dass die Schule im Anschluss an diese furchtbare Sache beinahe geschlossen worden wäre. Doch der Frühling verging friedvoll, ohne jeden Hinweis auf Gefahr oder Tod, und darüber war ich sehr froh. Der aufregendste Fall, in dem wir in letzter Zeit ermittelt hatten, war »Der Fall vom Frosch in Kittys Bett«.

Ich hatte erwartet, dass es in Fallingford ebenso ruhig weitergehen würde. Fallingford, um es für dieses neue Fallbuch festzuhalten, ist Daisys Zuhause: ein englisches Herrenhaus auf dem Lande, wie man es sich vorstellt – mit holzvertäfelten Wänden und mehreren Morgen Land außen herum, auf denen es unter anderem einen Irrgarten und sogar einen gigantischen Affenschwanzbaum gibt, der mitten in der vorderen Einfahrt wächst. Zuerst habe ich den Baum für künstlich gehalten, doch als ich ihn mir näher angesehen habe, musste ich feststellen, dass er tatsächlich echt ist.

Ganz im Ernst, Fallingford ist wie ein Haus aus einem Buch. Es hat seinen eigenen Wald und einen See, vier verschiedene Treppen (Daisy ist davon überzeugt, dass es auch einen Geheimgang geben muss, den sie bisher noch nicht entdeckt hat) und einen eingefriedeten Küchengarten, der ebenso gut versteckt ist wie der von Mary Lennox im Buch *Der geheime Garten*. Von außen wirkt das Haus wie ein riesiger prächtiger Würfel aus warmem gelbem Stein, der von fleißigen Helfern über Jahrhunderte hinweg vergrößert wurde. Das Innere ist wie eine Zauberschachtel voller Zimmer, Treppenhäuser und Korridore, die auf gleich drei verschiedenen Wegen miteinander verbunden sind. Es gibt ganze Schwärme von ausgestopften Vögeln (am ausgefallensten ist eine präparierte Eule auf dem Treppenabsatz im ersten Stock), einen Konzertflügel, mehrere spanische Truhen und sogar eine echte Ritterrüstung in der Eingangshalle. Genau wie in Deepdean wird mit allem so achtlos umgegangen, ist alles so alt und heruntergekommen, dass ich eine Zeitlang brauchte, um zu begreifen, wie wertvoll all die Dinge in Wirklichkeit sind. Daisys Mutter lässt ihre Juwelen auf ihrer Frisierkommode herumliegen, die Hunde werden nach matschigen Spaziergängen mit Handtüchern abgetrocknet, die Daisys Großmutter einmal als Hochzeitspräsent vom König persönlich bekommen hat! Und Daisy hinterlässt Eselsohren in den Erstausgaben der Bibliothek. Nichts im Haus ist jünger als Daisys Vater, und gegen diesen Landsitz wirkt unser blitzend weißes Anwesen in Hongkong, als würde es nur so tun, als ob.

An einem sonnigen Samstagmorgen, dem 6. April, wurden wir von Chauffeur O'Brian (der außerdem auch der Gärtner ist anders als meine Familie scheinen die Wells nicht genug Dienstboten zu haben, und ich frage mich, ob das in Zusammenhang damit steht, dass das Haus ein bisschen heruntergekommen wirkt) im Familienwagen vorgefahren. Aus dem strahlenden Tag traten wir in die große dunkle Eingangshalle (im Zwielicht ragte furchteinflößend die Ritterrüstung von den steinernen Fliesen auf) und Chapman, der alte Butler der Wells, nahm uns in Empfang. Er hat weißes Haar und geht gebeugt – er arbeitet schon so lange für die Familie, dass ihn allmählich die Kräfte zu verlassen scheinen, wie bei der alten Standuhr, die niemand mehr aufzieht. Auch die beiden Hunde waren da: Der kleine Spaniel Millie schwänzelte um Daisys Knie und der dicke, alte, semmelfarbene Labrador Toastie schaukelte auf seinen steifen Beinen vor und zurück, wobei er ächzende Laute ausstieß, als ob er krank wäre. Als Chapman sich bückte, um Daisys Knabbertruhe aufzuheben, ächzte er genau wie Toastie (er ist wirklich sehr alt – andauernd mache ich mir Sorgen, er könnte beim nächsten Handgriff einen Krampfanfall bekommen wie ein rostiges altes Spielzeug) und sagte: »Miss Daisy, es ist eine Freude, Sie zu Hause zu wissen.«

Dann kam Daisys Vater aus der Bibliothek gehastet. Lord Hastings (so nennt man Daisys Vater, *Lord Hastings*, auch wenn sein Nachname Wells lautet, wie der von Daisy – wenn man zum Lord ernannt wird, erhält man offenbar einen zusätzlichen Namen, der zeigt, wie wichtig man ist) hat runde rosige Wangen, einen buschigen weißen Schnurrbart und einen Bauch, der seine Tweedjacken kräftig spannt. Doch wenn er lächelt, sieht er haargenau wie Daisy aus.

»Tochter!«, rief er und breitete die Arme aus. »Freundin meiner Tochter! Kenne ich dich?«

Daisys Vater hat kein sonderlich gutes Gedächtnis.

»Natürlich kennst du Hazel, Daddy«, sagte Daisy seufzend. »Sie war über Weihnachten bei uns.«

»Hazel! Willkommen, willkommen. Wie geht es dir? *Wer* bist du? Wie Daisys übliche Freunde siehst du nicht aus. Bist du Engländerin?«

»Sie kommt aus Hongkong, Daddy«, sagte Daisy. »Sie kann nichts dafür.«

Fest umklammerte ich die Griffe meines Reisekoffers und bemühte mich, mein Lächeln aufrechtzuerhalten. Ich habe mich schon so an Deepdean gewöhnt – und jeder dort hat sich an mich gewöhnt –, dass ich manchmal ganz vergesse, dass ich anders bin. Doch sobald ich das Internat verlasse, werde ich ganz schnell daran erinnert. Wenn die Engländer mich zum ersten Mal sehen, starren sie mich an, manchmal fangen sie sogar an zu tuscheln. Ich weiß, dass es sich nicht ändern lässt, aber ich wünschte trotzdem, ich wäre nicht die Einzige meiner Sorte – und ich wünschte, *meine Sorte* würde sich nicht wie die falsche Art von *Sorte* anfühlen.

»Ich bin Lord Hastings«, sagte Lord Hastings, bemüht hilfsbereit, »aber du darfst mich gerne Vater von Daisy nennen, denn genau das bin ich.«

»Das weiß sie doch längst, Daddy!«, schalt Daisy. »Ich habe doch gesagt, sie war bereits bei uns.«

»Tja, jedenfalls freue ich mich außerordentlich, dass ihr beide nun hier seid«, sagte ihr Vater. »Kommt mit in die Bibliothek.« Er hopste auf den Zehen auf und ab, die Wangen über seinem Schnurrbart zu einem breiten Grinsen verzogen.

Daisy betrachtete ihn misstrauisch. »Wenn das einer deiner Streiche ist …«

»Ach, nun komm schon, lästiges Kind!« Er reichte Daisy seinen Arm, den Daisy grinsend annahm, wie eine feine Dame, die zum Dinner geleitet wurde.

Lord Hastings führte sie aus der Empfangshalle in die Bibliothek und ich folgte ihnen. Dort drinnen war es wärmer und die Regale standen voller zerlesener Lederbücher, denen man ihr Alter deutlich ansah. Es ist komisch, sie mit der Bibliothek meines Vaters zu vergleichen, wo alles aus einem Guss ist und zweimal täglich von einem der Diener abgestaubt wird. In Fallingford herrscht ebensolche Unordnung wie in Daisys Kopf.

Lord Hastings wies Daisy einen großen grünen Sessel zu, der von Kissen bevölkert war. Vornehm setzte sie sich – ein lautes, äußerst unziemliches Geräusch ertönte.

Lord Hastings prustete vor Lachen. »Gut, nicht?«, rief er. »Ich habe es in *Die Zeitschrift für Knaben* entdeckt und sofort bestellt.«

Daisy stöhnte. »Daddy, du bist schrecklich albern.«

»Aber Daisy, meine Liebe. Es ist ein vortrefflicher Scherz. Manchmal frage ich mich, ob du überhaupt ein Kind bist.«

Daisy richtete sich zur vollen Größe auf. »Also wirklich, Daddy! *Noch* ein Kind hätte in diesem Haus ja wohl kaum Platz.« Doch sie grinste schon wieder und Lord Hastings zwinkerte ihr zu.

»Jetzt komm, Hazel, wir sollten unser Zimmer beziehen. Gehen wir nach oben.«

Und so gingen wir.

3

Die ganze Woche über spielte Lord Hastings uns unterhaltsame Streiche. »Daddy«, beschwerte sich Daisy, als sie am Dienstag einen falschen Tintenklecks von ihrem Teller pickte, »ich schäme mich für dich.« Doch so, wie sie ihn ansah, während er in sein Taschentuch kicherte, war deutlich, dass sie es nicht so meinte. Obwohl sie nach wie vor darauf achtete, die artige Daisy zu spielen, solange ihre Mutter zusah, fiel mir auf, dass sich Daisys geheimes Ich, ihre schlaue Seite, die sich für alles und jeden interessierte, in Gegenwart von Lord Hastings ab und an zeigte – und das, so wusste ich, hatte etwas zu bedeuten. Daisy zeigt ihr wahres Ich nur Menschen, die sie wirklich mag, und davon gibt es weiß Gott nicht viele. Als wir an jenem Abend am Esstisch saßen, war Lady Hastings jedenfalls anwesend und Daisy darauf bedacht, so zu erscheinen, wie es sich ziemte.

»George, ich *bitte* dich«, zischte Lady Hastings und warf ihrem Gatten einen vorwurfsvollen Blick zu.

Jeder von uns zuckte ein wenig zusammen. In diesen Ferien stimmte etwas zwischen Lord und Lady Hastings ganz und gar nicht. An Weihnachten erschien mir Daisys Mutter wie die Freundlichkeit in Person, wenn auch etwas flatterhaft, doch diesmal war sie ein ganz anderer Mensch: so kühl und ständig gereizt. Sie war noch immer genauso groß, blond, glamourös und hinreißend schön wie an Weihnachten, doch diesmal wirkte ihre Schönheit wie die einer Porzellanvase, die man nicht anrühren durfte. Was Lord Hastings auch tat, schien das Falsche zu sein. Mit beiden unter einem Dach zu wohnen, war ein bisschen so, wie zwischen die Fronten eines Kriegs zu geraten, in dem die Kugeln der verfeindeten Truppen über unseren Köpfen hinwegsausten. Eltern, die sich anschweigen, sind mir bestens vertraut – zu Hause kommt es vor, dass meine Mutter und mein Vater nur durch mich miteinander kommunizieren, als wäre ich ein wandelndes Telefon –, aber dies war eine völlig ungewohnte Situation. Der arme Lord Hastings ließ nur noch die Schultern hängen. Vor Lady Hastings' Zimmer tauchten in regelmäßigen Abständen geknickte Blumen und zermalmte Pralinen auf, die auf direktem Weg in die Küche verbannt wurden, wo es immer mehr wie in einem Gewächshaus aussah. Die meisten der Pralinen vertilgten Daisy und ich während unserer Süßen Pause (Daisy bestand darauf, auch in den Ferien eine Süße Pause einzulegen – »zu Ehren von Deepdean«, und ich sah keinen Grund, es ihr auszureden).

»Er liebt sie«, sagte Daisy, während sie eine Praline mit Orangencremefüllung verputzte, »und sie liebt ihn eigentlich genauso, nur zeigt sie es manchmal nicht. Sie kriegt sich schon wieder ein.«

Ich war mir da nicht so sicher. Lady Hastings schien sich entweder in ihrem Zimmer einzusperren oder hing am Telefon in der Eingangshalle, wo sie emsig tuschelte und vollkommen verstummte, sobald wir ihr zu nahe kamen.

Nicht nur Daisy und ich waren zu Geiseln des Kleinkriegs zwischen ihren Eltern geworden. Auch Daisys Bruder, Bertie, der im Augenblick sein Abschlussjahr in Eton absolvierte, war für die Ferien nach Hause gekommen.

Bertie sah Daisy schon beinahe erschreckend ähnlich – er war wie eine Daisy, die man wie Kautschuk in die Länge gezogen und geschoren hatte. Nur während Daisy wie eine Rakete hochgehen konnte, köchelte in Bertie dauerhaft die Wut. Ununterbrochen war er schlecht gelaunt, und sobald er angekommen war, fing er an, im Haus herumzupoltern. Drei Dinge hatte er stets bei sich: eine tiefgrüne Hose, eine verstimmte Ukulele, auf der er Tag und Nacht zu den unmöglichsten Zeiten herumzupfte (laut Daisy konnte er genau drei Lieder spielen, und die waren alle unanständig), und einen Freund namens Stephen Bampton.

Ich war äußerst dankbar dafür, dass Stephen *kein* schlecht gelaunter Mensch war. Er war klein und stämmig, hatte glattes rötliches Haar und schien nicht nur freundlich, sondern auch etwas traurig. Außerdem sah er mich wie einen *Menschen* an, nicht wie »Eine aus dem Orient«, daher mochte ich ihn auf Anhieb.

Ich war froh, dass er da war, denn in diesen Ferien fühlte Fallingford sich fremd an – oder vielleicht erinnerte es mich auch nur daran, wie fremd ich selbst war. Bertie schrammelte auf seiner Ukulele herum, voll musikalischer Wut, Lord und Lady Hastings stritten und Daisy stürmte durchs Haus, um mir geheime Verstecke, Mehlschwalbennester und ein Schwert zu zeigen, das ihrem Urgroßvater gehört hatte. Mit der Zeit sehnte ich mich nach der schwülen Hitze und den unechten Blumenarrangements meines eigenen Zuhauses in Hongkong.

Die einzige andere Bewohnerin – abgesehen von der Köchin und Haushälterin, Mrs Doherty, und Hetty, dem Hausmädchen – war Miss Alston, Daisys Gouvernante. In den Ferien gab es auf Fallingford immer eine Gouvernante, die Daisy bei den Hausaufgaben half, sie von Ärger fernhielt – und Lord Hastings beim Verfassen von Briefen unterstützte. »Wenn er es alleine versucht, gerät er immer ganz durcheinander, der Arme!«, lieferte mir Daisy als Erklärung.

In diesen Ferien war die leiernde Miss Rose, die wir an Weihnachten hatten ertragen müssen, aus unerfindlichen Gründen verreist. »Und teilt uns das am Telefon mit!«, zeterte Lady Hastings, erzürnt wie eh und je. »Also nun wirklich!« Stattdessen hatten wir nun also Miss Alston.

Miss Alston war, wie Kitty, unsere Zimmergefährtin in Deepdean, gesagt hätte, eine Vogelscheuche. Sie war das Abbild eines Blaustrumpfs: Sie trug hässliche Kleider ohne jede Form oder Taille, ihre Haare standen ihr an der Stirn in einem schweren Büschel ab und ständig trug sie eine riesige Handtasche aus hässlichem braunen Schweinsleder mit sich herum. Auf den ersten Blick wirkte sie sehr verlässlich und sehr langweilig, doch das war ein Irrtum. Je mehr Stunden wir mit ihr verbrachten, desto deutlicher wurde es, dass Miss

Alston kein bisschen langweilig war. Sie war sogar interessant.

Miss Rose hatte mit uns unser Deepdean-Hausaufgabenprogramm durchgezogen wie ein General, der keine Zeit zu verlieren hatte. Doch Miss Alston war ganz anders. Wenn wir an einer Lateinübersetzung über Hannibal arbeiteten, warf sie eine Anekdote über seine Elefanten ein. Wenn wir etwas über Wasser lernten, nahm sie uns mit nach draußen, um die Wolken zu betrachten. Wenn wir ein Stück von Shakespeare lasen, fragte sie uns, ob uns die Macbeths leidtäten. Ich antwortete mit Ja (auch wenn sie es eigentlich nicht verdient hatten), und Daisy sagte natürlich Nein, kein bisschen. »Warum?«, fragte uns Miss Alston, und beinahe eine halbe Stunde lang vergaßen wir alle beide, dass wir überhaupt Hausaufgaben erledigten, noch dazu in den Ferien und mit einer Gouvernante.

Am seltsamsten war, dass sich Miss Alston in Gegenwart der Erwachsenen vollkommen anders verhielt. Sie war ganz normal. Wenn sie nicht mit uns beschäftigt war, saß sie bei Lord Hastings, entwarf seine Briefe, stellte Listen auf und bestellte für ihn Jo-Jos und falsche Bärte aus den Katalogen seiner Knabenzeitschrift. Er hielt Miss Alston für tödlich öde, genau wie Daisy und ich, bevor sie mit dem Unterricht begonnen hatte. »Sie lacht nicht einmal über meine Witze!«, beklagte er sich.

»Nun, das kann wohl kaum überraschen«, triezte Daisy ihn, während sie ihm den Kopf tätschelte, als wäre er Toastie. »Mami, wo hast du Miss Alston denn aufgetrieben?«

»Gute Güte, wie sollte ich mir so etwas merken?«, meinte Lady Hastings, die damit beschäftigt war, Hundehaare von ihrem Cape zu bürsten. »Über die Agentur vermutlich. Wir haben einen Brief bekommen … Himmel, Daisy, warum musst du dich immer über deine Gouvernanten beschweren? Du weißt ganz genau, dass ich nicht auf dich achtgeben kann.«

»Offensichtlich«, erwiderte Daisy eisig. Mir war klar, was sich hinter dieser Frage verbarg. Daisy wollte Miss Alston begreifen, verstehen, was sie so außergewöhnlich machte – doch es gab darauf keine Antwort. Miss Alston war weiterhin insgeheim interessant und öffentlich spröde, sodass Daisys und meine Neugier immer weiter wuchs.

4

Wenn Lady Hastings nicht geheimniskrämerisch am Telefon hing, verbrachte sie ihre Zeit damit, Daisys Geburtstagsparty zu planen – obwohl ziemlich deutlich war, dass die Feier eigentlich nicht Daisys, sondern Lady Hastings' Party sein würde.

»Ein Kinder-Teekränzchen!«, beschwerte Daisy sich bitter. »Für wie alt hält sie mich?!«

Immerhin hatte Daisy die Erlaubnis bekommen, Gäste einzuladen. Kitty und Küken, mit denen wir uns auf der Deepdean einen Schlafraum teilten, kamen übers Wochenende, worauf ich mich schon freute. Die Zeit in Fallingford schaffte es, dass ich schon fast sehnsüchtig an die kratzigen Decken und den Geruch von frisch gewaschener Wäsche und gekochtem Essen der Deepdean dachte.

Freitagmorgen saßen wir im Esszimmer. Ich hatte mich zur Hälfte durch ein Stück Toast gefuttert (Pflaumenmus aus dem hauseigenen Garten und Butter von Fallingfords höchsteigener Kuhherde), als wir das Rumoren und Knirschen eines Wagens in der gekiesten Einfahrt hörten.

Daisy stand auf und ließ ihren halb gegessenen Räucherhering auf den Teller fallen. »Kitty!«, rief sie. »Küken!« Sie schob ihren Stuhl zurück und schoss in die Empfangshalle hinaus. Noch immer kauend folgte ich Daisy, ging zur Esszimmertür während ich Mus von meinen klebrigen Fingern schleckte, bog links ab – und prallte geradewegs gegen sie.

Mit einem überraschten Schrei hielt ich mich an ihrer Strickjacke fest, um nicht zu fallen. »Daisy!«, keuchte ich. »Was um alles –«

Weiter kam ich nicht. Daisy war zu Eis erstarrt, genau wie Millie, wenn sie ein Kaninchen erspäht hat. »Hallo«, sagte sie. »Wer sind Sie?«

Ich reckte den Hals, um zu sehen, mit wem sie redete. Im steinernen Torbogen des Eingangs stand ein Mann. Für einen Erwachsenen war er ziemlich jung und er hatte breite Schultern und eine schmale Taille, genau wie die Männer in den Werbeanzeigen. Ganz wie es Mode war, kam er mit lässigem Schritt herein, und mir fiel auf, dass er ein attraktives Gesicht hatte, dunkle, sehr glatte Haare und ein breites Zahnpastalächeln. Er wirkte ganz und gar nicht wie die Sorte Mann, die in die Empfangshalle von Haus Fallingford gehörte.

Er ließ seine Zähne blitzen und grinste Daisy an. »Du musst Daisy sein«, sagte er. »Das kleine Geburtstagskind.«

»Ganz recht«, sagte Daisy und trat vor, um ihm mit ihrem hübschesten Lächeln die Hand zu schütteln – obwohl ich ihr anmerkte, dass sie innerlich vor Wut kochte, weil man sie *kleines Kind* genannt hatte. Andererseits brannte sie vor Neugier darauf, wer dieser Fremde war und woher er sie kannte, wo sie ihm noch nie zuvor begegnet war. Denn Daisy hasst es, gegenüber irgendjemandem im Nachteil zu sein.

Dann flog die Tür zum Esszimmer erneut auf und Daisys Mutter erschien hinter uns.

»Mami«, sagte Daisy leichthin, »wer ist das?«

»Um Himmels willen!«, rief Lady Hastings. Ihre Stimme war äußerst schrill geworden und ihre Wangen hatten eine hochrote Farbe angenommen. »Welch freudige Überraschung! Ich habe dich erst viel später erwartet, Denis. Daisy, Liebes, das hier ist mein guter Freund Denis Curtis. Er ist extra gekommen, um mit dir zu feiern. Sei nett zu ihm.«

»Das bin ich doch *immer*«, meinte Daisy und strahlte Mr Curtis an. Mir war klar, dass sie innerlich brodelte.

»Deine Mami und ich sind *sehr* gut befreundet«, sagte Mr Curtis, der den Eindruck zu haben schien, wir seien sieben Jahre alt.

»Denis ist *wahnsinnig* klug«, schwärmte Lady Hastings und schlug Mr Curtis mit den Fingern gegen den Arm. »Er handelt mit Antiquitäten, weißt du? Mit schönen Dingen kennt er sich bestens aus. Er wird sich am Wochenende hier in Fallingford einiges ansehen. Aber … Daisy, ich will, dass das alles eine Überraschung für deinen Vater wird. Du darfst ihm kein Wörtchen verraten!«

Daisy konnte es sich nicht verkneifen, die Augen zu verengen. »Sicher?«, fragte sie.

»Ja!« Lady Hastings' Stimme war so schrill wie noch nie. »Du weißt, wie sentimental er werden kann. Aber denk nur, wie aufregend es wäre, wenn einige dieser grässlichen alten Gemälde tatsächlich etwas wert sein sollten! Ich kann sie loswerden und schöne neue kaufen!«

Das beunruhigte mich. Doch was mir noch mehr Kopfzerbrechen bereitete, war die Art, wie Mr Curtis Daisys Mutter anlächelte, und die Weise, wie er seine Hand viel länger auf ihrem Arm ließ, als nötig gewesen wäre. Es war die Sorte von hässlichem Erwachsenenkram, die ich nicht verstehe … oder doch verstehe, aber wünschte, ich täte es nicht.

5

In diesem Moment knirschte es erneut in der Einfahrt – zunächst unter bremsenden Reifen, dann unter Füßen –, doch als sich die Tür öffnete, kamen noch immer weder Kitty noch Küken. Stattdessen erschien eine sehr große und breite alte Dame. Ihre Haare waren zu einem großen Berg um ihr Gesicht herum aufgetürmt und um den Hals trug sie einen mottenzerfressenen Pelz und mehrere Schals. Und keins ihrer Kleidungsstücke passte zum anderen.

»MARGARET! DAISY!«, kreischte sie, während sie mit Händen und Schals in der Luft wedelte. »ICH BIN DA!«

Lady Hastings drehte sich um und blickte sie mit verkniffenen Lippen an. »Hallo, Tante Saskia«, sagte sie. »Ach, komm ruhig herein, ohne zu fragen! Denis, das ist Saskia Wells, Georges Tante.«

Tante Saskia kam in die Halle gestürmt, warf bunte Handschuhe und Büschel von Fell von sich und drückte Daisy an ihren Busen. Mich schien sie gar nicht bemerkt zu haben.

»DAISY!«, schrie sie noch einmal. »Wo steckt dein Bruder? Wo ist dein lieber Herr Papa? Und dann ist es natürlich dein Geburtstag! Zwölf Jahre! Was für ein herrliches Alter! Ich habe ein Geschenk für dich ... irgendwo ... Es sei denn – oje! Ich glaube, ich habe es im Bridesnades vergessen. Es war ein Schal – glaube ich zumindest ... Ach nein, warte – hier ist er!«

Sie zerrte die Hand aus der Tasche ihrer Strickjacke und präsentierte ein äußerst kleines und verknittertes Stück Stoff.

»Ist er nicht wunderbar?«, rief Tante Saskia. »Seide. Glaube ich wenigstens. Es sei denn, es ist keine.«

»Danke, Tante Saskia«, sagte Daisy. »Mein Geburtstag ist morgen. Ich werde vierzehn.«

»Aber natürlich!« Tante Saskia blinzelte. »Natürlich. Habe ich das nicht gesagt? Und – Himmel, wer ist das? Daisy – Daisy, Liebes!« Sie zog Daisy zu sich und flüsterte wie ein Nebelhorn: »In eurer Eingangshalle scheint *EINE ASIATIN* zu stehen.«

So, wie sie es sagte, hätte man meinen können, ich sei ein Bär oder eine Schlange.

»*Ich weiß*, Tante Saskia«, entgegnete Daisy. »Darf ich vorstellen: meine *Freundin*, Hazel. Ich habe dir von ihr *erzählt*. Sie ist unser *Gast*.«

»Tatsache!«, keuchte Tante Saskia. »*Das* stelle sich einer vor! Zu meiner Zeit hätte man das nie gestattet!«

»Zweifellos«, sagte Daisy höflich. Während Tante Saskia sich zu Lady Hastings umwandte, beugte Daisy sich dicht zu mir und wisperte: »Zu *ihrer* Zeit hat man Dienstboten erschossen und Brot aus Tapetenkleister gegessen. Die Vergangenheit ist grässlich, nur wollen alte Leute das nicht einsehen.«

Ein wenig tröstete mich das – doch nur ein wenig.

Dann kam Miss Alston aus dem Musikzimmer, wo sie unsere nächste Unterrichtsstunde vorbereitet hatte. Am Samstag würden wir zu Ehren von Daisys Geburtstag freihaben, doch bis dahin mussten wir arbeiten. Eine der wenigen Gemeinsamkeiten zwischen Fallingford und Deepdean ist der Umstand, dass die Erwachsenen davon überzeugt sind, es sei gefährlich, Kindern freie Zeit zu lassen. Ich glaube, sie machen sich Sorgen, wir könnten auf falsche Gedanken kommen.

Miss Alston sah Mr Curtis in der Halle stehen, den Koffer zu seinen Füßen. Einen Augenblick lang glotzte sie ihn an, wie zur Salzsäule erstarrt. Ich betrachtete ihr Gesicht und bemerkte darin einen absolut merkwürdigen Ausdruck – eine Art wilde Entschlossenheit, als stünde ihr eine Herausforderung bevor, die sie gar nicht erwarten konnte. Dann war ihre Miene wieder nichtssagend wie sonst auch. Ihre Finger verstärkten den Griff um die Träger ihrer übergroßen braunen Tasche, bevor sie sich schwungvoll umdrehte und zurück ins Musikzimmer marschierte. Die Bewegung musste Mr Curtis' Aufmerksamkeit erregt haben, denn er schaute ihr verdattert hinterher.

Komisch, dachte ich so für mich. So, wie Miss Alston reagiert hatte, hätte ich angenommen, dass sie Mr Curtis kannte – doch Mr Curtis schien ihr umgekehrt noch nie begegnet zu sein. Natürlich hatte er nur ihren Hinterkopf und ihre Schultern gesehen, doch das sollte für gewöhnlich ausreichen. Und überhaupt – woher sollte eine unförmige, ernste Dame wie Miss Alston einen so modischen, lässigen Mann wie Mr Curtis kennen? Dieser Vorfall machte Miss Alston seltsamer und interessanter denn je – und auch Mr Curtis wirkte dadurch geheimnisvoller. Als ich zu Daisy schielte, wurde mir klar, dass ihr die Szene ebenso wenig entgangen war. Sie musterte Mr Curtis mit ihrer arglosesten Miene und ich konnte ihre Gedanken förmlich hören: *Verdächtig*.

Da kam Lord Hastings aus dem Garten und wischte sich Blätter und kalte Luft von seiner schicken Wachsjacke. Verwundert sah er sich um. »Du meine Güte«, sagte er. »Hallo! Gäste! Tante Saskia, welch Freude. Und … Wer könnten Sie wohl sein?« Er betrachtete Mr Curtis unter seinen vorstehenden weißen Brauen, bevor er eine dicke rosa Hand zum Gruß ausstreckte.

»Denis Curtis«, sagte Mr Curtis. »Ein Freund Ihrer Frau. Haben uns vor einigen Monaten auf einer Party in London kennengelernt. Sie hat mich eingeladen.«

Als das Wort *Freund* über seine Lippen kam, lag in seiner Stimme ein Schmunzeln. Jeder von uns hörte es. Mir wurde das Herz schwer. Lord Hastings räusperte sich, ohne Lady Hastings anzusehen. »Vorzüglich«, sagte er hohl. »Wie vorzüglich. Ich hoffe, Sie genießen Ihren Aufenthalt bei uns.«

»Oh, da habe ich keine Zweifel.« Die Stimme von Mr Curtis strotzte vor Gelächter. »Solch ein wunderschönes altes Haus. Einzigartig. Ich kann es nicht erwarten, eine Führung zu bekommen.« Dabei strahlte er Lady Hastings an.

»Selbstverständlich«, meinte Lord Hastings. »Selbstverständlich. Margaret, du … Ich meine, ich wollte sagen … Ich glaube, ich werde mich für eine Weile in die Bibliothek zurückziehen. Saskia, möchtest du mir Gesellschaft leisten?«

Ich konnte das Elend, das Lord Hastings verströmte, regelrecht spüren, als er Tante Saskia in die Bibliothek geleitete und rief: »Chapman! He, Chapman!«

Ich mochte den selbstgefälligen, unhöflichen Mr Curtis kein Stück, beschloss ich, und so, wie Daisy neben mir vor Zorn kochte, war deutlich, dass es ihr genauso ging. Sein Tonfall, in dem andauernd nur Spott mitzuschwingen schien, als würde er einen Witz erzählen, den nur Eingeweihte verstanden, und die Art, wie sich die Wangen von Daisys Mutter röteten … Etwas ging hier vor.

Als sich die Haustür unter lautem Knarzen erneut öffnete, drehten sich sämtliche Anwesenden um.

»Hallo!«, sagte Kitty. »Wir haben geklopft, aber es ist niemand gekommen. Küken kann ihren Koffer nicht heben, also steht er noch immer draußen. Sind wir etwa zu spät?«

6

Eine Zeitlang dachte ich, die Hausgesellschaft wäre komplett – doch dann, kurz nachdem wir das Mittagsessen beendet hatten (kaltes Hühnchen mit Kartoffeln, gefolgt von einem herrlich saftigen Rhabarbernachtisch), traf der letzte Gast ein. Mit Glanz und Gloria kam er in einem blitzend silbernen Wagen mit einer Schnauze wie von einer Weltraumrakete bis vor die Eingangstür gedüst, ließ den Motor laufen, sprang aus dem Sitz und stürmte winkend und rufend zum Haus. Es war Lady Hastings' Bruder, Daisys Onkel Felix, der ebenso jung und glamourös aussah wie seine Schwester.

An der Deepdean machen dermaßen viele Gerüchte über ihn die Runde – dass er ein Geheimagent sei, dass er im Alleingang ganz Großbritannien gerettet habe, zwei Mal, und dafür ein Dankesschreiben vom König persönlich erhalten habe –, dass mir diese erste Begegnung mit ihm vorkam wie das Treffen mit einer Figur aus einem Buch. Dass er gefährlich große Ähnlichkeit mit einem der besser aussehenden Helden eines Spionageromans hatte, war auch keine große Hilfe. Sein blondes Haar war mit Pomade nach hinten gekämmt, sein Anzug war perfekt gebügelt, er hatte ein hinreißend farbiges Seidentuch im Knopfloch und ein kleines funkelndes Monokel im linken Auge klemmen.

Er überließ das Automobil O'Brian, der es zum alten Stall fuhr, und flitzte zu uns vieren die Stufen hinauf (Kitty glotzte ihn an, wie ich es gerne getan hätte, und Küken platzte vor Aufregung ein »*Ooh!*« heraus), bückte sich und gab Daisy einen Handkuss. »Hallo, Daisy«, sagte er und zwinkerte ihr zu.

»Hallo, Onkel Felix«, sagte Daisy, knickste und zwinkerte zurück.

Onkel Felix schien grundsätzlich zu wissen, was die Situation erfoderte. Er küsste auch meine Hand, genau wie die von Kitty und Küken – Kitty geriet ganz schön ins Schwanken (um ein Haar wäre es mir nicht anders ergangen). Dann eilte er durch Fallingford, um alle anderen zu begrüßen. Er gab Toastie und Millie einen behutsamen Klaps auf den Po, boxte Bertie liebevoll gegen die Schulter, schüttelte Stephen die Hand, küsste Lady Hastings behutsam auf die Wange, klopfte Lord Hastings auf den Rücken und verneigte sich vor Tante Saskia. Mr Curtis erhielt lediglich einen äußerst steifen und kühlen Händedruck – begleitet von einem durchdringenden, abschätzenden Blick. Sie nebeneinander zu sehen, machte mir umso deutlicher, wie fehl am Platz Mr Curtis hier war. Einer war gut aussehend wie der andere, doch Mr Curtis war ungeheuer dreist, unhöflich und innerlich verdorben, während Onkel Felix auf eine Art zu strahlen schien, die einen dazu brachte, ihn ohne Unterbrechung anstaunen zu wollen.

Mr Curtis murmelte etwas von wegen, er wolle sich oben die Gemälde anschauen, und schlenderte davon, während Daisy sich auf die Zehenspitzen stellte und Onkel Felix verärgert etwas ins Ohr flüsterte. Ohne Zweifel berichtete sie ihm über die Ankunft von Mr Curtis. Er hob eine Augenbraue – selbst seine Brauen waren elegant – und erwiderte etwas mit gedämpfter Stimme.

»Er meint, ich soll mir keine Sorgen machen«, wisperte Daisy, als sie sich hinter mich stellte. Dabei war die berühmte Falte über ihrer Nase aufgetaucht, die immer erscheint, wenn sie sich Sorgen macht. »Er sagt, es sei nichts weiter. Onkel Felix täuscht sich so gut wie nie, aber trotzdem … *Du* weißt, was ich meine.«

Ich nickte. Wie *nichts* war es mir nicht vorgekommen.

»Immerhin ist er jetzt hier«, sprach Daisy weiter, als sie ihrem Onkel nachblickte, der die Treppe zu seinem Zimmer hinaufging. »Er wird dafür sorgen, dass alles in Ordnung kommt … Zumindest … Ach, ich finde das blöd! Warum hat er mir nicht einfach geglaubt? Das sieht ihm gar nicht ähnlich!« Sie verschränkte die Arme vor der Brust und zog die Nase umso krauser. Ich wusste nicht, was ich sagen sollte.

Komischerweise war die einzige Person, bei der Onkel Felix seine guten Manieren zu vergessen schien, Miss Alston. Sie trafen im Gang aufeinander, als Miss Alston uns zum Nachmittagsunterricht abholen kam: Sobald Miss Alston ihn erblickte, wurde sie ganz verlegen und steif. Ihre Unbeholfenheit schien ihn anzustecken, und so schüttelten sie wie zwei Automaten die Hände, Onkel Felix spähte durch sein Monokel und Miss Alston reckte das Kinn vor.

»Daisys Onkel, wie ich annehme«, sagte Miss Alston kühl. »Es ist mir ein Vergnügen. Wenn Sie mich nun entschuldigen würden – kommt, Mädchen ...«

Sie schritt Richtung Musikzimmer davon und wir hatten keine andere Wahl, als ihr zu folgen. Als ich mich noch einmal umblickte, sah ich, wie Onkel Felix mit erhobenen Augenbrauen ins Leere starrte. Er schien reichlich amüsiert, auch wenn ich keinen Anlass dazu sah. War Miss Alston tatsächlich immun gegen seinen Charme? Diese Frau wirkte immer seltsamer. Und warum hatte er sie nicht ebenso höflich begrüßt wie den Rest von uns? Ich hatte den Eindruck, die beiden waren sich nicht recht grün – nur warum? Ein weiteres Rätsel an einem Wochenende, das mehr als rätselhaft werden sollte.

7

An diesem Abend zogen wir, Daisy, Kitty, Küken und ich, uns fürs Abendessen im Kinderzimmer im Obergeschoss um. Das Kinderzimmer ist Daisys Reich – und hier waren wir alle während unseres Besuchs einquartiert. Es war wirklich merkwürdig, unsere besten, feinsten Kleider in solch einem schäbigen alten Raum zu tragen: Die gemusterte Tapete löste sich in Streifen von der Wand, die Flickenteppiche waren ausgefranst und die Bettgestelle voller Dellen, als hätte man sie mit einem Hammer bearbeitet. Unsere Gesichter und Arme wurden vom Licht mehrerer Kerzenhalter erhellt, das unsere Kleider weich und farblos erscheinen ließ. Daisys Abendgarderobe bestand aus rosa schillernder Seide, die von uns anderen heiß begehrt wurde, vor allem von mir – auch wenn ich weiß, dass ich in Rosa so krank und blass wie ein Koboldkind aussehe.

»Deine Tante ist sehr seltsam, aber deinen Onkel mag ich«, sagte Kitty, während sie ihr dickes braunes Haar bürstete. »Er sieht furchtbar gut aus.«

Ich erhaschte Daisys Blick und wir lächelten uns an. Kitty hält ausnahmslos jeden für furchtbar gut aussehend.

»Ist er wirklich ein Spion?«, wollte Küken wissen. »Das behauptet zwar jeder, aber …«

Daisy setzte ein äußerst geheimnisvolles Gesicht auf. »Das kann ich dir nicht verraten!«, sagte sie. »Angenommen, er wäre einer, dann würde ich ja Staatsgeheimnisse ausplaudern! Man könnte mich dafür *erschießen*.«

»Oh!« Küken legte die Hände vor den Mund. »Oh, ich will nicht, dass man dich erschießt. Es tut mir leid.«

»Keine Sorge«, meinte Daisy großmütig. »Ich werde so tun, als wäre es nie passiert.«

Ich sah, dass Kitty mit den Augen rollte. »Ich kann mich nicht entscheiden, wer mir lieber wäre«, sagte sie. »Dein Onkel oder der Freund deiner Mutter. Sie sind beide himmlisch.«

»Mr Curtis ist *nicht* himmlisch«, sagte Daisy schroff.

»Nein, wirklich nicht«, stimmte Küken zu, während sie sich abmühte, die Schleife an ihrer Taille zu binden. »Er ist nicht nett. Bei ihm fühle ich mich … so unbehaglich, als hätte ich eine hässliche Spinne vor mir. Vorhin hat er mich angerempelt und dann auch noch angeschnauzt, ich solle *gefälligst aufpassen, wo ich hingehe*.«

Ich war schockiert. Küken ist so klein und süß, und ihre großen braunen Augen sind immer so voller Sorge, dass es fast wehtut, sich vorzustellen, dass jemand fies zu ihr ist.

»Ach, komm schon her, Küks, und lass mich das machen.« Kitty zerrte Küken näher zu einer der Kerzen und versuchte, die schlaffe Schleife zu richten, die Küken gebunden hatte. »Du hast ihn sicher nur falsch verstanden.«

»Ganz sicher nicht«, raunte Daisy mir zu, als wir in unseren guten Lackschuhen die Treppe hinunterpolterten. »Vorhin bin ich die Dienstbotentreppe nach unten gelaufen und im ersten Stock auf Mr Curtis gestoßen. Offenbar dachte er, er sei allein im Flur. Er klebte förmlich an der alten blau-weißen Vase, die auf der Kommode neben Tante Saskias Zimmer steht. Ich konnte praktisch hören, wie er im Kopf durchrechnete, wie viel sie wert ist, und dann – er hat nicht gesehen, dass ich hinter ihm war – hat er etwas vor sich hin gemurmelt. Ich glaube, es war *Ming*. Hazel, das gefällt mir nicht. Bisher habe ich noch nie etwas von ihm gehört, und auf einmal ist Mami so plump vertraulich mit ihm und lässt ihn überall herumschnüffeln, ohne dass sie Daddy etwas davon sagt. Woher sollen wir wissen, dass er nichts Übles im Schilde führt?«

»Kannst du nicht noch einmal mit Onkel Felix reden?«, schlug ich vor. »Wenn er … äh … Könnte er vielleicht helfen?«

»Nicht, wenn er sich weiter so aufführt wie heute Nachmittag!«, sagte Daisy. »Ich habe keine Ahnung, was in ihn gefahren ist. Normalerweise hört er immer auf mich – anders als die meisten anderen Erwachsenen.«

Das fachte meine Neugier auf Onkel Felix noch weiter an.

»Uns bleibt wohl oder übel nichts anderes übrig, als diesen

Mr Curtis das Wochenende über im Auge zu behalten«, fuhr Daisy fort. »Natürlich *könnte* Onkel Felix recht damit haben, dass alles ganz harmlos ist. Nur falls er sich irrt – tja, zu spät will ich das nicht herausfinden. Immerhin kann Mr Curtis nichts anstellen, solange wir ihn beobachten. Richtig?«

»Richtig«, stimmte ich zu. »Weihen wir Kitty und Küken ein?«

»Nein!«, sagte Daisy. »Sie würden nur alles ruinieren – *ausschließlich* Detektei.«

»Ausschließlich Detektei«, wiederholte ich. Innerlich glühte ich.

Führte Mr Curtis etwas im Schilde?, grübelte ich auf dem Weg ins Esszimmer. Sicher war ich mir nicht. Doch nun waren Daisy und ich wieder mit einer streng geheimen Detekteiaufgabe betraut, und wir würden es herausfinden.

8

Die Tafel im Esszimmer wurde ebenfalls von Kerzen erleuchtet, die sanft auf die Hemdfronten der Männer und das herrliche Essen schienen, das sich auf silbernen Tellern türmte. Chapman bediente uns, wobei seine braun gefleckten Hände leicht zitterten, sodass die Kartoffeln und das Gemüse auf meinem Teller in Soße ertränkt wurden, aber das machte mir nichts aus – Lady Hastings allerdings schimpfte erbost, als etwas davon ihre wunderschöne hellgrüne Abendrobe bekleckerte.

Onkel Felix war äußerst guter Dinge. Bertie und Stephen erzählte er zum Brüllen komische Witze – und Stephen, der anfangs so nervös gewesen war, dass er kaum seine Gabel halten konnte, entspannte sich sichtlich, straffte die Schultern und lachte sogar. Als ich das Ganze anerkennend beobachtete, blickte Onkel Felix mit seinen scharfen blauen Augen auf einmal *mich* an, genau wie Daisy, wenn sie über jemanden wirklich gründlich nachdachte.

Mir schoss die Röte ins Gesicht und ich richtete den Blick ruckartig auf die Serviette auf meinem Schoß. Als ich das nächste Mal aufsah, schnitt er Daisy eine Grimasse, als hätte er mich niemals auch nur bemerkt. Daisys Miene blieb förmlich und unbewegt, bis Lady Hastings sich Mr Curtis zuwandte – in diesem Moment schnitt sie Onkel Felix ein wahrhaft prächtiges Affengesicht. Onkel Felix und Daisy waren wirklich zwei vom gleichen Schlag. Einer so schwer durchschaubar wie der andere.

Tante Saskia dagegen war eine Sache für sich. Unruhig rutschte sie auf ihrem Stuhl herum, umwölkt von ihren Schals, während sie ihren Wein hinunterkippte – und silberne Teelöffel und Salztellerchen in ihre kleine Perlenhandtasche fallen ließ, wenn sie sich unbeobachtet fühlte. Ich hatte noch nie erlebt, dass jemand so offensichtlich Diebstahl beging, und überlegte, ob ich etwas sagen sollte. Dann fiel mir auf, wie Lord Hastings Tante Saskia seufzend beobachtete, und begriff, dass er bereits bestens Bescheid wusste. Blut war vermutlich einfach dicker als Wasser, was die bucklige Verwandtschaft auch anstellen mochte.

Wen ich jedoch wirklich observierte, das war Mr Curtis. Und es war kein Kunststück, seine Worte verdächtig zu finden. Ohne Ende erzählte er von Fallingfords Einrichtung – allerdings stimmten seine Behauptungen nicht mit dem überein, was Daisy zuvor mitgehört hatte. »Die Vase im ersten Stock ist eine Fälschung«, berichtete er Lord Hastings. »Margaret hat mir erzählt, dass Sie sie für eine Ming halten würden, aber ich kann Ihnen versichern, dass dem nicht so ist. Eine recht billige Replik. Und die Möbel – in einem heillosen Zustand! Sie haben sie völlig verwahrlosen lassen. Man muss sich darum kümmern – obwohl sie ihren alten Wert nie zurückgewinnen werden. Schlimm, sehr schlimm.«

»Und ich vermute, Sie bieten Ihre eigenen Dienste dafür an?«, fragte Lord Hastings, der seine Schwierigkeiten damit zu haben schien, den fröhlichen Gastgeber zu spielen.

»Ich bin gewissermaßen Fachmann für Antiquitäten«, sagte Mr Curtis. »Sofern Sie daran Interesse hätten, könnte ich womöglich –«

»Ich will nichts davon hören«, wehrte Lord Hastings ab. »Es ist Familienbesitz, und er wird in der Familie bleiben!«

Er legte beide Hände auf den Tisch, wie um zu zeigen, dass die Sache für ihn damit erledigt war. Doch Lady Hastings blickte Mr Curtis verschwörerisch an, und ihre Lippen formten lautlos »*Später*«. Offenbar wollte sie dennoch an ihn verkaufen – doch was, wenn er log, was den Wert der Dinge betraf? Daisy hatte gehört, wie er »Ming« gesagt hatte – und nun behauptete er tatsächlich, die Vase sei *keine* Ming. Schwindelte er? Es konnte doch gar nicht anders sein!

Als ich zu Daisy schaute, bemerkte ich, dass die Nasenfalte zurück war. Waren wir über eine Intrige gestolpert, einen geplanten Betrug an Lord und Lady Hastings?

Wir waren nicht die Einzigen, die Mr Curtis musterten. Ich erwischte Miss Alston dabei, wie sie immer wieder verstohlen zu ihm sah. Ihr Gesicht blieb ruhig und unbewegt, als würde sie das alles wenig interessieren, doch sie blickte viel zu oft in seine Richtung, als dass ich mich hätte irren können oder als wäre sie nur in gewöhnlichem Maße neugierig. Warum tat sie das?

Mr Curtis redete in der Zwischenzeit noch immer über seine Funde in Fallingford und spielte ihren Wert aufs Unverschämteste herunter. Selbst Lady Hastings' Juwelen seien altmodisch geschliffen und daher kaum etwas wert. Ich fühlte mich ganz und gar unwohl. Wie ich gelernt habe, ist es in England eine der wichtigsten Regeln, dass man Geld umso weniger erwähnt, je mehr man davon hat – es wird zu einer Art Geheimnis. Eines, das man unter Staub und abgewetzten Kleidern verbirgt. (Selbst mein Vater, der alles Englische vergöttert, findet das merkwürdig.) Doch Mr Curtis schien davon nichts zu wissen. »Ein Neuer könnte gut und gerne mindestens fünfzig Guineen einbringen!«, sagte er siegesgewiss. »Ich habe in meinem eigenen Haus einen ganz ähnlichen. Doch leider, leider, in diesem reparaturbedürftigen Zustand … vielleicht nur vier oder fünf Pfund.«

Bertie sah zu Daisy und verzog das Gesicht, selbst Stephen schien schlicht fassungslos. Er hatte mein vollstes Verständnis.

»Aber natürlich«, ließ Mr Curtis sich nicht bremsen, »ist dies noch immer ein feines altes Haus. Und es hat eine bezaubernde Gastgeberin. Lord Hastings, Ihre Frau ist ein Juwel mit einem Gesicht, für das tausend Schiffe in See stechen würden, wie für die schöne Helena.« Als er Lady Hastings ein weiteres unverschämt verschwörerisches Lächeln schenkte, glänzten seine Zähne im Kerzenschein.

»Ah, ja«, sagte Onkel Felix, während Lord Hastings verlegen auf seinem Stuhl rutschte und Messer und Gabel fest umklammerte. »An diese Geschichte kann ich mich erinnern. Komisch, soweit ich mich entsinne, nimmt sie kein gutes Ende.«

Er bedachte Mr Curtis durch sein Monokel mit einem eiskalten Blick, unter dem Mr Curtis einknickte, wenn auch nur kurz. Dann straffte er die Schultern, sein selbstgefälliger Gesichtsausdruck kehrte zurück und er sprach weiter. Dabei griff er in sein Jackett und zog eine Taschenuhr heraus. Ein protziges Ding aus Gold, eingefasst von zierlichen Blättern. Mr Curtis drehte es beim Sprechen achtlos in den Fingern. Wir alle glotzten die Uhr an und neben mir murmelte Stephen etwas Unverständliches. Als ich mich zu ihm umwandte, wirkte er ebenso angewidert, wie ich mich fühlte.

»Wie hübsch!« Tante Saskia starrte die Uhr gierig an. Ich wartete nur darauf, dass sie sich über die Lippen lecken würde.

»Ach – das hier?«, fragte Mr Curtis keck. »Ein Erinnerungsstück. Ich umgebe mich gerne mit schönen Dingen.«

»Das erwähnten Sie bereits«, stellte Onkel Felix aalglatt fest.

Die beiden Männer starrten sich über den Tisch hinweg an. Plötzlich erschien die Lage sehr angespannt.

»Meine Güte!«, rief Lady Hastings. »Was *ist* nur in alle gefahren? Wir sollten feiern. Lasst uns einen Toast aussprechen. Auf die Feier! Möge dieses Wochenende absolut perfekt werden!«

Jeder erhob sein Glas und trank (wir vier hatten Fruchtsaft von Robinsons und mussten so tun, als wäre es Wein). Als ich mich dabei umschaute, musste ich feststellen, dass ausnahmslos alle *nicht* auf Lady Hastings, sondern auf Mr Curtis stierten. Lord Hastings war puterrot im Gesicht. Onkel Felix dagegen regelrecht blass, während er kühl durch sein Monokel blickte. Miss Alston gab sich einmal mehr Mühe, sich nicht anmerken zu lassen, dass sie Mr Curtis beobachtete. Bertie schnaubte vor Entrüstung. Stephen war noch immer ganz bleich vor Ekel. Und Lady Hastings versprühte eine Art widerlich süßer Zuneigung, die mir gar nicht gefiel. Nur Tante Saskias Aufmerksamkeit galt etwas anderem, nämlich der Uhr von Mr Curtis, die neben seinem Teller ruhte. Als ich einen nach dem anderen musterte, ging mir der Gedanke durch den Kopf, dass dieses Wochenende alles andere als perfekt ausfallen würde. Ganz im Gegenteil schien es sich ziemlich grässlich zu gestalten. Oder – zumindest hätte ich darauf gewettet, dass dies Daisys Gedanken dazu waren – außerordentlich interessant.

9

Nach dem Abendessen blieben die Männer im Esszimmer, um zu rauchen, während die Frauen aufstanden und sich in den Salon zurückzogen. Bertie und Stephen blieben bei den Herren, doch obwohl wir vier während des Mahls erwachsen hatten spielen dürfen, war nun mehr als deutlich, dass wir weder bei den Damen noch bei den Herren länger erwünscht waren.

»Könnt ihr nicht etwas spielen gehen, Daisy, Liebes?«, meinte Lady Hastings und winkte leichthin ab. »Die Erwachsenen wollen sich unterhalten. Miss Alston, geben Sie ihnen etwas zu spielen.«

»Das ist schon in Ordnung, Mami«, sagte Daisy liebreizend. »Wir können auf uns selbst achtgeben. Wir werden Verstecken spielen.«

»Oh, na, wenn ihr sicher seid?« Lady Hastings schien erleichtert, eine Sorge weniger zu haben. »Aber spielt *leise.*«

»Ich werde von Zeit zu Zeit nach ihnen sehen.« Miss Alston sah uns ernst an, die Handtasche wie einen Schild an ihren Bauch gedrückt. Unter ihrem Blick wurde ich nervös. Mir war klar, dass Daisy etwas vorhatte – und ich fühlte mich unbehaglich, als könnte Miss Alston Bescheid wissen. Ihr merkwürdiges Verhalten erschien mir heute jedenfalls auffälliger denn je.

»Küken, du zählst«, bestimmte Daisy, sobald Lady Hastings und Miss Alston sich in den Salon begeben hatten – Miss Alston hatte uns einen letzten misstrauischen Blick zugeworfen, als sie die Tür schloss. »Ihr habt Mami gehört, wir müssen leise sein – und das bedeutet, dass wir oben bleiben, im ersten Stock und im Obergeschoss. Keiner darf ins Erdgeschoss, sonst wird sie schrecklich schimpfen. Verstanden?«

Mir war auf der Stelle klar, dass Daisy soeben dafür sorgte, dass Kitty und Küken ihren wie auch immer gearteten Plänen nicht im Weg stehen würden. Küken, die ganz aufgeregt wirkte, nickte gehorsam und Kitty, die schon den Mund geöffnet hatte, um zu widersprechen, schloss ihn seufzend wieder. Ich sah Kitty an, dass sie am liebsten bei den Erwachsenen geblieben wäre, um dem neuesten Tratsch zu lauschen – doch Küken wollte spielen, daher würde Kitty sie nicht enttäuschen. Das Ganze war von Daisy wirklich furchtbar clever eingefädelt – wie üblich.

Gemeinsam stiegen wir die Stufen zum Treppenabsatz im ersten Stock hinauf, wo sich Küken vor die ausgestopfte Eule auf der Säule stellte, sich die Augen zuhielt und anfing, im gut hörbaren Flüsterton zu zählen. Kitty stieß erneut ein Seufzen aus, warf Daisy einen vielsagenden Blick zu und trottete in Richtung von Lady Hastings' Zimmer im vorderen Teil des Hauses. Daisy ergriff meine Hand, zwinkerte mir zu und zog mich dann betont lärmend die Haupttreppe ins Obergeschoss hinauf, sodass hässliches Knarren durchs Treppenhaus hallte.

Sobald wir den Treppenabsatz erreicht hatten, der zum Kinderzimmer führte, huschten wir leise weiter, den Gang entlang und die Dienstbotentreppe wieder nach unten. Die Hintertreppe ist kein wirklicher Geheimgang, trotzdem scheint außer Daisy nie jemand auf die Idee zu kommen, sie zu benutzen. Sie ist nicht für *unsereins* gedacht, sie dient Mrs Doherty, Hetty und Chapman, ist finster, steil und kalt. Möglichst lautlos und fast ohne zu atmen, schlichen wir auf Zehenspitzen abwärts, die Hände auf den Mund gepresst, um ein Kichern zu unterdrücken. Es war herrlich, mit Daisy wieder etwas Geheimes zu unternehmen.

Neben dem Zimmer von Lady Hastings verließen wir die Treppe, schlichen an Küken vorbei, die immer noch zählte (Küken braucht zum Zählen volle Konzentration, daher bekommt sie währenddessen vom Rest der Welt nichts mit – äußerst schlau von Daisy, sie zum ersten Sucher zu erklären. Kitty hätte uns vielleicht bemerkt, doch Küken niemals). Dann bewegten wir uns auf leisen Sohlen die Haupttreppe hinunter ins schummrige Licht der Eingangshalle, wo die tickende Pendeluhr stand und blasse alte Gemälde die ausgeblichenen roten Wände zierten. Wir huschten zur geschlossenen Tür des Speisesaals und tauschten atemlos einen vielsagenden Blick. Tiefe Männerstimmen drangen durch das Holz.

Daisy grinste mich an. »Gut gemacht, Watson!«, wisperte sie. »Der erste Teil unserer Mission ist abgeschlossen. Jetzt zu Teil zwei. Nach meinen Berechnungen haben wir mindestens fünfzehn Minuten Zeit, bevor Küken überhaupt auf die Idee kommt, dass wir uns nicht an die Abmachung gehalten haben könnten und uns nicht in den oberen beiden Stockwerken versteckt haben – fünfzehn Minuten, die ich bestmöglich nutzen will. Mr Curtis' Gerede beim Abendessen hat ihn *hochgradig* verdächtig gemacht, das steht fest. Der ganze Quatsch, die Mingvase wäre eine Fälschung … Findest du nicht auch?«

Nun, es trifft zu, dass Daisy manchmal falschen Fährten hinterherjagt, und zwar viel zu hitzköpfig, um vernünftig denken zu können – doch in diesem Fall musste ich ihr zustimmen. Allerdings fiel mir auf, dass sie mit keinem Wort erwähnte, wie beunruhigend interessiert Mr Curtis an Lady Hastings schien.

»Er benimmt sich sehr seltsam«, sagte ich. »Was rein gar nichts heißen muss, aber –«

»Ganz genau«, unterbrach Daisy mich, als hätte ich ihr zu hundert Prozent recht gegeben. »Wenn sogar *du* das denkst, sind wir auf jeden Fall auf der richtigen Spur. Ich mag ihn nicht, und ich mag nicht, dass er in meinem Zuhause ist. Was Menschenkenntnis angeht, ist Mami manchmal nicht die Hellste, und in diesem Fall traue ich ihrem Urteil nicht über den Weg. Wie schon gesagt, wir müssen ihn im Auge behalten – und dieses Spiel verschafft uns die perfekte Gelegenheit dazu. Falls uns jemand überrascht, können wir – vollkommen wahrheitsgemäß – sagen, dass wir Verstecken spielen. Und falls man uns nicht entdeckt, erwischen wir Mr Curtis vielleicht auf frischer Tat dabei, wie er etwas Verbotenes tut. Immerhin sollte er jeden Moment aus dem Esszimmer kommen. Alles klar?«

Ich sah sie an. Daisy hat einen ausgeprägten Beschützerinstinkt, was ihre Dinge angeht, und ich dachte, ihre Worte *Ich mag ihn nicht, und ich mag nicht, dass er in meinem Zuhause ist* würden allein daher rühren. Trotzdem war es seit vier Monaten der vielversprechendste Fall – wenn das hier keine Untersuchung lohnte, was dann? Und immerhin, redete ich mir ein, was auch passieren würde, *dieser* Fall würde uns nicht in Gefahr bringen. Jedenfalls würde kein Mord daraus werden.

»Alles klar«, sagte ich vorsichtig.

»Noch bin ich nicht sicher«, sagte Daisy, »aber ich glaube, man kann ihm zutrauen, etwas zu stehlen, findest du nicht? Oder Mami dazu zu bringen, ihm etwas schrecklich Wertvolles zu überlassen? In unseren schönen Sachen herumzuschnüffeln und dann so zu tun, als wären sie nichts wert! Tja, vielleicht fällt Mami darauf herein, aber ich sicher nicht! Was er auch vorhat, wir müssen davon ausgehen, dass er es an diesem Wochenende durchzieht. Von wegen, er sei wegen der Feier hier! Wir müssen Onkel Felix nur ausreichend Beweise liefern, bevor dieser Schurke entwischen kann. Deshalb musst du sofort unter den Schrank dort drüben krabbeln. Ich verstecke mich unter dem Tisch hier, und dann beobachten und belauschen wir, so gut wir können.«

Ich betrachtete den Schrank. Der Raum darunter wirkte unglaublich eng. »Daisy«, setzte ich an. Doch natürlich hatte Daisy sich bereits verschanzt, und natürlich hatte sie dasjenige Versteck gewählt, dass mehr Platz bot. Ich hatte keine andere Wahl, als mich unter den Schrank zu quetschen.

Es war ungeheuer dunkel und staubig, außerdem extrem beengend. Unglücklich lag ich da, während der Geruch von Zigarren unter der geschlossenen Esszimmertür hervorwallte, sich mit dem Staub vermengte und meine Nase zu kitzeln begann.

Jedes Mal, wenn ich mich bewegte, zischte Daisy mich wie eine Gans an. Als sich die Tür endlich öffnete und zehn glänzend schwarze Schuhe an meinem Gesicht vorbeimarschierten, war ich wirklich zornig. Manchmal ist es alles andere als ein Vergnügen, der Detektei anzugehören.

»Billard?«, schlug Lord Hastings in seinem dröhnenden vollen Tonfall vor.

»Ich nicht«, lehnte Mr Curtis ab, dessen Schuhe direkt vor meiner Nase verharrten. »Ich habe noch zu tun.«

»Doch sicher nichts Geschäftliches?«, hakte Onkel Felix in seinem abgeklärtesten, kühlsten Ton nach. »Ich hoffe, Sie werden nicht von früh bis spät am Telefon hängen … Immerhin sind Sie zu Gast auf einer Feier. Vergessen Sie nicht, sich zu amüsieren.«

»Oh, machen Sie sich darüber keine Sorgen.« Mr Curtis triefte vor Arroganz. »Das Vergnügen vergesse ich nie. Und ich verspreche Ihnen, ich habe keinen Bedarf für das Telefon. Alles, was ich brauche, befindet sich hier auf Fallingford.«

Ich zuckte zusammen und der Schrank ringsum knarrte.

»Mir gefällt Ihr Ton nicht –«, fing Bertie erregt an, hielt dann jedoch inne, als hätte ihm jemand bremsend die Hand auf den Arm gelegt.

»Scht!«, hörte ich Stephen. »Lass gut sein, Bertie.«

»In der Tat«, sagte Onkel Felix. »Kein Grund, sich aufzuregen. Nun, Curtis, dann wollen wir Sie nicht länger aufhalten. Kommt, George, Bertie, Stephen – Billard.«

Sie gingen davon. Ich hörte, wie Lord Hastings im Versuch eines Flüsterns sagte: »Dieser Mensch! Wäre er nicht Gast in meinem Haus … Woher *kennt* Margaret ihn nur?!«

Onkel Felix murmelte etwas Unverständliches, dann waren sie fort.

Mr Curtis war allein in der Halle zurückgeblieben. Unruhig tigerten seine Schuhe über den ausgeblichenen Teppich. Ich reckte den Kopf ein wenig, sodass ich Daisy sehen konnte, die unter ihrem Tisch kauerte. Sie warf mir einen strengen Blick zu, der so viel sagte wie *Bleib gefälligst, wo du bist!*, also zog ich den Kopf unter lautlosem Stöhnen wieder ein.

Anschließend öffnete sich mit leisem Quietschen die Tür zum Salon, und ein Paar schmaler hoher Hacken klackerte über den steinernen Boden zu dem Läufer, wo es neben den Schuhen von Mr Curtis zum Stehen kam.

»Denis«, hauchte Daisys Mutter.

»Margaret«, erwiderte Mr Curtis ebenso leise. »Treffen. Viertel nach neun. Bibliothek.«

»Ja«, raunte Daisys Mutter. Dann öffnete sich prompt die Tür zur Bibliothek und heraus traten die kantigen braunen Schuhe von Miss Alston.

»Oh, welch Überraschung«, sagte sie und blieb stehen. »Ich war gerade auf der Suche nach den Mädchen, um sicherzugehen, dass sie auch *wirklich* Verstecken spielen.«

»Jedenfalls sind sie offensichtlich nicht hier«, fuhr Lady Hastings sie unwirsch an. »Sind Sie nicht in der Lage, sie unter Kontrolle zu halten? Wofür bezahle ich Sie eigentlich?«

»Sie haben völlig recht«, sagte Miss Alston höflich. »Ich bitte um Verzeihung.« Doch obwohl nur diese Worte ihren Mund verließen, merkte ich ihr deutlich an, dass in ihrem Kopf etwas ganz anderes vor sich ging. Sie schritt gehorsam in Richtung Billardzimmer davon – doch wieder hatte ich das Gefühl, sie hätte gerne etwas ganz anderes getan. Verborgen unter ihrer guten Manieren war Miss Alston ebenso empört, Lady Hastings und Mr Curtis zusammen zu sehen, wie wir.

Doch fürs Erste schien die Episode beendet. Lady Hastings ging klackernd zurück in den Salon und Mr Curtis murmelte: »Whisky!«, womit er im Esszimmer verschwand.

Ich konnte es nicht ertragen, auch nur eine weitere Sekunde unter dem Schrank eingepfercht zu sein. Ungelenk hievte ich mich in die Freiheit, wobei ich mir den Kopf anstieß, und klappte dann, keuchend wie ein Fisch auf dem Trockenen, auf dem Läufer zusammen. Kaum hatte ich Zeit zum Blinzeln gefunden, da stand auch schon Daisy neben mir.

»Hast du das gehört?«, zischte sie.

»Ich wüsste nicht, wie ich das hätte überhören können«, sagte ich und spuckte einen Klumpen Staub aus.

»Ganz genau! Schnell – in die Bibliothek, bevor die Alston zurückkommt und uns ins Bett schickt! Wir müssen uns für das Rendezvous bereithalten!«

Ich stockte. Plötzlich hatte ich ein ganz flaues Gefühl im Magen. Ja, ich hatte gehört, was auch Daisy gehört hatte – doch ich fragte mich, ob wir beide dieselben Schlüsse gezogen hatten. Mr Curtis führte etwas im Schilde … aber ich wusste auch, dass sich Erwachsene manchmal aus ganz anderen Gründen gemeinsam in ruhige Zimmer zurückzogen. Was, wenn es diesmal einer *dieser* Gründe war? War es dann wirklich ein Geheimnis, das die Detektei lüften sollte?

»Daisy …«, fing ich an. »Bist du sicher?«

»Hazel«, fuhr Daisy mich an. »*Willst du beweisen, dass Mr Curtis ein Verbrecher ist oder nicht?*«

Dem war nichts hinzuzufügen.

10

Wir durchquerten die Eingangshalle und betraten die Bibliothek. Als ich die Tür öffnete, strömte mir die Wärme des Kamins entgegen. Der Raum war leer und Daisy deutete auf die schweren Vorhänge, die weiter hinten vor der Fensternische hingen. Wir krochen hinein (*Schon wieder* verstecken, dachte ich trübsinnig) und Daisy zog die Vorhänge zu. Da hockten wir also – unsere Vorderseiten sehr warm und unsere Hinterteile sehr kalt – und warteten ab, was geschehen würde. Daisy zog den Vorhang ein Stückchen beiseite, sodass wir hinausspähen konnten, und zappelte vor freudiger Anspannung. Ich war allerdings nervös. Ich konnte nicht anders, als mir Sorgen zu machen. Was, wenn ich richtiglag?

Lange mussten wir uns nicht gedulden, da öffnete sich die Tür und Mr Curtis trat ein, einen furchtbar eitlen Ausdruck im Gesicht, die Hände in den Taschen vergraben. Er wirkte gut gelaunt, schrak aber dennoch zusammen, als die Tür hinter ihm erneut aufschwang.

»Siehst du?«, zischte Daisy mir zu. »Ein Zeichen von schlechtem Gewissen!«

Allerdings war es nur Daisys Mutter. Sie schlüpfte in die Bibliothek und schlang ihren Pelz um sich, als wäre ihr kalt.

»Jetzt: *Ohren und Augen auf!*«, formte Daisy im Halbdunkel hinter dem Vorhang nahezu lautlos mit den Lippen. »Wir müssen uns jedes Wort genau einprägen, damit wir Onkel Felix nachher Bericht erstatten können.«

Doch es gab nicht viel, was wir uns hätten merken können. Lady Hastings und Mr Curtis starrten sich lediglich mit großen runden Augen an, ohne etwas zu sagen. Falls Mr Curtis vorhatte, sie hereinzulegen, damit sie ihm die Mingvase aus dem Treppenhaus überließ, schien das eine ziemlich merkwürdige Vorgehensweise.

»Mein Liebling«, hauchte Mr Curtis schließlich. »Mein Liebling …« Dann drückte er Lady Hastings an sich und küsste sie leidenschaftlich.

Beinahe hätte ich gelacht. Erwachsene sehen so komisch und eklig aus, wenn sie küssen, und Mr Curtis und Daisys Mutter legten sich noch dazu so ins Zeug.

Doch dann schaute ich zu Daisy.

Sie hatte die Hände auf den Mund gelegt und die Augen weit aufgerissen, so weit, dass sie ihr fast aus dem Kopf fielen. Wie gebannt starrte sie auf ihre Mutter und Mr Curtis, während Tränen über ihre Wangen und verkrampften Finger rannen.

Noch nie zuvor hatte ich erlebt, dass Daisy weinte. Ich hätte nicht gedacht, dass sie überhaupt so wie gewöhnliche Menschen dazu fähig war. Sobald ich sie so sah, wurde mir klar, dass wir es mit einer wirklich ernsten Sache zu tun hatten. Dies hier war Daisys Mutter, und Daisys Mutter war mit Daisys Vater verheiratet. Andere Männer in Bibliotheken zu küssen, kam nicht infrage. Überhaupt andere Männer zu küssen, kam nicht infrage.

Wuchtig flog die Tür erneut auf und Bertie stürmte herein. Dicht hinter ihm folgte Stephen – ich erhaschte einen kurzen Blick auf sein schockiertes Sommersprossengesicht, in dem der Mund beinahe so weit offen stand wie in Daisys, bevor Bertie losbrüllte: »MUTTER!«, und Lady Hastings und Mr Curtis mit einem erschrockenen Satz auseinandersprangen, als hätte man ihnen einen Stromstoß versetzt.

»Bertie!«, keuchte Lady Hastings. »Mr Curtis wollte eben –«

Noch einmal knallte die Tür auf und Onkel Felix betrat mit weiten Schritten das Zimmer. »Margaret, bist du hier?«, rief er. »Ich möchte – was ist los?«

»Ich wollte Denis unter vier Augen sprechen«, sagte Lady Hastings. »Bertie hat uns unterbrochen.«

»Ein Wort unter vier Augen?«, wiederholte Bertie rot vor Wut. »Rede keinen Unsinn, Mutter, du hast das schon viel zu oft getan! Wenn ich etwas zu sagen hätte, würde ich – Oh! Komm, Stephen, sollen diese Idioten das unter sich regeln.« Damit drehte er sich um und bahnte sich einen Weg aus dem Raum, kurz davor, vor Wut zu explodieren.

Stephen folgte ihm, allerdings nicht ohne Mr Curtis einen letzten entsetzten Blick zuzuwerfen. *Armer Stephen*, dachte ich. *In so eine Sache hineinzugeraten! Und arme Daisy!* Sie weinte noch immer.

Onkel Felix sah von Lady Hastings zu Mr Curtis und zurück. Ich sah deutlich, wie bei ihm der Groschen fiel.

»Nun, Margaret«, sagte er. »Was habt ihr *wirklich* gemacht?« Mit einem Mal klang er richtig bedrohlich.

»Ich wüsste nicht, was Sie das angeht«, sagte Mr Curtis. »Dies ist ein freies Land.«

»Zum einen«, sagte Onkel Felix, »bin ich rein zufällig Margarets Bruder. Und zum anderen – wüsste ich gerne mehr über Sie, Mr Denis Curtis. Für welches Antquitätengeschäft arbeiten Sie noch mal – war es Christie's?«

Mr Curtis erstarrte. »Das geht Sie *nichts* an«, wiederholte er patzig, jeder Hauch von Höflichkeit war aus seiner Stimme verflogen. »Ich habe es nicht erwähnt. Und ich wäre Ihnen dankbar, mir aus dem Weg zu gehen!«

Er stürmte aus dem Raum – bodenlos ungehobelt, wie ich fand, während meine Abneigung zunahm. Lady Hastings war allein zurückgeblieben und wirkte recht verlassen, wie sie so neben dem Sofa stand, die Arme um sich geschlungen.

»Du kannst manchmal ein wahres Ekel sein«, sagte sie zu Onkel Felix. »Warum musst du dich immer überall einmischen?«

»Margaret, hör mir zu. Dieser Mann – er gehört nicht zu der Sorte von Mensch, mit der du dich abgeben solltest. Ich lege dir ausdrücklich ans Herz, seine Anwesenheit in diesem Haus zu überdenken.«

»Oh, nun sei kein solcher Langweiler!«, keifte Lady Hastings. »Nur weil er ein Freund von mir ist! Dies ist mein Heim, und du kannst mir nicht sagen, was ich darin zu tun und zu lassen habe.«

»Er muss gehen, Margaret!«, sagte Onkel Felix – doch Lady Hastings war bereits nach draußen gestürmt. Stöhnend fuhr er sich durchs Haar, bevor er ihr nacheilte. Wir waren allein.

Daisy kauerte hinter dem Vorhang und schluckte, während ihr Gesicht von Tränen überströmt war. Ich war ratlos. Sie hatte einen Schock – dunkel erinnerte ich mich, dass man Menschen mit Schock mit kaltem Wasser übergießen sollte, doch ich hatte kein kaltes Wasser zur Hand.

»Daisy.« Ich wollte ihr Mut machen. Mir war bewusst, dass ich nicht ansprechen konnte, was wir beobachtet hatten. »Hast du nicht gehört? Es klang ganz danach, als fände Onkel Felix diesen Mr Curtis *doch* verdächtig! Wir könnten wirklich einer Sache auf die Schliche gekommen sein!«

Daisy schniefte. Eine Weile herrschte Stille. »Hazel«, sagte sie schließlich kleinlaut, während sie hinter dem Vorhang hervorkroch. »Ich glaube, da liegst du nicht ganz falsch.«

Abermals flog die Tür zur Bibliothek auf.

»DA seid ihr!«, rief Kitty böse. »Siehst du, Küken? Ich hab dir gleich gesagt, dass sie sich hier unten verstecken! Ihr Biester! Jetzt kommt schon, Miss Alston will, dass wir zu Bett gehen.«

11

Daisy stieg die Treppe zum Kinderzimmer hinauf – den Mund verkniffen und die Fäuste geballt. Ich sah ihr an, dass unsere Beobachtung in der Bibliothek sie nicht losließ.

»Geht es dir gut, Daisy?«, fragte Küken und musterte sie besorgt. »Dein Gesicht ist so rot.«

»Es geht mir bestens«, erwiderte Daisy und nahm ruckartig Haltung an. »In der Bibliothek war es nur ziemlich warm.«

»Eben haben wir Mr Curtis gesehen«, erzählte Kitty. »Er sah schrecklich verärgert aus. Geht es *ihm* gut?«

»Ha!«, platzte Daisy ungewollt heraus. »Ich wollte sagen: Bestimmt.«

»Er hatte wieder diese prächtige Uhr in der Hand«, fuhr Kitty fort. »Deine Tante Saskia war auch da, und ihr sind fast die Augen aus dem Kopf gefallen. Sah wirklich witzig aus. Wie eine Katze, die einen Vogel belauert!«

»Aber sie gehört doch Mr Curtis!«, meinte Küken entsetzt.

Kitty seufzte. Und selbst Daisy musste grinsen. Küken ist so herrlich ehrlich, dass sie wie selbstverständlich meint, der Rest der Welt wäre genauso.

»Bist du schon aufgeregt wegen deinem Geburtstag morgen?«, fragte Kitty. »Ich liebe Geburtstage! Die vielen Geschenke!«

»Ja, schon«, sagte Daisy ausweichend. »Aber die Party – bäh! Ein Kinderkränzchen! Was meint Mami denn, wie alt ich werde?!«

Natürlich war sie nicht verärgert, weil ihre Mutter ein Kinderkränzchen veranstaltete. Der Grund war die Sache in der Bibliothek, das war mir völlig klar – Daisy tat mir schrecklich leid. Um keinen Preis der Welt konnte sie den anderen davon erzählen, nicht mal ansatzweise! Sollte Kitty es herausfinden, würde sie das ganze Wochenende von nichts anderem mehr plappern, und sobald das Sommertrimester begänne, würde die komplette Schule Bescheid wissen.

Daher war ich wenig überrascht, als Daisy eine Ausrede erfand und Kitty und Küken im Kinderzimmer zurückließ, wo sie sich umzogen, während wir zum Zähneputzen ins obere Badezimmer flüchteten.

Das obere Badezimmer ist ebenso heruntergekommen wie der Rest von Fallingford. Das weiße Porzellan ist voller Risse und die Wanne auf den Krallenfüßen wird von einem Ring aus Rost eingerahmt. Der Wasserhahn tropft und vom obersten Rand bis zur Öffnung, in der das Wasser abfließt, zieht sich eine grüne Verfärbung wie ein Geisterwurm.

»Geht es dir gut?«, fragte ich, sobald wir den Riegel vorgeschoben und das Wasser angestellt hatten. Gluckernd und zischend übertönte es unsere Stimmen, sodass niemand hätte lauschen können.

Daisy winkte ab und setzte sich auf den Rand der Wanne. »Natürlich«, sagte sie. »Mach dir *darüber* keine Gedanken. Ich habe unsere bisherigen Entdeckungen noch einmal überdacht, und da Mr Curtis aus ruchlosen Gründen in dieses Haus gekommen ist, scheint mir unsere Beobachtung in der Bibliothek nur ein weiterer Beweis für seine durchtriebenen Pläne. Er hat offensichtlich vor, meine Mutter dazu zu bringen, dass sie sich in ihn verliebt, damit sie ihm abkauft, dass all unsere schönen Sachen wertlos sind – wie gesagt, mit Mamis Menschenkenntnis ist es nicht weit her. Wir müssen davon ausgehen, dass sie das Opfer ist und Mr Curtis der äußerst gerissene Verbrecher.«

»Aber Daisy«, sagte ich. »Trotzdem ist es *passiert*.«

»Nun, ja, es *ist* passiert, aber es hat nichts zu *bedeuten*, Hazel. Sobald wir Mr Curtis als den Fiesling enttarnen, der er ist, wird Mami wieder zu Verstand kommen – soweit sie welchen hat – und zu Daddy zurückkehren. Du siehst, es ist wichtiger denn je, dass wir ausreichend Beweise zusammentragen, um Onkel Felix überzeugen zu können, und zwar so schnell wie möglich.«

Ich blickte Daisy an. Ihre Augen glänzten und ihre Wangen waren gerötet. Diese Daisy hatte einen Plan. Doch obwohl ich ihr bezüglich Mr Curtis recht gab, machte das meine Sorgen nicht kleiner. Ich sah meiner Freundin an, dass sie wieder in alte Gewohnheiten verfiel – sie versuchte, die Beweise so hinzudrehen, dass sie zu der Theorie passten, die ihr am besten gefiel. Egal, aus welchem Grund Mr Curtis Daisys Mutter gekusst hatte, er hatte es getan, und Daisys Mutter hatte den Kuss erwidert. All die Streitereien im Lauf der Woche zwischen Lord und Lady Hastings fielen mir wieder ein. Was Daisy auch sagte, für mich stand fest, dass die Lage mehr als ernst war. Was, wenn Daisys Mutter mit Mr Curtis durchbrennen wollte? Was würde Daisy dann tun?

»Also, Watson«, sagte Daisy. »Morgen müssen wir Mr Curtis mit Adleraugen beschatten. Wir dürfen ihn keine Sekunde unbeobachtet lassen!«

»Aber du hast Geburtstag!«

»Vergiss doch den Geburtstag! Manche Dinge sind einfach wichtiger. Außerdem hatte ich schon genug Geburtstage.«

Plötzlich hämmerte jemand gegen die Tür.

»Kürbiskopf, du Nervensäge, lass uns rein!«, rief Bertie. »Sei kein Spielverderber, komm raus! Was treibt ihr da drin so lange?«

»Zähne putzen, was sonst?!«, brüllte Daisy zurück. »Jetzt beruhig dich! Wir kommen ja schon.«

Sie entriegelte die Tür und wir betraten den Gang. Vor uns stand Bertie mit verschränkten Armen und neben ihm war Stephen. Ich wurde rot, weil zwei Jungen mich dabei sahen, wie ich aus einem Badezimmer kam, doch Daisy schniefte lediglich und wirkte völlig gelassen, als wäre sie eben aus einem Ballsaal getreten.

»Du bist schon ein komischer Kauz, Kürbiskopf«, meinte Bertie, als er uns sah. »Ich hab euch tratschen hören. Worum ging's denn?«

»Du und deine Ekelhaftigkeit«, giftete Daisy ihn an. »Stephen kann einem wirklich leidtun, Zeit in deiner widerwärtigen Gegenwart verbringen zu müssen. Jetzt geh uns aus dem Weg und hör auf, überall deine Nase reinzustecken.«

Bertie schnitt ihr eine bitterböse Grimasse, doch Stephen lächelte mich an. Ich war noch immer verlegen, trotzdem erwiderte ich das Lächeln.

»Warum nennt er dich Kürbiskopf?«, fragte ich neugierig,

sobald wir im Kinderzimmer waren. Küken, die schon im Bett lag, winkte uns zu.

»*Er* behauptet, ich sei als Baby dick gewesen«, antwortete Daisy. »Selbstverständlich ist das gelogen. Ich war perfekt. Aber *er* musste eine Augenklappe tragen, bis er zehn war, weil er so schrecklich geschielt hat. Noch findet er es furchtbar witzig, mich … *so* zu nennen … Aber wenn er sich je verloben sollte, werde ich ihn vor seiner Verlobten Schielauge nennen, dann sehen wir ja, ob sie ihn immer noch heiraten will.«

Daisy zog ihr Nachthemd über und kletterte ins Bett, das unter ihr knarrte. Sie pustete die Kerze auf dem Nachttisch aus – ein komisches dreibeiniges Ding, das einmal grün gewesen war, jetzt aber nach nichts mehr aussah –, rollte sich auf die Seite, sodass ihre Nase zur abblätternden gelben Tapete zeigte (eine Zirkusszene mit Elefanten, Löwen und Zirkusdirektoren, die sich im Kreis jagen), und fing an, so zu atmen, als wäre sie eingeschlafen. Kitty kroch in Kükens Bett, um mit ihr zu tuscheln, doch ich hatte keinerlei Zweifel, dass Daisy mehr als wach war. Ich wollte mit ihr reden – war aber unsicher, was ich sagen sollte.

Ich dachte an mein Zimmer zu Hause, so ordentlich und weiß, in dem der Ventilator über meinem Kopf beruhigend seine Runden dreht, und an die Stimmen und das Klirren von Gläsern, die die Treppe heraufhallen, wenn meine Eltern zu einer Cocktailparty geladen haben. Hier kratzten die Bettdecken, und obwohl ich drei hatte, schlotterte ich. Die Wände des Kinderzimmers waren krumm und schief, das Haus ächzte und grummelte, und draußen kreischte etwas. Ich dachte an meine erste Nacht hier in Fallingford, als ich der Meinung war, es wäre ein Baby, und Daisy mir erklärt hatte, dass es nur ein Fuchs sei. Mit einem Mal bekam ich schreckliches Heimweh.

Das war komisch, denn ich hätte eigentlich eine schöne Zeit haben sollen – immerhin waren Ferien und ich war bei Daisy –, doch ich sehnte mich immer mehr nach meinem Zuhause. Ich konnte es nicht erwarten, dass Daisys Feier vorbei war.

• TEIL ZWEI •

Ermittlungen und Geburtstagskränzchen

I

Am nächsten Morgen wurde ich von einem schweren Gewicht auf meinem Bauch geweckt.

Keuchend schlug ich die Augen auf.

»Tach, Watson!«, sagte Daisy und beugte sich vor, sodass ihre Haare mein Gesicht kitzelten. »Ich habe heute Geburtstag. Na los, aufstehen – wir müssen einen Bösewicht bloßstellen! Guck mal, ich habe uns Proviant besorgt.«

Sie ließ einen Apfel und ein Milchbrötchen fallen, von dem Butter und Honig auf meinen Kragen tropften. Bevor ich es aufheben konnte, hatte sich auf meinem Nachthemd bereits ein glänzend fettiger Fleck ausgebreitet.

»Daisy!«, sagte ich, während ich das Brötchen mit großen klebrigen Bissen verputzte, um es loszuwerden. »Was soll das?«

»Vorfrühstücks-Frühstück.« Daisy biss in ihr eigenes Brötchen. »Gerade von dir hätte ich erwartet, dass du dich darüber freust. Detektive müssen für ihr leibliches Wohl sorgen.«

»*Wie* früh ist es denn?«, fragte ich. »Alles Gute zum Geburtstag übrigens.«

»Nicht besonders früh«, meinte Daisy. »Halb acht. Jetzt stell dich nicht so an, Hazel, ich bin schon seit *Stunden* wach, genau wie Hetty und Mrs D. Hör zu, wir müssen *sofort* loslegen! Als ich vorhin die Treppe rauf bin, habe ich es im Zimmer von Mr Curtis im ersten Stock rumoren hören. Wir dürfen nicht zulassen, dass er sich unbeobachtet im Haus herumtreibt!«

An diesem Morgen wirkte Daisy *glücklich* – sie strahlte regelrecht, ganz anders als das Mädchen, das ich am Abend zuvor hinter dem Vorhang gesehen hatte. Ich hatte so eine Ahnung, warum. Sie hatte all die Tatsachen des Vortags zusammengefasst und in ihrem Kopf zu einzelnen Puzzleteilen geformt. Zwar machte ich mir noch immer Sorgen um sie, doch im Augenblick konnte ich nichts tun. Wenn sie den Entschluss gefasst hatte, mit dem, was sie in der Bibliothek erlebt hatte, auf diese Art umzugehen, durfte ich sie nicht abhalten – immerhin hatte sie Geburtstag.

Unser Gespräch hatte Kitty und Küken geweckt.

»Was ist denn los?«, grummelte Kitty, stemmte sich auf einen Ellbogen und spähte im Zimmer umher. »Warum seid ihr wach?«

»Alles Gute zum Geburtstag!«, rief Küken, hüpfte aus dem Bett und stellte sich wie eine kleine Ballerina auf die Zehenspitzen. »Ich hab's nicht vergessen!«

Mit einem Mal setzte Daisy sich aufrecht, grub ihre Knie in meinen Magen und krabbelte über mich hinweg, um zum Fenster über meinem Bett zu gelangen. Sie streckte die Finger durch die Stäbe und drückte ihr Gesicht so weit wie möglich nach draußen. »Schaut mal!«, schrie sie.

Wir kletterten neben sie. Küken war ganz hibbelig vor Aufregung, während Kitty sich noch immer über die frühe Uhrzeit beschwerte. Durch das Rautenmuster der schwarzen Gitterstäbe sahen wir Mr Curtis – in kurzen Tennishosen und einem leichten Baumwollhemd –, der leichtfüßig über den morgendlich goldschimmernden Rasen joggte. Er drehte eine Runde um den Irrgarten, der lange Schatten auf das blasse Gras warf, und sprang über den Kiesweg mit den getrimmten Buchsbaumhecken und den kleinen Steinurnen. Am Wald beim See kehrte er um und joggte zur großen Eiche und zum eingefriedeten Garten. Wir alle sahen ihm zu.

»Warum beobachten wir Mr Curtis?«, wollte Küken wissen.

»Oooh, *Daisy*, bist du verknallt?«, triezte Kitty sie kichernd.

»Wohl *kaum*«, entgegnete Daisy. »Worauf ich hinauswollte: Was um alles in der Welt will er so früh schon auf den Beinen? Das ist nicht normal.« Während sie das sagte, stieß sie mich mit dem Ellbogen in die Rippen, sodass ich vor Schmerz das Gesicht verzog.

In diesem Moment erschien eine zweite Person auf dem Rasen. Sie kam hinter dem Haus hervor, wo sich der Stall befand, in dem nun die Automobile abgestellt wurden.

Es war Lord Hastings. Er trug seine Wachsjacke und über der Schulter ein aufgeklapptes Gewehr. Millie wetzte bei Fuß neben ihm her, während der keuchende Toastie Mühe hatte, mit den beiden mitzuhalten. Während Lord Hastings so über das Gras stapfte, passte er *perfekt* ins Bild, so wie Mr Curtis es einfach nicht konnte. Er hob die Hände an den Mund und rief *»Halloa«*, woraufhin Mr Curtis abbremste. Die beiden Männer gingen aufeinander zu – und plötzlich wurde ich unheimlich nervös.

Mr Curtis legte schon wieder seinen arroganten Schritt an den Tag. Er sagte etwas, das wir nicht hören konnten (Daisy reckte sich nach dem Haken und stieß das Fenster einen Spaltbreit auf, doch wir waren einfach zu weit oben und entfernt, um Genaues zu verstehen). Allerdings machte es den Eindruck, als wären auch Mr Curtis' Worte arrogant. Lord Hastings' rundes Gesicht färbte sich tiefrot. Er reckte das Kinn vor, genau wie Daisy, wenn sie wirklich wütend ist, und brüllte, so laut, dass wir beinahe alles verstehen konnten: »GENUG, SIR! Ich habe versucht … aber jetzt werde ich … verlassen Sie dieses Haus, SOFORT! … keine weitere Nacht unter … wer Sie sind!«

Ich war fassungslos. Lord Hastings zwang Mr Curtis, Fallingford zu verlassen!

Ich erwartete, dass Mr Curtis auf Lord Hastings' Wutausbruch verärgert oder zornig reagieren würde – doch ganz im Gegenteil. Er warf den Kopf in den Nacken und lachte. Mit einem einzigen Wort machte er auf dem Absatz kehrt und joggte davon. Lord Hastings blieb allein zurück, mit geballten Fäusten und so heftig prustend wie Toastie.

»Du meine Güte!«, stieß Kitty aus. »Was war das denn? Muss Mr Curtis jetzt wirklich gehen? Der arme Mann!«

»*Armer –!*«, setzte Daisy an, bevor sie sich wieder im Griff hatte und eine Unschuldsmiene zog. »Ich habe nicht die leiseste Ahnung, worum es gehen könnte. Sicherlich irgendeine langweilige Erwachsenensache. Lasst uns zum Frühstück runtergehen.«

2

Ich futterte gerade meine dritte Scheibe Toast mit Marmelade – und bemühte mich, meine Nase von dem übel riechenden Räucherhering abzuwenden, den Daisy hinter einem Stapel Geschenke sezierte, den Miss Alston für sie aufgetürmt hatte –, als Lord Hastings ins Zimmer platzte. Sein Gesicht war noch immer leicht gerötet und grasbeschmutzt, allerdings schien er fest entschlossen, gute Miene zum bösen Spiel zu machen. »Tochter!«, rief er freudig, als er Daisy entdeckte. »Das Allerbeste zum Geburtstag! Willst du deine Geschenke gar nicht öffnen?«

»Ich überlege es mir«, meinte Daisy. »Von Mami ist nichts dabei, wie ich sehe.«

»Zweifellos kommt es später«, sagte Lord Hastings, den Kopf abgewandt, während er Eier und Speck auf seinen Teller stapelte.

Er hatte den Satz noch nicht beendet, da öffnete sich die Tür erneut und Tante Saskia schwebte herein. Einer ihrer Schals blieb an der Klinke hängen, ein Ohrring rutschte unter das Buffet (Chapman musste sich unter dem arthritischen Knacken seiner Knie bücken und ihn hervorfischen) und ihre hässliche Pelzstola löste sich, sodass sie ihr beinahe von den Schultern gerutscht wäre. Angewidert bemerkte ich, dass sie das Gesicht einer überfahrenen Katze hatte. Erst war ich sicher, ich würde es mir nur einbilden, doch diese Stola hatte tatsächlich kleine glänzende Augen, eine flache Nase und Schnurrhaare. Ich werde die Engländer nie verstehen, und wenn ich tausend Jahre alt werde!

»Guten Morgen, Tante Saskia«, begrüßte Lord Hastings sie. »Bertie, reich mir bitte das Salz.«

Bertie reichte es und schnitt Daisy hinter vorgehaltener Hand eine Grimasse. In diesem Moment ertönte aus der Küche ein Schrei. Wir alle zuckten zusammen und blickten uns nervös an, während ich überlegte, was für ein grauenhafter Vorfall sich nun schon wieder ereignet hatte. Mrs Doherty steckte aufgelöst den Kopf zur Tür herein.

»Verzeihung«, sagte sie. »Hetty hat im Mehl eine Ratte gefunden. Das ist die dritte diese Woche!«

»Ich hatte keine Angst«, rief Hetty hinter ihr.

Chapman legte erbost die Stirn in Falten. Der Tadel war ihm deutlich ins Gesicht geschrieben. »Holen Sie das Gift«, raunte er Mrs Doherty zu.

»Ja – wir haben Arsen im Schrank in der Eingangshalle«, sagte Lord Hastings, während er emsig seine Eier salzte. »Einen ganzen Kübel voll. Holen Sie es, Mrs D, und erledigen Sie diese Nager umgehend.«

»Sehr wohl, Lord Hastings«, sagte Mrs Doherty und verließ den Raum.

Da kam Mr Curtis herein, die Haare noch nass vom Bad, das er nach dem Joggen genommen hatte. »Happy Birthday, Daisy«, sagte er.

»Danke«, entgegnete Daisy würdevoll, doch ihre Nasenwurzel runzelte sich, sodass zumindest ich ihre Überraschung bemerkte. Mir ging es nicht anders. Was dachte Mr Curtis sich dabei, dass er so gelassen zum Frühstück erschien, nach dem, was wir mit angesehen hatten? Sollte er nicht längst seine sieben Sachen packen? Lord Hastings hielt sein Besteck mit eisernem Griff und kniff seinen Mund, in dem er eben eine Gabel voll Ei versenkt hatte, fest zusammen. Trotzdem schwieg er – denkbar, dass er ebenso überrascht war wie wir.

Miss Alston murmelte etwas, von wegen, sie müsse sich auf unseren Unterricht vorbereiten, und schlüpfte aus dem Esszimmer, was ich allerdings nur am Rande wahrnahm. Ich war viel zu gebannt von Mr Curtis.

Er schien felsenfest entschlossen, sich mit seiner unverschämten Art durchzusetzen. Er nahm sich einen Teller voll Essen und setzte sich an den Tisch, wo er die herrliche Golduhr neben seiner rechten Hand ablegte. Tante Saskia starrte sie an, als wollte sie sie verschlingen – jetzt war mir klar, was Kitty gestern gemeint hatte.

»Um an unsere Unterhaltung von vorhin anzuknüpfen«, wandte er sich an Lord Hastings, »ich finde es unpassend, vor heute Abend abzureisen. Wenn Sie Ihren Butler bitten könnten, mich zum Zug zu bringen, der um einundzwanzig Uhr sechs am Bahnhof abfährt, wäre ich Ihnen sehr verbunden.«

Ich dachte, Lord Hastings würde jeden Augenblick sein Messer zerbrechen, so fcst hielt er es umklammert.

Bertie blickte zu ihm, dann zu Mr Curtis und zog ein finsteres Gesicht. »Ich glaube«, sagte er laut, »wir haben nicht genug Arsen im Haus. Die Ratten treiben sich schon überall herum.«

»Was für ein grässliches Problem«, sagte Mr Curtis und biss trotzig in seinen Speck. Ich schwöre, ich habe gesehen, wie er Bertie dreist angegrinst hat.

Bertie plusterte sich vor Wut richtig auf, und Stephen musste ihm eine Hand auf den Arm legen, um ihn zu beruhigen. Chapman ließ die Kaffeekanne fallen.

»Geben Sie doch acht, Chapman«, sagte Lord Hastings, der sich erschrocken hatte. »Curtis, O'Brian wird mit dem Wagen heute Abend um acht bereitstehen. Bitte seien Sie pünktlich.«

»Aber selbstverständlich«, erwiderte Mr Curtis, noch immer mit diesem widerwärtigen Grinsen im Gesicht. Ihm war deutlich anzusehen, dass er meinte, gewonnen zu haben. Er stand auf, streckte sich und schlenderte aus dem Esszimmer.

Meiner Armbanduhr zufolge wartete Daisy eine geschlagene Minute ab, bevor sie Messer und Gabel ablegte und sagte: »Ein vorzügliches Frühstück, Chapman. Danken Sie Mrs D von mir. Kitty, Küken, lasst euch ruhig Zeit. Hazel und ich warten draußen auf euch.« Sie versetzte mir unter dem Tisch einen Tritt, also schlang ich hastig meinen letzten Marmeladenhappen hinunter und meinte: »Ja, ich bin fertig.«

»Gut gemacht, Hazel«, raunte Daisy mir zu, als wir aus dem Esszimmer huschten, bevor Kitty protestieren konnte.

Mr Curtis stand noch im Flur und beäugte eins der Gemälde, ein altes in einem dunklen Rahmen. Darauf war eine Dame zu sehen, sehr dick und nackt, die ihre Arme strahlend in die Höhe reckte – Mr Curtis glotzte sie genauso an, wie Tante Saskia seine Uhr angegiert hatte. Wieder einmal gewann man so gar nicht den Eindruck, als würde er die Besitztümer Fallingfords für wertlos halten. Er bemerkte nicht einmal, wie wir aus dem Zimmer kamen – aufmerksam begutachtete er das Bild und kritzelte dabei etwas in sein Notizbuch. Daisy stieß mich an. War dieses Notizbuch ein *Beweisstück*? Könnten wir uns etwas einfallen lassen, um es zu lesen?

Da bemerkte ich etwas anderes. Wir waren nicht die Einzigen im Gang. Die Tür zum Musikzimmer stand einen Spaltbreit offen und Miss Alston spähte heraus. Mit einem merkwürdigen Gesichtsausdruck beobachtete sie Mr Curtis – hoch konzentriert und nachdenklich, als wollte sie sich jedes Detail an ihm einprägen. Was trieb sie nur?

Daisy hatte sie ebenfalls entdeckt. Stirnrunzelnd blickte sie von Mr Curtis zu Miss Alston und zurück. Ein plötzlicher Windstoß schmetterte die Esszimmertür hinter uns ins Schloss – Mr Curtis sprang mit einem Satz von dem Gemälde fort und Miss Alston verschwand ruckartig hinter der

Tür. Was auch immer diese Szene zu bedeuten gehabt hatte, sie war vorbei.

Jetzt mussten Daisy und ich nur noch herausfinden, was dahintersteckte.

3

Den ganzen Vormittag über verfolgten wir Mr Curtis, so gut es ging. Wir mussten weiterhin das Geburtstagsprogramm mit Kitty und Küken absolvieren und Spiele spielen, die Miss Alston für uns vorbereitet hatte (die meisten waren Memorys, die Daisy unmöglich verlieren konnte), doch während der Süßen Pause (ich glaube, Daisy bestand nur darauf, damit sie einige Minuten durchs Haus rennen konnte, doch ich freute mich sehr über das Shortbread, das Mrs Doherty gebacken hatte) trafen wir im ersten Stock auf ihn, wo er etwas auf einem Tisch inspizierte. Es war eine von Lady Hastings schweren alten, mit Edelsteinen besetzten Broschen. Ein Blick in sein Gesicht zeigte mir die blanke Gier.

»Gute Güte, ich hatte völlig vergessen, dass ich die hier liegen lassen habe. Ist sie denn etwas wert?«, fragte Lady Hastings, die hinter ihm stand.

»Nun …«, setzte Mr Curtis an. »So ein unmodischer Schliff in solch einer Fassung … Ich schätze, ein oder zwei Pfund könnte man dafür durchaus bekommen. Für so etwas gibt es heutzutage kaum noch Nachfrage!«

Wieder einmal passten das, was er sagte, und der Ausdruck in seinem Gesicht so gar nicht zusammen. Es war höchst verdächtig.

Kurz vor dem Mittagessen sahen wir ihn am Musikzimmer vorbei in den Garten gehen, und obwohl die Sonne am Himmel hinter dicken grauen Wolken verschwunden war, wollte Daisy auf einmal unbedingt im Irrgarten spielen. Kitty, die es nicht ausstehen kann, wenn ihr Haar nass wird, sagte erwartungsgemäß Nein (ich wünschte, ich hätte ihre Meinung teilen dürfen) und Küken entschied, treu, wie sie ist, Kitty Gesellschaft zu leisten, also waren es nur Daisy und ich, die wenig später zur Haustür hinausstürmten. Wir wandten uns nach rechts, dem Rasen zu, und hatten Glück. Mr Curtis verschwand tatsächlich gerade im Irrgarten.

»Hinterher!«, zischte Daisy – und schon rannten wir über die Wiese und verschwanden in den engen grün-stacheligen Tunneln. Vor uns hörte ich das Stapfen von Mr Curtis, allerdings sah ein Weg wie der andere aus, ebenso *falsch* wie der andere, und ich hatte bald völlig die Orientierung verloren. Daisy jedoch packte meine Hand und zerrte mich mit sich, während der Liguster an unseren Kleidern und Strümpfen riss, bis ich mir sicher war, dass Mr Curtis uns hören oder – noch schlimmer – unseren Weg kreuzen müsste.

Aber Daisy hatte natürlich einen Plan. Mit einem Mal blieb sie stehen, wenige Zentimeter vor einer flachen grünen Mauer – hinter der Stimmen zu hören waren.

»Was tun Sie hier?« Mr Curtis wirkte außer sich vor Wut. Von seinem öligen Ton war keine Spur mehr übrig. »Ich habe eine Verabredung mit –«

»Margaret?« Onkel Felix klang aalglatt. »Unter den gegebenen Umständen erscheint mir das keine gute Idee, Ihnen etwa?«

Mein Herz klopfte, während ich mich darum bemühte, Daisy nicht anzusehen. Ich hatte gehofft, jede weitere Erwähnung von Mr Curtis in Zusammenhang mit Lady Hastings vermeiden zu können.

»Soll das eine Warnung sein?«, fragte Mr Curtis.

»Nichts derart Plumpes. Doch wenn Sie es so verstehen wollen, werde ich Ihnen nicht widersprechen. Meiner Meinung nach wäre es das Beste für alle Beteiligten, wenn Sie dieses Haus auf schnellstem Weg verließen. Sollten Sie bleiben – tja, Ihnen könnten die Folgen missfallen.«

Mr Curtis schnaubte verächtlich. »Sie können mir gar nichts anhaben!«

»Ach nein? Ich glaube, doch. Wie es der Zufall so will, weiß ich nämlich, warum Sie wirklich hier sind.«

Auf der anderen Seite der Hecke trat eisige Stille ein.

Mir schlug das Herz bis zum Hals. Wovon redete Onkel Felix? Gab er Mr Curtis zu verstehen, dass er über ihn und Lady Hastings Bescheid wusste? Das wäre möglich gewesen, doch für mich hörte es sich so an, als ginge es um mehr.

»Und das wäre?«, fragte Mr Curtis herausfordernd. Ich sah bildlich vor mir, wie er die Brust herausstreckte und das Kinn vorschob.

»Das wissen Sie«, entgegnete Onkel Felix. Seine Stimme ließ mich schaudern. »Das wissen Sie sehr gut.«

Daisy stieß mich hektisch mit dem Ellbogen an, den Mund weit aufgerissen.

Mr Curtis fluchte derb, dann spürte ich, wie die Ligusterhecke vor uns wackelte. Anschließend zog er ab, wie ein Bär, der mürrisch vor sich hin brummte und den Irrgarten ringsum erzittern ließ.

Ihm zu folgen, war ein Kinderspiel – auch wenn alles verschwommen und wirr schien, während wir ihm nachrannten. Ich hörte unsere Schritte und seine – und die, die ich

Onkel Felix zuschrieb, knapp links von uns oder knapp hinter uns. Doch dann hörte ich Onkel Felix rechts von uns leise etwas murmeln und erschrak fürchterlich. Wenn er dort war, wessen Schritte hatte ich zu meiner Linken vernommen?

Endlich platzten wir aus dem Irrgarten heraus – und siehe da: Gerade kam Lady Hastings aus dem Haus und lief zielgerichtet auf den Irrgarten zu. Also war die dritte Person im Irrgarten nicht sie gewesen! Den Blick auf den Himmel gerichtet, stakste sie auf ihren hohen Absätzen über das Gras.

»Wo ist Mr Curtis?«, fragte ich atemlos. Wir hörten etwas und drehten uns um – doch Mr Curtis war es nicht, den wir aus der Hecke treten sahen. Es war Miss Alston. Sie war merkwürdig erhitzt, am Arm baumelte ihre Handtasche. Das Rätsel war gelöst.

»Daisy!«, sagte sie. »Hazel! Da seid ihr ja. Wo wart ihr nur?«

Als Nächstes stürmte Mr Curtis aus dem Irrgarten, keuchend und mit rotem Gesicht. Als er Miss Alston bemerkte, stutzte er. Ich bin absolut sicher (obwohl sie es sehr gut verbarg), dass auch sie erschrak, als hätte sie sich ertappt gefühlt. Was hatte sie getrieben?

Mr Curtis schien mehr als wütend. Er stierte Miss Alston an, bevor er ihr einen Finger vors Gesicht hielt, sodass sie sogar einen Schritt zurückweichen musste.

»Ich weiß genau, was Sie sind«, knurrte er. »Ich weiß, warum Sie hier sind. Tja, da müssen Sie schon früher aufstehen, wenn Sie mich erwischen wollen. Ha!«

Plötzlich bemerkte er Lady Hastings und blickte von ihr zu Miss Alston, als überlegte er, wie viel sie wohl mitgehört hatte – und was sie davon halten würde.

»Ich weiß wirklich nicht, wovon Sie reden«, entgegnete Miss Alston gefasst. »Mädchen, kommt mit ins Haus. Ich glaube, es fängt gleich an zu regnen.«

Selbstverständlich folgten wir ihr brav, wobei wir bereits den ersten Tropfen auswichen. Dennoch raste mein Herz vor Aufregung. Was hatte Mr Curtis gemeint, als er Miss Alston angegiftet hatte? Wir selbst hatten erlebt, dass sie ihn misstrauisch beobachtete. Als Daisy mich anstieß, las ich in ihrem Gesicht, dass ihr genau dasselbe durch den Kopf ging.

Mit einem kalten Luftzug, den ich durch mein Kleid hindurch fühlen konnte, schlossen sich die steinernen Mauern des Hauses um uns. Kitty und Küken trieben sich in der Eingangshalle herum. Küken wirkte schüchtern und fehl am Platz – und Kitty äußerst verärgert. »Ihr wart eine Ewigkeit weg!«, warf sie uns anklagend vor. »Wir langweilen uns. Ich sa–«

Doch da schwang die Tür zum Esszimmer auf und Mr Curtis und Lady Hastings traten heraus. Sie mussten das Haus durch die Glastüren betreten haben. Es war komisch, sie so bald wiederzusehen – ich versteifte mich und Daisy presste die geballten Fäuste fest gegen ihren Rock.

»Du musst mir wenigstens eine Woche geben – ich kann nicht einfach so gehen –«, sagte Lady Hastings aufgebracht, bevor sie uns erspähte und ruckartig innehielt. »Mädchen«, stieß sie hervor. »Daisy. Miss Alston, sollten Sie sich nicht um sie kümmern?«

»Ich bitte um Verzeihung, gnädige Frau«, sagte Miss Alston tonlos. »Mädchen, ich glaube, es ist Zeit für ein neues Geburtstagsspiel.«

»Oh, fein«, meinte Daisy, ohne ihre Mutter aus den Augen zu lassen.

Lady Hastings errötete. Dann räusperte sie sich und sagte: »Gut. Mittagessen gibt es um eins. Ach, und Daisy – alles Gute zum Geburtstag.«

»Danke, Mami. Gehst du irgendwohin?«

»Nein«, antwortete Lady Hastings, die plötzlich etwas äußerst Interessantes an der Decke entdeckt hatte. »Der arme Mr Curtis muss geschäftlich spontan abreisen, und ich wollte ihn zum Bleiben überreden. Du musst das falsch verstanden haben.«

»Oje, muss ich wohl«, meinte Daisy. »Wie dumm von mir.«

Wir folgten Miss Alston zum Spielen ins Musikzimmer. So unauffällig wie möglich reckte Daisy den Hals, um ihrer Mutter und Mr Curtis einen letzten prüfenden Blick zuzuwerfen. »Hazel!«, zischte sie mir ins Ohr. »Mr Curtis wird immer dreister. Wir müssen ihn im Auge behalten – wer weiß, was er als Nächstes anstellt!«

Ich hatte da so eine Ahnung. Mr Curtis würde am Abend abreisen, und er wollte, dass Lady Hastings mit ihm kam. Würde Daisy auch nur von der Hälfte ihres detektivischen Gespürs Gebrauch machen, wüsste sie das ebenso. Doch es war ihr Geburtstag, und wenn man Geburtstag hat, darf man bestimmte Dinge ignorieren.

»Machen wir«, sagte ich, nahm ihre Hand und drückte sie leicht.

Daisy erwiderte den Druck. »Gute alte Hazel!«, sagte sie. »Ich wusste, auf dich ist Verlass.«

4

Nach dem Mittagessen (lediglich ein paar Streifen kalter Braten und Salat, da für später noch Tee und Gebäck vorgesehen waren) standen weitere Geburtstagsspiele auf dem Programm. Diesmal spielten wir »Sardinen« (wie das funktioniert, könnt ihr in Daisys Fallingford-Führer nachlesen) und selbst Bertie und Stephen konnten wir zum Mitmachen überreden. Wir wuselten die verwinkelten Gänge von Fallingford hinauf und hinunter, verloren uns und fanden uns wieder und stießen gegen Chapman und Hetty, während sie die Zimmer aufräumten und alles für Daisys Geburtstagskränzchen vorbereiteten. In einer Runde hatte ich mich hinter ein breites Ledersofa gequetscht, durch dessen Nähte an aufgeplatzten Stellen Pferdehaare quollen, als Stephen hinter mir in mein Versteck krabbelte. Er sah niedergeschlagen und erschöpft aus.

»Hallo, Hazel«, flüsterte er. »Was ist los?«

»Nichts«, sagte ich. Dann: »Das ist ein wirklich komischer Geburtstag für Daisy, oder?«

Stephen verzog das Gesicht, sodass sämtliche Sommersprossen auf seiner Nase wackelten. »*Grässlich!*«, sagte er. »Dieser Kerl, Mr Curtis – ich mag ihn nicht. Er ist der Grund für den Streit zwischen Berties und Daisys Eltern, oder?«

»Glaube schon«, antwortete ich mit einem flauen Gefühl im Magen.

»Ich finde es furchtbar, wenn Eltern zanken. Es scheint so eine Zeitverschwendung. Weißt du, mein Vater … mein Vater ist tot. Und wenn ich sehe, wie andere Mütter und Väter sich in die Haare kriegen – ich wünschte einfach, sie würden es lassen. Man weiß nie, was kommt.«

Ich hätte ihn gerne umarmt, war aber nicht sicher, ob Stephen für Umarmungen zu haben war – oder ob ich dafür zu haben war, Jungs in einsamen Zimmern hinter dem Sofa zu umarmen. Daher sagte ich nur: »Oje!«, und tätschelte ihm zaghaft den Arm.

»Ist schon gut«, sagte Stephen mit belegter Stimme. »Das ist Jahre her. Trotzdem habe ich irgendwie keine Lust mehr auf Versteckspielen. Wollen wir eine Pause einlegen?«

Mit enormer Erleichterung stand ich auf, weil die Rückseite des Sofas gerochen hatte, als würde ich mein Gesicht gegen ein höchst nasses und schmutziges Pferd drücken (einmal hat Daisy mich mit zum Reiten nehmen wollen – eine sehr kurze Episode –, daher weiß ich, wovon ich rede), und atmete hastig frische Luft ein. Die Hände in den Taschen vergraben, schlenderte Stephen wie eine Katze zum Fenster. Auf einmal versteifte er sich.

Ich rannte zu ihm und spähte ebenfalls hinaus. Wir befanden uns in der kleinen Rumpelkammer im ersten Stock, die voller alter und kaputter Möbel stand. Von dort hatte man freien Blick auf einen Streifen Rasen vor dem Haus und den Kiesweg mit den Steinurnen und kleinen Zierbüschen. Dort unten standen Mr Curtis und Lady Hastings. Lady Hastings war in ihren Pelz gewickelt und Mr Curtis hielt seine goldene Uhr in der Hand. Die Wolkendecke war noch dichter als zuvor und es regnete ziemlich heftig. Ich fragte mich, was um alles in der Welt sie im Freien machten, statt ins Trockene zu kommen – ich wusste, dass Lady Hastings es auf den Tod nicht ausstehen konnte, nass zu werden. Doch dann begriff ich, warum sie keinen Gedanken an den Regen verschwendeten. Sie stritten. Einzelne Gesprächsfetzen drangen bis zu uns herauf.

»… höchst plötzlich, Denis«, sagte Lady Hastings.

»Das finde ich nicht«, entgegnete Mr Curtis. »Dein Mann … und wir wollen doch nicht … nimm deinen Schmuck und das Gemälde, von dem ich dir erzählt habe.«

»Aber Denis, Liebling … kann nicht –«, setzte Lady Hastings an.

»Wenn du es nicht tust«, unterbrach Mr Curtis sie in ganz neuem, grobem Ton, »werde ich deinem Mann berichten … vorhast. Bin gespannt … findet. Was hältst du davon?«

Lady Hastings schnappte nach Luft und zog ihren Pelz fester um ihre Schultern. »Denis!«, rief sie.

»Du hast Zeit bis nach dem Tee, um eine Entscheidung zu treffen«, keifte Mr Curtis. »Und falls nicht – tja!«

Er stürmte zur Haustür und Lady Hastings jagte ihm, nach Luft ringend, hinterher.

Inzwischen goss der Regen wie aus Eimern und aus den fernen Bergen konnte ich Donnergrollen hören. Ich drehte mich zu Stephen. Er rieb sich die Wange, ebenso schockiert wie ich. »Was hat er nur gemeint?«, fragte er. »Glaubst du …?«

»Ich weiß es nicht.« Ich hatte große Angst. »Sag es nicht Daisy oder Bertie.«

Stephen nickte. »Großes Ehrenwort. Aber was, wenn …«

»Wird er nicht«, sagte ich. »Kann er gar nicht. Nach dem Teekränzchen wird er verschwunden sein. Hat er selbst gesagt.«

Ich wünschte, ich wäre mir da wirklich so sicher gewesen. Was, wenn Mr Curtis etwas Schreckliches anstellen würde? Ich hatte das ungute Gefühl, dass etwas ungeheuer schieflaufen würde. »Können wir die anderen suchen?«, bat ich.

An der Stelle, wo die Haupttreppe um die Ecke bog, hielten wir an. Unter uns lag die verlassene Eingangshalle, allerdings konnten wir noch die nassen Spuren sehen, die Mr Curtis und Lady Hastings hinterlassen hatten, als sie hindurchgeeilt waren. Das Versteckspiel hatte die Halle ebenfalls in Beschlag genommen und große Unordnung hinterlassen. Sämtliche Schranktüren standen offen, die Teppiche waren verrutscht und jemand hatte die ausgestopfte Eule von ihrem Podest genommen und in den Schirmhalter gestellt.

»Schnell!«, zischte ich. Mr Curtis musste in der Nähe sein und ich hatte ganz und gar keine Lust, auf ihn zu treffen. Wir huschten die Stufen hinab, um uns in die Bibliothek zu flüchten. Hinter mir schloss sich die Tür, bevor sie wenig später erneut aufschwang und Stephen hinter mir ins Zimmer gerannt kam.

»Tut mir leid«, keuchte er und wischte sich über die Stirn. »Ich bin in Panik geraten. War starr vor Schreck – bin fast erwischt worden!«

Hinter einem Stuhl reckte sich der Kopf von Küken in die Höhe. »Hallo!«, sagte sie fröhlich. »Warum seid ihr nicht in eurem Versteck?«

»*Küken!*«, ächzte Kitty und krabbelte unter einem Beistelltisch hervor. »Du darfst uns doch nicht verraten!«

»Haben wir gewonnen? Haben wir?«, fragte Küken.

Dann tauchte Daisy aus einer unfassbar kleinen Nische in der Zimmerecke auf – Küken quiekte erschrocken auf und sagte: »Wie bist du denn hier reingekommen?«, und damit schien das Spiel vorbei.

5

Laut meiner Armbanduhr war es zehn vor drei, als der Gong zum Tee erschallte – beziehungsweise eher waberte, da Chapman derjenige war, der ihn schlug.

»Ooh«, quiekte Küken freudig. »Tee!«

Daisy schwieg; sie glättete lediglich ihr Kleid und fuhr sich noch einmal über die Haare. Ich sah ihr an, dass sie mit dem Schlimmsten rechnete. »Tee!«, sagte ich aufmunternd zu ihr.

»Ja«, entgegnete sie. »Tee. Famos.«

Küken und Kitty kauften ihr das ab. Doch ich griff noch einmal nach ihrer Hand, als wir in den Flur hinausgingen, und drückte sie, und Daisy erwiderte den Druck kräftig.

Als wir das Esszimmer betraten, überkam mich plötzliche Traurigkeit. Ich konnte es mir nicht erklären, denn sämtliche elektrischen Lampen im Raum strahlten hell und auf der Tafel war ein wahrhaft großartiges Gelage ausgebreitet: eine gigantische Teekanne, umgeben von hübschen weichen Milchbrötchen und Götterspeise in vier verschiedenen Farben und mit Gelee gefüllten Törtchen und Schinken und gekochten Eiern und Muffins und einem riesigen Schokokuchen, auf dem mit Zuckerguss *Happy Birthday Daisy* geschrieben stand und aus dem die Sahnecreme regelrecht herausquoll. Doch draußen vor den Fenstern prasselte der Regen immer kräftiger, und obwohl Chapman sich bemüht hatte, sich herzurichten und möglichst aufrecht zu stehen, war sein Haar nicht gänzlich gekämmt und auf seinem Jackenaufschlag prangte ein blasser Fleck. Wie immer zitterten seine Hände. Ich wusste, auch wenn oberflächlich alles erstrahlte, waren die Dinge unter dem schönen Schein alles andere als in Ordnung. Ich war ratlos, wie ich mich inmitten all dieser seltsamen Engländer verhalten sollte – mehr denn je wünschte ich mich nach Hause, nach Hongkong, wo alles geregelt und verständlich und selbst der Regen warm war. Wackelpudding war ja schön und gut, aber nicht halb so lecker wie Mondkuchen.

»Mädchen!«, rief Lady Hastings und breitete theatralisch die Arme aus. Sie hatte sich umgezogen und trug nun ihr hellgrünes Kleid, in dem sie wie eine zum Leben erwachte Modepuppe aussah. »Willkommen zu unserer kleinen Zusammenkunft zu Ehren des Geburtstags unserer lieben Daisy. Dreizehn Jahre wird sie heute!«

»Ich bin vierzehn«, korrigierte Daisy.

»Oh, tatsächlich?«, fragte ihre Mutter ausweichend. »Wirklich? Tja, ich schätze, das kann vorkommen.«

»Tut es für gewöhnlich«, scherzte Lord Hastings. »Vor allem, wenn man nicht hinsieht.«

Lady Hastings warf ihm einen bösen Blick zu. »Wie ich schon sagte«, fuhr sie fort, »ich dachte, es wäre ein großartiger Spaß, ein *ordentliches* Kinderkränzchen zu veranstalten – bei dem wir uns selbst bedienen, genau wie früher, als wir noch jung waren.«

»Vermutlich erinnerst du dich nicht, wie es war, *jung* zu sein, Daisy«, sagte Onkel Felix mit einem verschmitzten Zwinkern, »in deinem hohen Alter. Wie furchtbar lange das nun schon wieder her ist!«

»Oh, Grundgütiger, sei endlich *still*, Felix!«, beschwerte sich Lady Hastings. »Ich versuche, *etwas zu erklären*. Jeder bedient sich selbst und das wird ein Heidenspaß – und ich will, dass sich jeder vollstopft bis kurz vorm Platzen. Es soll ja ein *ordentliches Kinderkränzchen* werden!«

Ich hatte keine rechte Vorstellung davon, was ein *ordentliches Kinderkränzchen* war oder inwiefern es sich vom Nachmittagstee im Speisesaal unseres Wohnheims nach dem Unterricht unterschied. Daisy, Kitty, Küken und ich sahen uns verwirrt an – Daisy rollte mit den Augen. Ihre Wangen waren wieder sehr gerötet, und ihre Augen glänzten – allerdings vermutlich nicht aus Vorfreude.

Die Erwachsenen, Bertie und Stephen schienen jedenfalls wesentlich begeisterter. Sie versammelten sich um den großen Tisch und drängten zur Teekanne. Tante Saskia, die in noch mehr Seidenschals als sonst gehüllt war, stürzte sich auf einen Teller mit Sahnetörtchen, als hätte sie seit Jahrzehnten nichts gegessen, während Lord Hastings (in einer wesentlich hübscheren Tweedjacke, die nicht zu seiner schlammverkrusteten Hose passen wollte) sich eine riesige Scheibe Schinken sicherte. Der einzige Erwachsene, der sich zurückhielt, war eigentlich Mr Curtis. Er lümmelte modisch herum, die Hände in den Anzugtaschen, als hätte er auf der Welt keine einzige Sorge – trotzdem hatte ich den eindeutigen Eindruck, dass er Onkel Felix und Miss Alston nicht zu nahe kommen wollte. Etwas, das hatte ich im Gespür, *war im Gange* – etwas, das mit dem zu tun hatte, was wir im Irrgarten belauscht hatten. Würde Mr Curtis abreisen, bevor wir die Gelegenheit hatten, herauszufinden, was es war?

Plötzlich fiel mir die Szene zwischen Mr Curtis und Lady Hastings ein, die Stephen und ich beobachtet hatten. Nervös trat ich von einem Fuß auf den anderen. Was, wenn Mr Curtis nicht allein abreiste – oder was, wenn doch, und er Lord Hastings alles von ihm und Lady Hastings verriet, wie er angedroht hatte? Was würde Daisy dann tun? Noch hatte ich ihr nicht davon erzählt – ich brachte es nicht über mich.

»Sagt Bescheid, wenn der Kuchenkrieg sich etwas beruhigt hat«, nuschelte Mr Curtis und ließ sich in einen der weichen Sessel fallen, die Chapman auf Lady Hastings' Anweisung aus der Bibliothek gebracht und nahe der Tür im Halbkreis aufgestellt hatte. Dann zog er die goldene Uhr aus der Tasche und ließ sie gedankenverloren in der Hand rollen. Kurz verharrte Tante Saskia mit einem Marmeladentörtchen auf halbem Weg zum Mund mitten in der Bewegung. Während sie die Uhr betrachtete, traten ihr die Augen vor Sehnsucht beinahe aus den Höhlen; dann wandte sie sich rasch wieder der Teetafel zu.

Rings um die Teekanne herrschte noch immer heilloses Gedrängel. Wie gerne hätte ich mich dazugesellt – es schien schon eine Ewigkeit her, dass man uns diese kalten Streifen Braten serviert hatte. Gutes Porzellan schepperte und klirrte (ich sah, wie Chapman schmerzhaft das Gesicht verzog), alle schienen durcheinanderzureden und gleichzeitig nach den Tassen zu greifen.

»Chapman, halten Sie sich zurück! *Ich* spiele die Mutter und gieße ein!«, rief Lady Hastings aufgekratzt. »*Ich* will!«

Doch alle anderen schienen sie zu ignorieren – abgesehen von Chapman, der sich so weit wie nur möglich von der Teetafel fernhielt.

»Oh, gebt Mr Curtis wenigstens eine Tasse Tee!«, sagte sie zu niemand Speziellem. »Hier … oh …«

»Ich habe eine!« Lord Hastings wandte sich mit einer Tasse zu Mr Curtis um. Sie war voll bis zum Rand und wackelte bedenklich – kleine Tropfen schlängelten sich die weiß-goldene Seite hinab. Lord Hastings reichte sie Mr Curtis derart schnell, dass ich meinte, sie würde kippen.

Mr Curtis griff ungehobelt zu, ohne aufzublicken oder Lord Hastings zu danken, und leerte sie in einem mächtigen Zug. Dann schnitt er eine Grimasse. »Der Tee schmeckt ja widerlich«, keifte er. »Bah! Igitt!«

»So ein Jammer«, sagte Lord Hastings. Seine Lippen waren geschürzt, wie bei Daisy, wenn sie sich ein Lachen verkneift, und er beeilte sich, sich von Mr Curtis wegzudrehen und zurück zum Tisch zu gehen.

Zu diesem Zeitpunkt, auch wenn mir bewusst war, dass ich Daisy unterstützen sollte, hatte ich so großen Appetit auf ein Marmeladentörtchen, dass ich beinahe schwach wurde. Tante Saskia machte sich mit funkelnden Augen und gierig ausgestreckten Händen abermals über das Tablett her.

»Na schön, was soll's«, meinte Daisy, obwohl ich kein Wort gesagt hatte. »Essenszeit. Kommt schon, lasst uns reinhauen!«

Ich stieß einen enormen Seufzer der Erleichterung aus. Wir anderen drei hatten nur auf Daisys Stichwort gewartet. Sie grinste mich verschmitzt an und flitzte los, schnappte ein wunderschönes Törtchen unter Tante Saskias Nase weg und reichte es mir.

»Ich hab gesehen, wie du es angestarrt hast«, sagte sie. »Oh, sieh dir nur diesen Kuchen an! Chapman, Sie sind ein Pfundskerl!« Daisy machte das Beste aus der Situation, dachte ich bei mir und war stolz auf sie.

»Wir wissen, dass Sie Schokokuchen am liebsten mögen«, sagte Chapman, während er Daisy mit seiner runzligen alten Hand die Schulter tätschelte. »Mrs D hat ihn extra für Sie gebacken. Alles Gute zum Geburtstag, Miss Daisy.«

Wir futterten und futterten und futterten, bis ich mein schönes Kleid ganz vollgekrümelt hatte (wie jeder andere auch, selbst Lady Hastings, was jedoch niemand zu bekümmern schien). Eben kam mir der Gedanke, dass es doch noch eine ganz vergnügliche Feier geworden war, als das fröhliche Geplapper mit einem Mal verstummte.

6

Mr Curtis hustete. Und wirkte selbst überrascht darüber. Dann hustete er erneut, kräftiger, als würde ihm etwas im Hals stecken, das er loswerden wollte. Und genau davon gingen wir alle aus.

»Soll Chapman – ich meine, soll ich dir ein Glas Wasser holen, Denis?«, erkundigte sich Lady Hastings und stellte ihre Tasse ab, doch Mr Curtis schüttelte nur den Kopf und legte die Hand an seinen noch immer geöffneten Mund.

»Meine Zunge«, sagte er mit belegter Stimme. »Ich fühle …« Er steckte tatsächlich den Finger zwischen die Lippen und drückte darauf.

Ich war entsetzt. Bei einer Teegesellschaft tut man so etwas einfach nicht, nicht einmal bei einem Kinderkränzchen (es sei denn, man ist ein Baby, was Mr Curtis eindeutig nicht war).

»Au«, machte Mr Curtis. »*Au!*« Plötzlich knickte er in seinem Sessel zusammen, klappte vornüber wie eine Papierpuppe. Dann hustete er erneut, lauter, bis aus dem Husten ein Würgen wurde. Es war grauenhaft, zuzuhören – meine eigene Zunge fing zu kitzeln an. So gemein, wie Mr Curtis auch war, ihn derart leiden zu sehen war schrecklich. Kitty hatte die Hände vor den Mund geschlagen – Küken hielt sich sogar die Augen zu.

Als Mr Curtis sich kurz noch einmal aufsetzte, war sein Gesicht kalkweiß und wächsern, und er stieß ein durch und durch furchtbares Stöhnen aus, vermischt mit immer neuem Würgen.

»Was ist los?«, fragte Küken. »Was ist denn? Was stimmt nicht?«

Mit einem Schrei eilte Lady Hastings zu Mr Curtis und legte den Arm um ihn. Er nahm die Hand vor den Mund und würgte.

»Schnell!«, rief Lady Hastings Chapman zu. »Holen Sie Mrs Doherty und Hetty! Sagen Sie ihnen, Denis ist krank und auf seinem Zimmer.« Dann zog sie den noch immer würgenden Mr Curtis auf die Beine und führte ihn zur Tür hinaus. Chapman, der beinahe ebenso bleich wie Mr Curtis selbst war, schwankte hinterher.

Ich starrte die anderen an. Tante Saskia hatte den Mund aufgerissen und die Hände an die Wangen gelegt – eine Maske des Entsetzens. Onkel Felix stand mit verschränkten Armen und bitterernster Miene da. Miss Alstons Gesicht zeigte keinerlei Regung, allerdings klammerte sie sich krampfhaft an ihre Tasche. Bertie machte den Eindruck, als wüsste er nicht, auf wen er wütend sein sollte, und Stephen sah aus, als müsste er sich übergeben. Und dann blickte ich zu Lord Hastings. Er bemühte sich um Betroffenheit, wie es sich für einen Gastgeber ziemt, wenn einer seiner Gäste aus heiterem Himmel Schaden nimmt, doch hinter der Fassade erkannte ich eine Schadenfreude, die ihm ganz und gar nicht stand.

»Was stimmt nicht mit Mr Curtis?«, flüsterte Küken, ängstlich immer wieder. »Oh, was *hat* er nur?«

»Klappe, Küks!«, zischte Kitty grob.

Tja, was stimmte nicht mit Mr Curtis? Auch ich fragte mich das. War er erkrankt? Wenn ja, dann war es äußerst schnell gegangen. Heute Morgen hatten wir ihn immerhin noch beim Joggen beobachtet. Hatte er sich den Magen verdorben? Außer der Tasse Tee hatte ich ihn nichts zu sich nehmen sehen.

Etwas zwickte mich in die Hüfte, und als ich mich umdrehte, blickte Daisy mich mit weit aufgerissenen Augen an. Es war, als hätte sie ein Schild hochgehalten. *Das könnte wichtig sein!*, sagten Daisys Augen. Sie hatte recht. In Mr Curtis' Gegenwart geschahen immer wieder merkwürdige Dinge, als würde er sie magisch anziehen.

»Kommt«, wandte Onkel Felix sich an alle, als wir Stimmen und Tritte auf der Treppe hörten. »Alle Mann raus hier.« Er wedelte mit den Händen, scheuchte uns aus dem Esszimmer (»Aber *wozu* soll das bitte gut sein?!«, beschwerte sich Tante Saskia) und baute sich dann gebieterisch auf der Türschwelle auf. An seinem Arm vorbei schielte ich auf die vollständig gedeckte Teetafel, auf Mr Curtis' Uhr und seine Tasse, die noch immer auf der Lehne seines Sessels stand – dann schnitt man mir die Sicht ab. Toastie versuchte, sich an Onkel Felix' Beinen vorbeizudrängeln, doch der sagte: »Oh nein, das lässt du schön bleiben!«, und schloss die Tür vor Toasties Nase. »Mrs D!«, rief er. »Ich brauche den Schlüssel zum Esszimmer!«

Aufgescheucht kam Mrs Doherty mit einer Schüssel Wasser aus der Küche geeilt. »Natürlich«, keuchte sie. »Er hängt in der Küche. Aber zuerst muss ich das hier zu Mr Curtis bringen.«

»Daisy, wir können nicht warten. Geh und hol den Schlüssel«, wies Onkel Felix an, ohne sich von der Stelle zu rühren. »Keine Widerrede.«

Mit nichtssagender, gleichgültiger Miene marschierte Daisy los – doch ich sah ihr an, dass sie insgeheim vor Aufregung kribbelte. Als sie zurückgekommen war, sperrte Onkel Felix das Esszimmer ab, steckte den Schlüssel in die Tasche und hastete die Treppe zu Mr Curtis' Zimmer hinauf, wobei er mit seinen langen Beinen immer drei Stufen auf einmal nahm. Ich machte mir Sorgen: Onkel Felix benahm sich, als wäre etwas ernsthaft im Argen.

»Was hat Mr Curtis nur?«, wiederholte Küken. »Hat er etwas Falsches gegessen?«

»Meine Tante hat einmal das Badesalz mit dem Zucker verwechselt«, berichtete Kitty. »Sie hat sich im ganzen Haus übergeben. Es hat tagelang gestunken!«

»Mr Curtis hat kein *Badesalz* verschluckt«, meinte Daisy verächtlich. »Sei kein Dummkopf. Ich vermute, das Mittagessen ist ihm nicht bekommen – das Fleisch war teilweise schon ziemlich alt.«

Glaubte sie das wirklich? Ein Blick auf Daisy genügte, um mir zu verraten, dass dies nicht der Fall war.

»Oh nein!«, jammerte Küken. »Werden wir jetzt alle krank?«

»Höchstwahrscheinlich«, antwortete Daisy, die offenbar in schwarzhumoriger Laune war. »Ehrlich gesagt … ich glaube, ich muss …«

Küken kreischte auf und hielt sich den Bauch. »Hilfe!«, rief sie und flitzte zum Badezimmer. Kitty rannte hinterher, nachdem sie Daisy einen vorwurfsvollen Blick zugeworfen hatte.

»Daisy!«, sagte ich. »Das stimmt doch nicht, oder? *Mir* geht es nicht schlecht – glaube ich zumindest.«

»Ich weiß«, meinte Daisy. »Mir auch nicht. Streng genommen könnte es sein, dass ich Kitty und Küken nicht zu hundert Prozent die Wahrheit gesagt habe.«

Tust du das jemals?, wäre mir um ein Haar herausgerutscht, doch ich verkniff es mir. »Also?«

»*Also?* Hazel, reden wir nicht schon den ganzen Tag davon, dass etwas nicht mit rechten Dingen zugeht? Mr Curtis hat eindeutig böse Absichten, so viel steht fest – dieser Vorfall könnte nichts als ein Trick sein, damit Daddy ihn heute Abend nicht aus dem Haus werfen kann. Solange er krank ist, kann Curtis in Fallingford bleiben.«

»Aber ich glaube nicht, dass er nur so getan hat!«, gab ich zu bedenken.

»Glaube ich auch nicht, zumindest nicht wirklich. Und wenn er uns tatsächlich nichts vorspielen sollte … Tja, das macht die Sache sogar *noch* interessanter. Es gibt jede Menge denkbare Erklärungen, und nun liegt es an unserer Detektei, sie näher in Augenschein zu nehmen, bevor wir erste Schlussfolgerungen ziehen. Was wissen wir bisher? Schnell, solange wir unter uns sind.«

»Mr Curtis benimmt sich merkwürdig«, sagte ich. »Und jetzt ist er krank – er schien sich übergeben zu müssen.«

»Aber keiner von uns Übrigen zeigt irgendwelche Symptome einer Krankheit, obwohl wir zu Mittag alle das Gleiche gegessen haben«, hielt Daisy fest. »Genau wie bei dem Teekränzchen.«

»Mr Curtis hat doch gar nichts gegessen!«, sagte ich. »Er hatte nur eine Tasse Tee.«

»Ausgezeichnet beobachtet, Watson!«, lobte Daisy. »Gut. Nun kam dieser Tee allerdings aus derselben Kanne, aus der wir alle uns eingeschenkt haben, und die Milch aus demselben Kännchen. Warum also ist Mr Curtis krank, wenn es dem Rest von uns gut geht?«

In diesem Moment eilte Onkel Felix an uns vorbei und schlüpfte in Regenmantel und Galoschen.

»Gehst du nach draußen?«, wollte Daisy wissen.

»O'Brian suchen und den Doktor holen«, antwortete Onkel Felix knapp. »Oben sieht es nicht gut aus und die Telefonleitungen spielen bei dem Gewitter völlig verrückt. Am besten, man geht nicht alleine raus.«

Ich beneidete ihn und O'Brian kein Stück. Draußen klang es grauenvoll. Immer wieder hörte ich laute Donnerschläge, während der Regen gegen die Fensterläden prasselte – und viel zu oft wurde die Welt draußen von grellweißen Blitzen durchzuckt.

»Sei eine brave Nichte und schick ein Boot nach uns, falls wir in einer halben Stunde nicht zurück sein sollten.«

Daisy winkte ihm grinsend hinterher, doch sobald die Tür hinter ihm ins Schloss gefallen war, wurde ihr Gesicht ernst. Wir sahen uns an und lauschten dem Wolkenbruch und den grässlichen Geräuschen, die von oben zu uns herunterdrangen. Draußen war es inzwischen pechschwarz – es kam mir vor, als wäre das Haus eine kleine Holzschachtel, in der wir alle gemeinsam festsaßen, mitten in einem tiefen, schwarzen Meer, von aller Welt verlassen.

»Was wir nun tun müssen«, bestimmte Daisy über das Lärmen des Unwetters hinweg, »ist: die Dinge aus der Nähe betrachten und sehen, was wir herausfinden können.«

7

Also flogen wir die Treppe hinauf und durch den Gang im ersten Stock, um uns vor der Tür von Mr Curtis auf die Lauer zu legen. Wir hörten, wie Lady Hastings und Mrs Doherty im Zimmer rumorten. Mir war klar, dass wir hier nichts zu suchen hatten – abgesehen davon war mir deutlich bewusst, dass ich nicht hier sein wollte. Mr Curtis wimmerte und ächzte grauenhaft, beinahe so laut, dass er den Sturm draußen übertönte. Immer wieder ließen Blitze Schatten über den Gang zucken – und jedes Mal schreckte ich zusammen.

»Ehrlich, Hazel«, meinte Daisy vorwurfsvoll, allerdings nicht sehr überzeugend. Ich glaube, allmählich wurde sie selbst so nervös wie ich.

Dann kehrte Onkel Felix mit dem Arzt aus Dorf Fallingford zurück. Noch mit vom Regen triefendem Haar und durchnässter, schlammiger Hose wirkte Onkel Felix elegant, ganz anders als der Doktor, der kahl, dick, hochrot und völlig außer Puste war. Er stürmte an uns vorbei mit den Worten: »Aus dem Weg, junge Damen, aus dem Weg!«

Onkel Felix blieb kurz bei uns stehen. Einen Moment lag eine deutliche Spannung in der Luft, doch dann runzelte er lediglich die Stirn und wischte das feuchte Monokel an seinem nassen Einstecktuch ab.

»O'Brian haben wir im Dorf gelassen«, berichtete er. »Schlimmes Wetter – zu Hause ist er besser aufgehoben. Doch wenigstens ist Dr. Cooper nun hier.«

»Was fehlt Mr Curtis, Onkel Felix?«, ergriff Daisy die Gelegenheit. »Kommt er wieder in Ordnung?«

»Hör auf, Detektiv zu spielen, Daisy«, schimpfte Onkel Felix. »Ich werde dir rein gar nichts erzählen.«

Daisy wirkte erschüttert. »Aber – Onkel Felix!«

»Daisy, das ist kein Spiel. Es ist bitterer Ernst. Ich will jetzt, dass ihr zwei ins Kinderzimmer geht und dort bleibt, bis man euch holt, verstanden?« Durch das Monokel, das nun wieder in seinem Auge klemmte, schenkte er uns einen durchdringenden Blick, bevor er die Tür zu Mr Curtis' Zimmer aufriss und hineinmarschierte.

Daisy war der Mund offen stehen geblieben. »Ich …«, stotterte sie. »Ich weiß wirklich nicht, was dieses Wochenende in ihn gefahren ist! Er hat mich noch *nie* fortgeschickt!«

Ich dachte an die komischen, besorgniserregenden Dinge, die Onkel Felix im Irrgarten zu Mr Curtis gesagt hatte. Benahm er sich tatsächlich nur wie ein normaler Erwachsener? Oder … wie ein Verdächtiger?

»Was machen wir jetzt?«, fragte ich Daisy. »Nach oben gehen, wie er gesagt hat?«

»Natürlich nicht. Die große spanische Truhe da drüben lässt sich öffnen und durch die Gitter darin bekommt man ausreichend Luft. Wenn wir uns in ihr verstecken, können wir bleiben und lauschen.«

Die Vorstellung gefiel mir ganz und gar nicht – andererseits wollte ich natürlich herausfinden, was als Nächstes passierte. »Von mir aus«, sagte ich.

Wir kletterten hinein. In der Dunkelheit stießen wir uns Ellbogen und Knie an, außerdem war mir sehr heiß und die Enge machte mir zu schaffen. Doch Daisy hatte recht – in der Seite der Truhe waren kleine Öffnungen, durch die wir atmen und sogar eine Winzigkeit hinausspähen konnten (wenn wir die Augen zusammenkniffen). Donner grollte und krachte, der Regen peitschte gegen die Fenster und Mr Curtis stöhnte und ächzte.

Plötzlich flog die Tür zu seinem Zimmer auf und jemand kam herausgestürmt. Es war Lady Hastings, die jämmerlich weinte. Ein Taschentuch voller Tränenspuren vors Gesicht gehalten, rannte sie schluchzend in ihr Zimmer. Wenig später, als ich mich schon fragte, ob ich mich jemals wieder frei bewegen können würde, verließen zwei weitere Personen den Raum.

8

Es waren der Arzt und Onkel Felix, die weder rannten noch weinten, allerdings höchst nachdenklich wirkten. Onkel Felix zog die Tür hinter sich zu, dann standen sie dicht beisammen und blickten sich vielsagend an. Daisy stieß mich in die Rippen und ich hielt den Atem an.

»Es ist ernst, Mr Mountfitchet«, sagte der Doktor. »Sehr ernst sogar. Ich wünschte, ich hätte bessere Nachrichten, aber ich würde sagen, es ist an der Zeit … sich auf das Schlimmste vorzubereiten. Ich habe schon mehrere solcher Fälle gesehen: Sobald dieses Stadium erreicht ist – die Abführungen, die Krämpfe –, gibt es kaum mehr Hoffnung.«

»*Mehrere* solcher Fälle?«, wiederholte Onkel Felix. »Dann haben Sie eine Diagnose, Dr. Cooper?«

»Ruhr, würde ich meinen«, antwortete Dr. Cooper. »Ein ziemlich eindeutiger Fall. Der Flüssigkeitsverlust, die Magenkrämpfe. Wie gesagt, ich habe bereits –«

»Ruhr? Sind Sie sicher?«, unterbrach Onkel Felix ihn mit schneidendem Ton.

»So sicher ich sein kann, ohne eine genauere Untersuchung der Materie … äh … des Abgeführten. Alles andere wäre bloße Spekulation. Immerhin ist dies ein ehrenwertes Haus.«

Onkel Felix straffte sichtlich die Schultern – und auch Daisy neben mir wurde starr, als hätten sie beide einen unsichtbaren Ton gehört.

»*Was ist?*«, wisperte ich so leise wie möglich.

»Psst! Warte!«, zischte Daisy.

»Tun Sie mir den Gefallen«, meinte Onkel Felix. »Entnehmen Sie einige Proben. Ich kann sie morgen nach London ins Labor bringen.«

»Morgen?«, sagte Dr. Cooper. »Das wage ich stark zu bezweifeln. Fallingford und das Umland stehen unter Wasser – und Sie wissen, dass diese Art von Überschwemmung sich mehrere Tage hinzieht. Außerdem … Verzeihen Sie meine Direktheit, aber ich bezweifle weiterhin, dass diesem Mann auch nur Stunden bleiben. So schnell bringe ich gar nicht genug Flüssigkeit in ihn hinein, wie er sie wieder verliert. Jeder Test wird hinfällig sein.«

»Dennoch möchte ich, dass Sie Proben nehmen und mir geben. Haben wir uns verstanden?«

»Ja, natürlich«, sagte Dr. Cooper. »Ich meinte ja nur … Vergeben Sie mir, ich muss zurück zum Patienten.«

»Na schön«, sagte Onkel Felix. »Danke. Und jetzt darf ich mich empfehlen.«

Damit schritt er in sein Zimmer und Dr. Cooper huschte wieder zu Mr Curtis. Sobald sich die Türen hinter ihnen geschlossen hatten, platzte Daisy wie ein Springteufel aus der Truhe. Frische Luft strömte zu mir und dankbar atmete ich tief ein. Trotzdem verstand ich nicht, was Daisy da trieb. Was, wenn jemand auf den Gang kam und uns erwischte?

»Daisy!« Ich beugte mich halb aus der Truhe.

»Ach, keine Zeit, Hazel! Schnell! Wir haben soeben einen überaus wichtigen Hinweis erhalten. Wir müssen sofort in die Bibliothek!«

Ich entschied, dies war einer der Augenblicke, in denen man Daisy ihren Willen lassen musste, daher kroch ich aus der Truhe und jagte hinter ihr her. Sie flitzte die Treppe hinunter und durch die Halle in die Bibliothek. Zum Glück war niemand dort.

Sobald sie im Zimmer war, sprang Daisy zum Regal und grapschte wie ein Tiger nach den Lederbänden im Schrank. Sie schnappte sich einen davon, ließ ihn zu Boden plumpsen (Daisy liebt Bücher, misshandelt sie aber aufs Schändlichste) und blätterte darin. »Hier!«, rief sie. »Schau dir das an!«

Ich linste auf die aufgeschlagene Seite. Es schien etwas aus dem »A«-Kapitel einer Art medizinischem Handbuch zu sein. »*Arsenvergiftung*«, las ich.

SYMPTOME: Taubheitsgefühl, Übelkeit, Erbrechen und Durchfall (oftmals blutig), Krämpfe (oft heftig), schwerwiegender Flüssigkeitsmangel, großer Durst, Magenschmerzen.
Die ersten Symptome treten etwa fünfzehn bis dreißig Minuten nach Einnahme auf, beginnend mit ansteigender Temperatur und Anschwellen von Mund und Hals. Es folgen Übelkeit und Magenschmerzen, nach denen sich Magen und Darm entleeren. Erbrechen sollte zum frühestmöglichen Zeitpunkt herbeigeführt werden, doch hat der

Patient mehr als vier Gran zu sich genommen, ist der Verlauf für gewöhnlich tödlich. Schon zwei Gran können fatal sein. Der Tod kann jederzeit zwischen zwei und achtundvierzig Stunden nach Einnahme eintreten, ausgelöst durch Kreislaufversagen.

ANMERKUNG: wird häufig mit den Symptomen von RUHR verwechselt.

Mir wurde eiskalt. Das konnte doch nicht sein … Daisy bildete sich mal wieder etwas ein. Nur …

Nur dass keiner sonst krank war. Nur dass sämtliche Symptome, die ich gesehen hatte – und die Dr. Cooper erwähnt hatte –, mit denen übereinstimmten, von denen wir eben gelesen hatten. Nur dass im Schrank in der Eingangshalle ein Bottich Arsen-Rattengift stand und jeder davon wusste.

Nur dass alles *Sinn ergab.*

Bestürzt blickte ich Daisy an, die zu mir hochsah, den Mund zu einem entsetzten, aber aufgeregten O verzogen.

»Ich hatte recht!«, rief sie. »Ich wusste es, sobald Dr. Cooper ›Ruhr‹ gesagt hat. Ich habe in einem Buch davon gelesen. Hazel, das ist *ernst*. Mr Curtis ist nicht einfach nur krank. Man hat ihn vergiftet!«

Ich schluckte. In meiner Kehle bildete sich ein Kloß. Das Trommeln des Regens war so laut, dass ich kaum meine eigenen Gedanken verstehen konnte. Es hörte sich an, als wollte sich das Wasser einen Weg ins Haus erzwingen. Was, wenn wir hier festsaßen?, fuhr es mir schlagartig durch den Kopf. Was, wenn alles ringsum überschwemmt war und Daisy *wirklich* recht hatte?

»Hazel, dieser Fall hat soeben eine faszinierende Wendung genommen. Eine echte Vergiftung! Und wir mittendrin, genau zur richtigen Zeit, drauf und dran, alles aufzudecken! Wir müssen die Tür zum Esszimmer aufsperren und –«

»Da seid ihr!«, ertönte eine Stimme hinter uns.

Wir zuckten zusammen und Daisy klappte das Buch ruckartig zu. Auf der Türschwelle stand Miss Alston, die Haare noch zerzauster und unordentlicher als sonst. Sie wirkte blass und müde.

Mein Herz fing an zu hämmern. Ich warf Daisy einen Seitenblick zu; ihre Miene verriet rein gar nichts. Mir würde es im ganzen Leben nicht gelingen, so gelassen und gefasst zu erscheinen wie Daisy – zumindest kommt es mir manchmal so vor.

»Entschuldigung, Miss Alston«, sagte sie, als würde sie sich für ein zerrissenes Kleid entschuldigen.

»Kommt nach oben«, sagte Miss Alston. »Eure Freundinnen fragen sich, wo ihr steckt.«

»Oh, natürlich, Miss Alston. Wir sind schon unterwegs.«

Man brachte uns ins Kinderzimmer, ohne dass wir etwas dagegen hätten unternehmen können. Die Inspektion des Esszimmers würde warten müssen.

Über unseren Köpfen dröhnte der Wolkenbruch, als wollte der Regen ins Haus dringen und uns alle ertränken – Küken kauerte schlotternd auf ihrem Bett, während Kitty sie tröstete. »Ehrlich, Küks«, sagte sie, als wir reinkamen. »Er wird wieder gesund!«

Daisy und ich sahen uns nur vielsagend an.

9

Hetty, die ebenso müde aussah wie Miss Alston und deren rotes Haar sich kraus aus ihrer Haube löste, brachte uns das Abendessen auf einem Tablett: Gekochte Eier mit Butterbrot. »Allen Ernstes!«, meinte Daisy angewidert. »*Wir* sind doch nicht krank. Warum schickt man *uns* ein Invalidengericht?«

»*Daisy!*«, sagte Miss Alston warnend und Daisy verstummte – doch insgeheim gab ich ihr recht. Obwohl die Menschen in Geschichten immer den Appetit verlieren, wenn etwas Schreckliches passiert, ist es im echten Leben genau andersherum. Je schlimmer die Lage, desto größer mein Hunger. Ich kann nichts dafür. Und zu diesem Zeitpunkt – es war schon fast acht Uhr abends – knurrte mein Magen fürchterlich. Ich hätte leicht eine riesige Portion verdrücken können.

»Aber er wird doch wieder gesund«, wiederholte Küken immerzu, wie eine dieser sprechenden Puppen. Wir anderen taten so, als hörten wir sie nicht.

Daisy brannte darauf, unsere neueste Entdeckung zu besprechen, aber wir bekamen einfach keine Gelegenheit dazu. Miss Alston ließ uns nicht mehr unbeaufsichtigt – fast als wüsste sie Bescheid und wollte uns davon abhalten! Es war zum Davonlaufen.

Dann klopfte es an der Tür und Miss Alston wurde nach draußen gerufen. Sie schloss die Tür hinter sich, doch ich hörte trotzdem, wie sie sich auf dem Flur mit jemandem – Hetty – unterhielt. Wieder einmal konnten wir nirgends hin oder etwas unternehmen, ohne dass sie es mitbekommen hätte. Ich starrte auf die Gitter vor den Fenstern des Kinderzimmers und gab mir die größte Mühe, vernünftig und ruhig zu bleiben. Dies war nicht wie im vergangenen Jahr. Mr Curtis war nicht tot. Wir würden am kommenden Morgen aufwachen, aus dem Fenster sehen und er würde im Garten wieder seine Runden joggen. Dann würde er Fallingford wie geplant verlassen und wir wären erleichtert, und alles würde seinen gewohnten Gang gehen.

Doch dann öffnete sich die Tür ein zweites Mal und Miss Alston kam zurück. Ihr Gesichtsausdruck war sehr merkwürdig. Wir alle hielten inne und schauten sie erwartungsvoll an.

»Mädchen«, sagte sie. »Ich fürchte, ich habe schlechte Nachrichten. Mr Curtis ist tot.«

• TEIL DREI •

Wirklich und wahrhaftig Arsen

1

All das habe ich letzte Nacht aufgeschrieben. Mir war klar, dass wir wirklich und wahrhaftig einen Fall hatten – und das ließ Dinge wie Schlafenszeit mehr als nebensächlich werden. Nachdem wir erfahren hatten, was Mr Curtis widerfahren war, war Küken richtig hysterisch geworden, sodass wir uns um sie scharen mussten, um sie zu beruhigen und ihr zu versichern, dass alles gut war – dass *ihr* nichts passieren würde.

»Aber was, wenn wir auch sterben?«, schluchzte sie. »Kitty, ich will nicht, dass du stirbst!«

»Im Ernst, Küks, es ist nicht ansteckend«, sagte Kitty.

»Aber woher willst du das denn WISSEN?«, heulte Küken, und damit waren weitere zwanzig Minuten dahin.

Ich kauerte auf meinem Bett und schrieb wie eine Wahnsinnige, weil ich wusste, dass ich alles schnell zu Papier bringen musste, bevor ich irgendetwas vergessen konnte. Mr Curtis mag furchtbar gewesen sein, trotzdem war er ein Mensch. Wenn wir mit unserer Vermutung richtiglagen, dann war jemand dafür verantwortlich, dass dieser Mensch nicht mehr am Leben war, und das war schrecklich. Alles, was Daisy und ich die vergangenen Tage über beobachtet hatten, war mit einem Schlag extrem wichtig geworden. Jede Kleinigkeit könnte etwas zu bedeuten haben, und jedes Detail könnte dabei helfen, den Mörder zu entlarven.

Eines jedenfalls hatte ich begriffen. Es hatte keinen Zweck, zu hoffen, ein geheimnisvoller Unbekannter hätte sich von außen eingeschlichen, um den Tee von Mr Curtis zu vergiften und dann wieder in die Nacht zu verschwinden. Ich hatte mit eigenen Augen die Spuren gesehen, die Mr Curtis und Lady Hastings hinterlassen hatten, als sie Samstagnachmittag aus dem Regen gekommen waren – und durchaus bemerkt, dass sonst nirgends im ganzen Haus derartige Hinterlassenschaften waren. Nach den beiden war kein anderer mehr hereingekommen, und niemand, außer den Partygästen und Chapman, hatte sich im Esszimmer aufgehalten, als Mr Curtis schlecht geworden war. Durch den Regen konnten wir alle außer den Bewohnern von Haus Fallingford ausschließen, schlussfolgerte ich und fühlte mich elend.

Wieder einmal trieb ein Mörder sein Unwesen – und er war uns so nahe, wie es nur geht. Wenn wir uns auf die Jagd nach ihm machten, wie sicher waren wir?

Es regnete ohne Unterlass. Beim Schreiben hörte ich es wie aus Eimern schütten und das Wasser wie mit Fäusten auf das Dach über mir trommeln. Auf dem Flur des Kinderzimmers tropfte es von der Decke in mehrere Eimer, *tipp-tipp-tipp* wie leise Schritte. Was, wenn wir in diesem Haus in der *Falle* saßen? Fallingford lag auf einem Hügel, und Dr. Cooper hatte gesagt, dass die Gegend ringsum überflutet war. Was, wenn die Polizei nicht zu uns durchdringen konnte? Ich schrieb und schrieb, dabei wollte ich eigentlich nichts anderes als mit Daisy reden.

2

Endlich waren Küken und Kitty ruhig. Aneinandergekuschelt lagen sie in Kükens Bett und Küken gab im Schlaf kleine Schnieflaute von sich. Daisy hatte so getan, als würde sie ebenfalls schlummern, doch sobald wir Kükens Schnarchen hörten, setzte sie sich mit weit offenen Augen im Bett auf.

Watson!, raunte sie mir nahezu tonlos zu. *Detektei-Besprechung. Draußen. Sofort!* Gut, dass ich Lippenlesen geübt hatte.

Ich kroch aus dem Bett (und warf Daisy einen entschuldigenden Blick zu, als die alte kaputte Diele in der Mitte des Kinderzimmers knarrte). Gemeinsam schlichen wir aus der Stube. Aus Miss Alstons kleinem Zimmer drangen Schnarchen und ein Knarzen, als sie sich im Bett umdrehte.

Es war ungeheuer kalt so früh am Morgen und das Haus war wie ein kleiner Hafen der Geborgenheit inmitten eines jaulenden Sturms. Daisy zeigte auf die Dienstbotentreppe. In der Dunkelheit erinnerte sie tatsächlich an einen Geheimgang. Ich stellte mir vor, wie wir darin verschwanden und nie wieder auftauchten – doch das war natürlich eine dumme Angst wie von einem törichten Shrimp. Ich atmete tief ein und folgte Daisy vorsichtig zwanzig Stufen in die Tiefe. Auf der einundzwanzigsten Stufe (ich zählte mit) blieb sie stehen, sodass ich in der Finsternis gegen sie stolperte.

»Hier ist die Mitte«, hauchte sie und knipste ihre Taschenlampe an, sodass ihr Gesicht ganz unheimlich beleuchtet wurde und ich erschrak. »Perfekt. Mrs D, Hetty und Chapman schlafen. Und sonst denkt kein Mensch an diese Treppe – Mami mag sie nicht; ihr zufolge ist es hier unerträglich schmutzig. Also wird uns niemand stören. Setz dich, Hazel. Zeit, die Fakten unseres Falls durchzugehen.«

»Na schön«, sagte ich und setzte mich auf eine äußerst harte und unbequeme Stufe.

»Wir wissen, dass Mr Curtis tot ist«, begann Daisy und zählte an den Fingern ihrer freien Hand ab. »Darüber lässt sich nicht streiten. Und was wir *glauben*, ist, dass er ermordet wurde. Was Dr. Cooper sagt, lässt den Schluss zu, dass man ihn vergiftet hat. Wir wissen, dass im Schrank in der Eingangshalle Arsen aufbewahrt wird, und wir wissen außerdem, dass eine Arsenvergiftung zu den Symptomen passt. Daher ist es der wahrscheinlichste Auslöser. Doch wie *beweisen* wir es? Und wenn Curtis vergiftet wurde, wer hat es getan?«

»Wenn Mr Curtis vergiftet wurde, muss es meiner Meinung nach jemand aus dem Haus gewesen sein«, sagte ich. »Es ist schrecklich, aber nichts anderes ergibt Sinn. Wäre er während des Frühstücks oder Mittagessens vergiftet worden, hätte er sich schon Stunden früher schlecht gefühlt – daher muss er also beim Tee vergiftet worden sein. Zu dem Zeitpunkt hat es bereits geregnet – und schließlich haben wir keine nassen Fußspuren gesehen, was aber der Fall gewesen wäre, hätte sich jemand von außen ins Haus geschlichen und das Teegedeck vergiftet, bevor wir ins Esszimmer kamen, nicht wahr? Außerdem hat Mr Curtis nichts gegessen, sondern nur Tee aus seiner Tasse getrunken. Nachdem sich sonst keiner schlecht fühlt, kann das Gift einzig und allein in dieser einen Tasse gewesen sein, nicht in der ganzen Kanne. Das wiederum bedeutet, der Mörder muss sich im Zimmer befunden haben, als Mr Curtis trank. Alle standen um die Teetafel herum – jeder könnte etwas in die Tasse getan haben, bevor Mr Curtis sie bekam, richtig? Alle sind verdächtig, Daisy!«

Ich machte eine Pause und atmete tief ein. Für mich war das eine ungewöhnlich lange Ansprache gewesen, während derer mir ganz flau geworden war. Immerhin unterbreitete ich Daisy die Möglichkeit, dass ein Mitglied ihrer Familie ein Mörder sein könnte, und ich hatte furchtbare Angst, sie würde mich anbrüllen oder mir erklären, dass ich falschlag. Obwohl wir nun schon ein Jahr lang befreundet sind, bin ich nie ganz sicher, wie Daisy die Dinge aufnimmt.

»Junge!«, sagte sie nach einer Weile. »Ja. Weißt du noch, wie Mr Curtis meinte, der Tee würde widerlich schmecken?«

»Genau«, sagte ich und atmete vor Erleichterung extra leise aus. »So grauenhaft es ist, es kann nicht anders sein. Also was machen wir jetzt?«

»Machen? Hazel, du Kamel, das ist ja wohl völlig offensichtlich. Im Denken magst du ja ganz passabel sein, aber im *Machen* taugst du zu rein gar nichts. Soeben hast du den Tatort bestätigt, und wir gehen davon aus, dass wir Arsen als Tatwaffe identifiziert haben. Wir müssen auf der Stelle ins Esszimmer und diese Tasse sicherstellen – bestimmt sind darin noch Reste von Arsen, und womöglich befinden sich sogar die Fingerabdrücke des Mörders darauf.«

Ich glotzte sie an. »Aber die Tür ist abgesperrt, Daisy!«

»Das weiß ich auch. Und ich weiß, dass Onkel Felix noch immer den Schlüssel bei sich trägt. Zum Glück sind wir darauf nicht angewiesen. Im Schirmständer liegt ein ganzer Schlüsselbund, für den Fall, dass wir in die Speisekammer einbrechen wollen, nachdem Mrs D abends nach Hause gegangen ist. Los – wir müssen ihn nur aus dem Ständer holen und sind im Handumdrehen im Zimmer.«

Natürlich hat Daisy immer recht, wenn es um solche Sachen geht – doch als ich aufstand und ihr über die Treppe nach unten folgte, konnte ich mir die Sorgen trotzdem nicht verkneifen. Wieder einmal machten wir uns daran, als Detektive zu ermitteln, genau wie letztes Jahr – und am Ende dieser Ermittlungen würde uns, wieder einmal, ein echter Mörder erwarten. Was, wenn er unseren Nachforschungen auf die Schliche kam und es als Nächstes auf uns abgesehen hatte? Ich erinnerte mich an unseren letzten Mordfall und schauderte. Nie wieder wollte ich solche Todesängste ausstehen. Doch selbstverständlich konnte ich das Daisy gegenüber nicht zugeben. Je größer die Gefahr, in der Daisy schwebt, desto glücklicher ist sie.

3

Und so huschten wir die kleine Hintertreppe hinunter – Daisy auf so leisen Sohlen wie der Gentleman-Einbrecher Raffles, Absatz, Zehen, Absatz, Zehen, und ich wie ein Babyelefant – mit angehaltenem Atem durch den Flur im ersten Stock und die Haupttreppe hinab.

Wir schlichen (ich stolperte) weiter, und endlich waren wir in der Eingangshalle, in der die Pendeluhr wie ein Herzschlag tickte. Fallingford ist derart voller *Dinge*, dass es ein gefährliches Unternehmen ist, bei Nacht umherzuwandern – überall lauern Möbelstücke und liegende Teppiche. Erstere warfen unheimliche Schatten an die Wände, und immer wenn ich sie nur aus dem Augenwinkel sah, klopfte mein Herz wie wild. Die Ritterrüstung wirkte in der Dunkelheit wie ein Mensch, sodass ich unwillkürlich erschrak. Daisy allerdings war die Ruhe selbst. Sie ging auf den Schirmständer zu (ein Elefantenfuß – ein echter, ganz ledrig und voller Runzeln. Der Anblick beschert mir jedes Mal eine Gänsehaut), während ich nervös neben der Esszimmertür herumlungerte. Ich zog an der Klinke, nur um mir die Zeit zu vertreiben, und zu meiner großen Überraschung gab die Tür nach und schwang auf.

»Daisy!«, zischte ich. »Schau! Sie ist gar nicht abgesperrt!«

Die Hand noch immer am Schirmständer, drehte Daisy sich um. »Himmel!«, hauchte sie überrascht. »Onkel Felix wird wirklich nachlässig. Tja, das macht die Sache für uns wesentlich leichter.«

Alles war, wie wir es verlassen hatten: Vorhänge aufgezogen und die Teetafel gedeckt. Schemenhaft konnte ich die Überreste von Kuchen und belegten Broten ausmachen, zwischen denen unzählige Krümel lagen. Tassen waren umgestoßen und auf dem hellen Tischtuch hatten sich dunkle Teeflecken ausgebreitet. Ich spürte ein Ziehen im Magen, und einen törichten Moment lang überlegte ich, ob man mich ebenfalls vergiftet haben könnte. Tod durch Teekränzchen war so eine grässliche Art, aus dem Leben zu scheiden – als wäre man von etwas hereingelegt worden, das eigentlich hätte nett sein sollen.

Ich hob ein Stück Papier auf, das auf der Tischdecke lag, und fingerte nervös daran herum. Es war ein Fetzen eines bedruckten Blatts – zunächst meinte ich, es stamme von einer Zeitung, doch es fühlte sich zu dick und glatt an, mehr wie eine Buchseite. Ich lugte darauf und versuchte, Wörter zu entziffern, doch da packte Daisy meinen Arm, also stopfte ich es in die Tasche und wandte mich zu ihr um.

»Hazel!«, zischte sie und zeigte auf den Sessel, in dem Mr Curtis gesessen hatte. »Schau!«

Ich kniff die Augen zusammen – und erkannte, dass im Raum doch nicht alles so war, wie wir es verlassen hatten. Die Tafel mochte noch immer gedeckt sein und die Möbel mochten noch so stehen wie am Nachmittag – doch zwei Sachen fehlten: die Tasse, aus der Mr Curtis getrunken hatte, und seine goldene Uhr. Es war, als wäre eines von Miss Alstons Suchbildern zum Leben erwacht.

»Könnte jemand die Tasse weggestellt haben, als Mr Curtis schlecht wurde?«, fragte ich. Dabei wusste ich selbst am besten, wo sie sich befunden hatte, als Onkel Felix das Zimmer abgeschlossen hatte. Und je mehr ich darüber nachdachte, desto sicherer war ich: Onkel Felix *hatte* die Tür abgeschlossen.

Daisy schaltete ihre Taschenlampe an und ließ sie in hüpfenden Mustern durchs Zimmer wandern: über den Esstisch, die übrigen Stühle, die Anrichte. Doch von der dicken Golduhr und der feinen Tasse mit dem Goldrand fehlte jede Spur.

»Daisy, wenn sie nicht mehr hier sind …«

Unnötig, meinen Satz zu vollenden. Natürlich bedeutete es, dass jemand die Uhr und die Tasse von Mr Curtis geholt hatte, nachdem die Teegesellschaft gemeinsam das Zimmer verlassen hatte – und zwar *nur* die Tasse und die Uhr. Das wiederum bewies, dass wir mit unserer Vermutung absolut richtiglagen: Mr Curtis *war* vergiftet worden.

Ich atmete tief durch, um mich zu fangen.

Plötzlich raschelte es am anderen Ende des Esszimmers.

4

Abgesehen von Daisys Taschenlampe erhellte lediglich das regnerische Zwielicht, das von außen hereinfiel, den Raum. Jenseits des Scheins konnten wir nichts außer Schatten und

Schemen erkennen – das lang gezogene Esszimmer war vollgestopft mit Tischen und Stühlen.

»*Wer ist da?*«, fragte Daisy. Manchmal ist sie ungeheuer mutig. Ich hätte kein Wort herausgebracht, nicht einmal wenn ich gewollt hätte.

Im Zimmer war es drückend still geworden, mit Ausnahme vom Prasseln des Regens, dennoch spürte ich, dass jemand – wer auch immer – am entgegengesetzten Ende kauerte, reglos und ohne ein Geräusch. Ich dachte an die unversperrte Tür und Kälte rann mir über den Rücken.

»*Wer ist da?*«, zischte Daisy erneut.

Der Unbekannte stieß einen Stuhl um.

Kreischend machten wir auf dem Absatz kehrt und rannten davon, als wären uns tollwütige Hunde auf den Fersen, raus aus dem Esszimmer und hoch bis ins Kinderzimmer. Dabei knarrten und ächzten die Stufen unter uns, und ich hatte schreckliche Angst, jemand könnte uns hören – doch der hämmernde Regen muss allen übrigen Lärm übertönt haben.

Schlotternd verkrochen wir uns im kleinen Bad des Kinderzimmers – das sich in diesem Fall gewissermaßen zu unserem Hauptquartier mauserte. Daisy schob den Riegel vor die Tür, bevor wir uns beide mit dem Rücken dagegenlehnten und zu Boden glitten. Eine Weile saßen wir schweigend da.

»Ich kann nicht fassen, dass du geschrien hast, Hazel«, sagte Daisy schließlich. »Du hättest uns um ein Haar verraten!«

Empört öffnete ich den Mund, schloss ihn jedoch wieder. Daisy war mal wieder typisch Daisy und meinte nicht wirklich, was sie sagte.

»Es war ein ziemlich *leiser* Schrei«, sagte ich schließlich mit zittriger Stimme. »Das hat keiner gehört.«

»Hazel«, meinte Daisy nach einer weiteren kurzen Stille, »ich glaube, unser Fall ist gerade *ausgesprochen* interessant geworden. Es gibt nur einen einzigen Grund, weshalb jemand im Dunkeln durchs Esszimmer schleichen und die Tasse stehlen sollte, aus der Mr Curtis getrunken hat: weil dieser Jemand ihn ermordet hat und die Beweise verschwinden lassen will.«

»Aber wie hat er die Tür aufgeschlossen?«, fragte ich. »Sonst weiß doch keiner von den Schlüsseln im Schirmständer, oder?«

»Daddy und Bertie schon«, antwortete Daisy. »Und jeder andere könnte sich in Onkel Felix' Zimmer geschlichen haben, als er gerade nicht da war, um den Schlüssel fürs Esszimmer aus seiner Jackentasche zu stibitzen. Zu dumm, dass er ihn inzwischen sicher längst zurückgelegt hat – entweder in den Schirmständer oder indem er den Schlüssel unter der Tür von Onkel Felix durchgeschoben hat. Auf diesem Weg werden wir also nichts Neues herausfinden.«

»Dann ist es also tatsächlich jemand aus Haus Fallingford! Und er weiß, dass wir ihm auf der Spur sind.« Ich schluckte. Ich kam mir vor, als hätte der vergangene Herbst mich eingeholt. Alles wiederholte sich: ein vertuschter Mord und ein Mörder, der wusste, dass wir gegen ihn ermittelten.

»Tja, das lässt sich nicht vermeiden«, meinte Daisy. »Manchmal müssen Detektive sich nun mal schrecklichen Gefahren stellen. Reiß dich am Riemen, Hazel, und vergiss nicht das Wichtigste. Wir haben richtig getippt: Bei unserem Fall geht es um Mord!«

Mir fiel etwas ein. »Wenn es dem Täter um die Tasse ging, warum hat er dann auch die Uhr genommen?«

»Oh, gut beobachtet, Watson!«, lobte Daisy. »Das ist eine wichtige Frage, der wir nachgehen müssen. Warum der Mörder die Tasse wollte, ist offensichtlich – Fingerabdrücke und belastende weiße Rückstände natürlich –, doch warum die Uhr entwenden? Ich –«

Jemand rüttelte am Türknauf. Panisch sprangen wir auf. Mein Herz schlug mir bis zum Hals. Wie konnte der Mörder uns so schnell gefunden haben?

»Kürbiskopf!«, erklang Berties Stimme. »Was treibst du schon wieder da drin? Komm raus und hör auf, so eine Plage zu sein. Ich muss, äh …«

Falscher Alarm – aber es half nichts, wir mussten unsere Zuflucht verlassen. Kleinlaut schlurften wir auf den Flur, wo Bertie in seinem Morgenmantel stand und uns mürrisch musterte.

»Tut mir leid«, nuschelte ich.

»Mir nicht«, meinte Daisy und streckte ihm die Zunge raus.

Bertie schnitt ihr eine hässliche Grimasse und schob sich an uns vorbei ins Bad.

Wir schlichen zurück ins Bett. Da lag ich dann und dachte nach. Warum sollte der Mörder die Uhr stehlen? Spielte sie eine entscheidende Rolle? Oder drehte es sich allein um ihren Wert?

Ich erinnerte mich, wie Tante Saskia sie am Vortag angeglotzt hatte. Doch bestimmt würde sie für eine Uhr niemanden umbringen, egal wie schön sie auch sein mochte, oder? Andererseits konnte ich mir bei gar nichts mehr sicher sein. Immerhin hatte jemand aus diesem Haus –

womöglich sogar jemand aus Daisys Familie – einen Mord begangen.

Es wurde deutlich, dass sich in diesem Fall die Wahrheit als hässlicher herausstellen könnte als unsere Fantasie.

5

Am nächsten Morgen regnete es immer noch – es goss und goss, als wollte es nie wieder aufhören. Ich kniete auf meinem Bett und spähte durch die Fenstergitter auf eine Landschaft, die braun war und vor Wasser wogte. Es war, als befänden wir uns auf Fallingford wie auf einem Boot, das durch einen feindseligen Ozean steuerte.

»Junge!«, sagte Kitty, die herüberkam und sich neben mich kniete. »Wenn das so weitergeht, sitzen wir hier *tagelang* fest. Bäh. Was, wenn Mr Curtis anfängt zu verwesen?«

Bei dem Gedanken wurde mir ganz schlecht. Schon wieder hatten wir es mit Leichen zu tun, und ich weiß, dass Leichen – entgegen dem, was in Daisys Detektivromanen darüber steht – eine widerliche Angelegenheit sind, selbst wenn sie noch relativ frisch sind. Doch die Leiche, so abscheulich sie auch sein mochte, war nicht das Schlimmste daran, auf Fallingford gestrandet zu sein. Es bestand keinerlei Zweifel mehr, dass wir in diesem Haus *mit einem Mörder* eingesperrt waren.

Das Frühstück nahmen wir im Salon zu uns, da das Esszimmer noch immer nicht betreten werden durfte. Wie üblich gab es haufenweise Essen: Toast und Eier, Speck und Würstchen. Doch durch den veränderten Raum wirkte alles seltsam und fremd, was jedem aufs Gemüt schlug. Wenigstens die Speisen schmeckten wie immer.

Bertie futterte sich aufgebracht durch einen Berg Toast, während Stephen lediglich auf seinen Teller starrte. Tante Saskia hockte vornübergebeugt da und schlang pochierte Eier in sich hinein, ohne das silberne Buttermesser neben ihrem Teller auch nur eines Blickes zu würdigen, und Miss Alston schnitt eine Birne in immer kleinere Scheiben, bis sie quasi verschwunden war. Onkel Felix biss in seine Serviette statt in den Speck und schien es nicht einmal zu bemerken. Lord Hastings, der ganz grau aussah, nahm von seinem Reisgericht mit Fisch und Eiern lediglich winzige Häppchen zu sich und rutschte auf seinem Stuhl herum, als säße er auf einer Spinne. Auch Chapman benahm sich merkwürdig. Immerzu blickte er zu Lord Hastings und schaute wieder weg, als brenne ihm etwas auf der Seele, das er nicht aussprechen konnte.

Der Regen prasselte gegen die Fenster, und der Salon, in dem es grundsätzlich kalt ist, wirkte in dem gräulichen Licht alles andere als einladend. Sämtliche Ansätze zu einer Unterhaltung schienen zwangsläufig beim Thema Tod zu enden, wie in einem Albtraum, in dem man durch jede Tür, die man auch öffnen mag, an denselben grauenhaften Ort gelangt.

Schließlich blickte Lord Hastings zur Decke und sagte: »Heute Morgen findet selbstverständlich eine Andacht statt.«

»Ich werde nicht teilnehmen«, sagte Lady Hastings verbissen. Ihre Augen waren rot, ihr Haar ungekämmt und ihre Schale mit Kleie hatte sie nicht einmal angetastet. »Ich … ich werde die Polizei verständigen.«

Tante Saskia ließ ihre Gabel fallen.

»Mutter!«, fuhr Bertie auf. »Warum zum Teufel …?«

»Denis ist tot!«, schrie Lady Hastings. »Was bitte soll das heißen, *warum*?«

»Es soll heißen, dass sich die Polizei für gewöhnlich für Lebensmittelvergiftung wenig interessiert!«, entgegnete Bertie. »Ehrlich, Mutter, das gehört nicht zu ihren Aufgaben.«

»Dr. Cooper hält es nicht für eine Lebensmittelvergiftung«, entgegnete Lady Hastings. »Ich habe gehört, wie er es zu Felix gesagt hat. Und *Felix* glaubt nicht, dass es ein Unfall war.«

Jeder erstarrte, als sie diese Bombe platzen ließ.

»Margaret«, sagte Onkel Felix ernst, »hatte ich nicht deutlich gemacht, dass *ich* mich um diese Angelegenheit kümmern würde?«

»Doch, hast du, aber ich will *richtige* Polizei«, erwiderte Lady Hastings. Einmal mehr fragte ich mich, was genau Onkel Felix eigentlich tat, wenn er nicht gerade Daisys Onkel war. »Denis ist *tot*, und nach dem, was ich dich sagen gehört habe, glaube ich nicht, dass ich noch irgendjemandem in diesem Haus trauen kann, nicht einmal meinem eigenen Bruder. Ich werde diesen liebenswürdigen Polizisten anrufen, der zu uns kam, nachdem … Tja, ihr wisst schon, diesem *unglückseligen Zwischenfall*, der sich letztes Jahr an Daisys Schule ereignet hat.«

Küken wimmerte, Daisy zuckte zusammen und ich musste mir die Gabel ins Bein stechen, um nicht vor Schreck aufzustöhnen. Der Mord von Deepdean schien uns einfach nicht loszulassen! Beim Gedanken daran, Inspektor Priestley hier zu treffen, schon wieder, wurde mir übel und gleichzeitig wurde ich aufgeregt. Einmal hatte er uns bereits gerettet – würde er noch einmal zu unserer Rettung eilen müssen?

»Ah ja«, meinte Lord Hastings bedauernd. »Irgendwie dachte ich mir schon, dass ein liebenswürdiger Polizist eine Rolle spielen würde.«

»Ach, sei still«, fuhr Lady Hastings ihn an. »Ich rufe ihn, und damit basta. Du kannst in die Kirche gehen und so tun, als würde es dir leidtun.«

Doch an diesem Tag sollte keiner von uns zur Kirche gehen. Chapman trat zu uns und flüsterte etwas in Lord Hastings Ohr.

»Die Straße ins Dorf ist überschwemmt«, teilte Lord Hastings uns mit, als er aufblickte und sich räusperte. »O'Brian musste heute Morgen mit dem Boot zu uns gebracht werden und jetzt sind die Kühe auf der langen Weide gestrandet. Man muss ihnen helfen. Ich werde gehen und die Arbeiten überwachen – aber so leid es mir tut, besteht keine Möglichkeit, dass das Boot rechtzeitig für die Andacht zur Verfügung steht.«

»Tja, in dem Fall hat es keinen Sinn, die Polizei zu rufen«, wandte Onkel Felix sich an Lady Hastings. »Wenn Fallingford überschwemmt ist, steht die ganze Nussington Road unter Wasser. Sie werden nicht durchkommen.«

»Dann sind wir also eingesperrt!«, stellte Bertie fest und klang ziemlich aufgeregt. »Gefangen mit einer *Leiche*.«

Daisys Augen strahlten. Küken brach in Tränen aus.

»Küks!«, sagte Kitty. »Nun reiß dich schon zusammen!«

»Ich … mag … einfach … keinen … Tod!«, wimmerte Küken.

»Tod!«, wiederholte Lady Hastings. »Es ist nicht einfach nur Tod, es ist Mord. Und es war einer von *euch*!« Mit einer fließenden, eleganten Bewegung warf sie ihr Taschentuch hin, schob ihren Stuhl zurück und stürmte schluchzend aus dem Zimmer.

Küken klammerte sich an Kitty, kalkweiß vor Angst. Selbst Kitty wirkte recht blass.

»Das ist Unfug«, sagte Onkel Felix, der sich erhob und das Monokel ins Auge klemmte. »Der Mann hatte die Ruhr. Nichts anderes habe ich zu Dr. Cooper gesagt. Margaret muss mich missverstanden haben. Wir brauchen keine Polizei.«

Ich konnte nicht begreifen, warum Onkel Felix sich so dumm stellte. Wir hatten mit eigenen Ohren gehört, welchen Verdacht er gegenüber Dr. Cooper geäußert hatte. Deshalb hatten Daisy und ich überhaupt erst darauf kommen können, dass Gift im Spiel war. Wollte er nur verhindern, dass Panik ausbrach? Oder hatte er einen anderen Grund zu lügen?

Daisy bedachte ihn mit einem argwöhnischen Blick. »Ruhr?«, wiederholte sie.

Onkel Felix erwiderte ihren Blick kühl, eine Augenbraue erhoben, völlig nichtssagend – ein Gesichtsausdruck, den ich Daisy in letzter Zeit häufig vor dem Spiegel habe üben sehen.

»Selbstverständlich war es die Ruhr«, antwortete er. »Was denn sonst?«

6

Wie Daisy immer sagt, ein Kind zu sein, kann einen in den Wahnsinn treiben. Wir beide wollten bei den Erwachsenen bleiben und beobachten, was als Nächstes geschah, stattdessen scheuchte uns Miss Alston direkt nach dem Frühstück zurück ins Kinderzimmer. Sie schien uns unbedingt loswerden zu wollen – von späterem Unterricht war nicht die Rede. Und sie war auffallend gedankenverloren. Als wir die Treppe hinaufgingen, schritt sie voran, das unordentliche Haar ganz zerzaust und die riesige Tasche über dem Arm. Ich musterte sie aufmerksam und überlegte, was in ihr vor sich gehen mochte.

Doch Daisy spukte jemand anders im Kopf herum.

»Ich fasse Onkel Felix nicht!«, murmelte sie mir zu. »Wie kann er es wagen, *mich* anzulügen?!«

Kitty drehte sich zu uns und verengte die Augen. Sofort bemühte ich mich, so normal wie möglich zu wirken, damit sie dem Detektivgedanken hinter meiner Stirn nicht auf die Schliche kommen konnte. Ich dachte, das sei mir gelungen – bis wir im Kinderzimmer waren und die Tür sich hinter uns schloss. Plötzlich legte Kitty los.

»Ihr zwei führt doch was im Schilde«, sagte sie. »Ich seh's euch an. Es hat mit Mr Curtis zu tun, stimmt's?«

»Wie kommst du darauf?«, fragte Daisy mit einem Gesicht wie ein Ölgötze. »Wir haben uns nur darüber unterhalten, wie furchtbar Miss Alston heute aussieht, nicht wahr, Hazel?«

»Ähm«, sagte ich. »Ja.«

»Stimmt nicht!«, sagte Kitty. »Ich bin doch nicht bescheuert. Ihr habt über Mr Curtis geredet. Ihr spielt wieder eure Detektivspielchen.«

Hin und wieder habe ich mich bereits gefragt, ob die anderen Bescheid wissen könnten, trotzdem war es für mich ein Schock, dass ein Außenstehender über unsere Detektei sprach. Es fühlte sich an, als hätte Kitty etwas Heiliges entweiht.

»Keine Ahnung, wovon du sprichst!«, sagte Daisy. »Detektivspielchen? Selbst wenn wir uns über Mr Curtis unterhalten hätten – was nicht der Fall ist –, wäre das kein Spiel, und ihr dürftet nichts davon wissen.«

»Ach, jetzt tu nicht so schockiert – wir wissen schon seit Ewigkeiten über euren Club Bescheid, seitdem die Sache mit Miss Bell letztes Jahr passiert ist. Wir wissen es alle – na ja, Küken und ich. Und wir halten es für ausgemachten Blödsinn, sonst hätten wir schon längst gefragt, ob wir mitmachen dürfen.«

»Blödsinn?«, platzte Daisy heraus. »Wir haben einen *Mord* aufgeklärt!«

Kitty schniefte. »Das war die Polizei. Dieser gut aussehende Polizist, von dem deine Mutter gesprochen hat.«

Daisy war hochrot angelaufen. Sie war so wütend, dass ihr ausnahmsweise einmal die Worte fehlten.

»Dann stimmt es also, was deine Mutter beim Frühstück gesagt hat?«, fragte Kitty. »Mr Curtis ist ermordet worden?«

»Nein!«, sagte Daisy, die sich dieses eine Mal nicht im Griff hatte. »Lasst uns in Ruhe, hört ihr? Ihr ruiniert alles!«

»Es *stimmt* also!«, rief Kitty triumphierend. »Ich hab's gewusst! Ha!«

Kükens Lippe fing an zu zittern.

»Nein!«, sagte ich verzweifelt. »Nein, hör doch!«

»Nein, jetzt hört *ihr* zu«, sagte Kitty. »Wenn auf Fallingford etwas so Aufregendes vor sich geht, dann wollen wir mitmachen. Es ist nicht fair, uns auszuschließen. Wenn ihr uns nicht lasst, gehen wir zu deinem Onkel und sagen ihm haarklein, was ihr vorhabt. Und er wird ausflippen.«

»*Du* willst vielleicht mitmachen, aber Küken nicht«, sagte Daisy und griff nach dem letzten Strohhalm. »Oder, Küken? Es ist schrecklich gefährlich. Du könntest dabei sterben!«

»Du wirst nicht sterben!«, sagte ich schnell zu Küken. »Aber Daisy hat recht. Es *ist* gefährlich.«

Küken atmete tief durch. Wir alle sahen ihr deutlich an, wie es in ihr arbeitete.

»Ich glaube …«, sagte sie schließlich. »Ich glaube, wenn ihr schon Detektive sein wollt, dann will ich helfen. *Kann* ich denn nicht helfen?« Ihre Augen wurden groß und wie ein im Regen sitzendes Kätzchen blickte sie Daisy an.

Daisy schwieg. Dann seufzte sie. »Mist«, fluchte sie. »Von *mir* aus. Aber ihr seid nur vorübergehende Mitglieder unserer Detektei. Ihr dürft nur Assistenten sein.«

»Assistenten!«, rief Kitty und verzog das Gesicht.

»Was passt dir daran nicht? Sherlock Holmes hatte Informanten, das ist auch eine Art Assistent. Und außerdem kannst du dich nicht einfach selbst in die Detektei einladen und dann erwarten, sofort wichtig zu sein. Himmel, Hazel hat fast ein ganzes Trimester gebraucht, um Vizevorsitzende zu werden.«

»Daisy!«, sagte ich. Ob es uns gefiel oder nicht, wir mussten nett zu Kitty und Küken sein, nachdem sie in unser Geheimnis eingeweiht waren.

»Ach, na schön, wenn ihr unbedingt wollt, dürft ihr euch *Geheimagenten* nennen. Trotzdem seid ihr eigentlich nur Assistenten.«

Das war die Art von Daisy-Kompromiss, die eigentlich gar keiner war.

Küken quiekte, diesmal vor Freude.

Daisy verdrehte die Augen. »Jetzt raste nicht gleich aus«, schimpfte sie. »Wenn ihr zur Detektei gehören wollt, müsst ihr feierlich geloben, alles zu tun, was ich euch sage, weil ich nämlich die Vorsitzende bin. Hazel ist Vizevorsitzende und außerdem Schriftführerin, was bedeutet, dass sie alles aufschreibt und mir dabei hilft, Fälle zu lösen. Außerdem müsst ihr schwören, über die Detektei Stillschweigen zu bewahren, was heißt, dass wir euch jagen und mit mittelalterlicher Folter bestrafen, solltet ihr jemals jemandem erzählen, was wir machen!«

»Der Teil mit der mittelalterlichen Folter stimmt nicht«, sagte ich schnell, weil Kükens Augen inzwischen fast größer waren als ihr ganzes Gesicht.

»Ach *nein*?«, meinte Daisy. »Du bist eine so gute Vizevorsitzende, dass ich dir nie damit drohen musste, das bedeutet aber noch lange nicht, dass es sie nicht gibt. Und in diesem Fall denke ich, dass die Warnung angebracht ist. Kitty, Küken, seid ihr bereit, den Schwur zu leisten? Wenn nicht, dürft ihr uns nicht helfen.«

»Von mir aus«, meinte Kitty und verschränkte die Arme.

»Na schön«, stimmte auch Küken zu. »Aber bitte nicht foltern!«

»Gut. Dann sage ich euch jetzt den Eid vor und am Ende müsst ihr sagen: *Das schwöre ich*. Bereit? Gut zuhören!

Schwört ihr, ein gutes und schlaues Mitglied der Detektei zu sein und mit Logik die Fälle zu lösen, die man euch vorlegt, indem ihr all euren Verstand einsetzt, und euch nicht auf Erwachsene zu verlassen, vor allem nicht auf die Polizei?«

Sie stieß Kitty an, woraufhin Kitty zusammenzuckte und sagte: »Das schwöre ich.«

»Das schwöre ich«, gelobte auch Küken, leicht zeitversetzt.

»Schwört ihr feierlich, der Vorsitzenden und der Vizevorsitzenden der Detektei niemals eine wichtige Spur vorzuenthalten und genau das zu tun, was sie sagen?«

»Das denkst du dir doch gerade erst aus!«, beschwerte Kitty sich. »Na schön, ja, ich schwöre es.«

»Ich auch!«, beteuerte Küken.

»Versprecht ihr unter Androhung mittelalterlicher Folterstrafe, keiner Seele, lebend oder tot, jemals ein Sterbenswörtchen von allem zu verraten?«

»Das schwöre ich«, verkündeten Kitty und Küken im Chor.

»Ausgezeichnet«, meinte Daisy zufrieden. »Dann können wir euch jetzt in den Fall einweihen.«

7

»Und was habt ihr bisher herausgefunden?«, wollte Kitty wissen.

»Mr Curtis ist *nicht* an der Ruhr gestorben«, antwortete Daisy bedeutungsschwer. »Er wurde *ermordet*.«

»Das wussten wir doch schon«, sagte Kitty. »Das hat deine Mutter bereits gesagt.«

»Ja, aber wir haben es bewiesen«, meinte Daisy. Ich merkte ihr an, dass Kittys Reaktion sie ärgerte – sie kann es gar nicht leiden, wenn jemand ihr die Schau stiehlt. »Wir haben Onkel Felix und Dr. Cooper belauscht, als sie sich darüber unterhalten haben, und dann haben wir Nachforschungen angestellt, um es zu beweisen. Mr Curtis wurde beim Teekränzchen vergiftet – wir haben den Schluss gezogen, dass jemand ihm Arsen aus dem Kübel mit Rattengift in der Eingangshalle verabreicht hat.«

»Mir ist nicht ganz klar, wie ihr für irgendetwas davon Beweise haben könnt«, meinte Kitty, die sich als keine besonders gehorsame Assistentin herausstellte. »Das alles könnte genauso gut nur Einbildung sein.«

»Ist es aber nicht!«, entgegnete Daisy. »Hör zu. Wir haben uns letzte Nacht ins Esszimmer geschlichen, um nach Mr Curtis' Tasse zu suchen – doch uns ist jemand zuvorgekommen und hat sie gestohlen, genau wie die Uhr! Dieser Jemand hat uns sogar um ein Haar erwischt. Wir mussten sehr schnell sein.«

»Aber warum sollte ihn jemand ermorden?«, fragte Küken. »Der arme Mr Curtis!«

»Gründe gab es genug!«, versicherte Daisy. »Doch der entscheidende ist: Er war hier, weil er uns bestehlen wollte. Hazel und ich haben ihn schon beschattet, bevor er gestorben ist – er ist im Haus herumgeschlichen, hat all unsere schönen Sachen begafft, und wir haben gehört, dass er gesagt hat, sie seien wertvoll. Später dann hat er Mami angelogen und behauptet, sie seien so gut wie nichts wert. Außerdem haben wir gesehen … tja, wir haben etwas beobachtet, was deutlich gemacht hat, dass er sich bei Mami einschmeicheln wollte, damit er sie über den Tisch ziehen kann und sie ihm unsere Sachen für einen Apfel und ein Ei verkauft.«

»Oh, haben sie sich geküsst?«, wollte Kitty wissen. »Das frage ich mich schon die ganze Zeit.«

Ich verzog das Gesicht. »Lord Hastings, Onkel Felix und Bertie wussten auch, was zwischen den beiden vorging«, sagte ich rasch. »Also waren alle wütend auf Mr Curtis. Deshalb war gestern jeder so mürrisch.«

»Nicht der einzige Grund«, meinte Daisy nickend, »aber ein sehr guter. Passt auf – bevor wir weitermachen, können wir das hier genauso gut zu einem offiziellen Treffen der Detektei erklären. Hazel, du hast das Fallbuch bei dir, oder? Wie hast du unseren Fall genannt?«

»Der Fall Mr Curtis«, antwortete ich, während ich das Buch herausnahm.

»Sehr gut«, sagte Daisy. »Bei diesem Treffen anwesend: Daisy Wells, Vorsitzende, und Hazel Wong, Schriftführerin und Vizevorsitzende. Außerdem anwesend: Katherine Freebody und Rebecca Martineau, Assistenten und vorübergehende Mitglieder der Detektei.

Das Opfer: Mr Curtis. Todesursache: Arsenvergiftung – obwohl das nur äußerst gut geraten ist, da wir keinen Zugang zur Leiche haben … *wieder einmal!* Im Ernst, wieso nimmt man uns immer unsere Leichen weg?

Zeitpunkt der Vergiftung: Nachmittagstee. Früher ist ausgeschlossen – in dem Buch, das Hazel und ich gefunden haben, stand, dass Arsen üblicherweise nach etwa fünfzehn Minuten zu wirken beginnt … Oh, *stellt euch vor*: Wir waren tatsächlich *dabei*, als der Mord begangen wurde!«

Ich schauderte und Küken quiekte.

»Und falls noch Zweifel bestehen sollten, bestätigt die fehlende Teetasse ja wohl alles. Der Mörder wusste, dass die Tasse wichtiges Beweismaterial ist, also hat er sie verschwinden lassen.«

»Aber wer ist der Mörder?«, fragte Küken angsterfüllt.

»Gute Frage!« Daisy strahlte. »Aufgrund der Art und Weise, wie der Täter ins Esszimmer eingebrochen ist, haben Hazel und ich geschlussfolgert, dass er aus diesem Haushalt stammen muss. Nur einer von uns kann von den Ersatzschlüsseln im Schirmständer gewusst haben oder hätte in Onkel Felix' Zimmer schlüpfen können, um den Schlüssel zu stibitzen, den er in der Tasche hatte.«

Küken wirkte zu Tode erschrocken. Gerne hätte ich ihr versichert, dass ihr nichts passieren würde – aber ich brachte es nicht übers Herz, weil es womöglich eine Lüge gewesen wäre. Hatten wir einen grauenhaften Fehler gemacht, indem wir sie und Kitty in unsere Nachforschungen einbezogen?

Stattdessen sagte ich: »Wir sollten eine Liste mit Verdächtigen anlegen.« Listen, wie ich bei unserem letzten Mordfall gelernt hatte, hatten eine beruhigende Wirkung. Sobald alles erst einmal im Fallbuch stand, wurde es zu einer Denksportaufgabe, zu etwas, das man bewältigen konnte, etwas, das eher aufregend als entsetzlich war.

»Und ob!«, stimmte Daisy zu. »Ich habe schon ein paar äußerst gute Überlegungen dazu, wer es sein könnte.«

Ich blickte sie an. Ihre Augen strahlten. Sie schien mit aller Aufmerksamkeit am Ball zu sein – ganz als hätte sich der Tod von Mr Curtis an einem weit entfernten Ort zugetragen, mit völlig fremden Beteiligten. Ich dachte an Onkel Felix, der vor aller Welt so tat, als wüsste er nichts von einer Vergiftung. Ich dachte an Tante Saskia, die offenbar Angst vor der Polizei hatte. Und ich dachte an Bertie, der Lady Hastings und Mr Curtis Freitagabend so wütend angebrüllt hatte. Freute Daisy sich tatsächlich darauf, ein Mitglied ihrer eigenen Familie zu verdächtigen?

»Wer?«, fragte ich vorsichtig.

»Tja, ohne Zweifel hat eine Person sich besonders auffällig benommen, seit Mr Curtis angekommen ist.«

Wir alle warteten gebannt ab.

Daisy seufzte. »*Miss Alston* natürlich«, sagte sie.

Kitty schnappte nach Luft. Selbstverständlich konnte man es nicht von der Hand weisen – seit der Ankunft von Mr Curtis hatte sich Miss Alston komischer denn je verhalten. Mir fiel der Moment ein, als sie aus dem Irrgarten aufgetaucht war und er sie so merkwürdig angefahren hatte, als wüsste er etwas über sie, was uns verborgen war. Doch wie dem auch sei, ich machte mir Sorgen. Was beim letzten Mal passiert war, als Daisy so schnell das Urteil über einen Verdächtigen gefällt hatte, war mir noch lebhaft im Gedächtnis.

»Bist du *sicher*?«, fragte ich.

Daisy rollte mit den Augen. »*Nein*, bin ich nicht. Es ist nur eine Hypothese. Aber eine gute, wie du zugeben musst. Wir haben gehört, was Mr Curtis zu ihr gesagt hat – er hat sie beschuldigt, sie sei aus einem anderen Grund auf Fallingford als wegen der Arbeit als Gouvernante, und ich wette, damit hatte er recht. Sie ist höchst verdächtig – ganz bestimmt hat sie ein Geheimnis. Es führt kein Weg daran vorbei, sie zu beobachten und herauszufinden, was es ist. Nimm sie mit auf die Liste. Na schön, wer sonst noch?«

Ich wollte nicht die Erste sein, die jemanden aus Daisys Familie vorschlug. Zaghaft öffnete ich den Mund, schloss ihn jedoch wieder. Da ergriff Kitty das Wort.

»Was ist mit deiner Tante Saskia?«, sagte sie. »Ihr habt doch gesagt, dass nicht nur die Tasse von Mr Curtis weg war, sondern auch seine Uhr. Hat sie nicht schon das ganze Wochenende über auf nichts anderes gestarrt? Sie könnte Mr Curtis ermordet haben, um sie in die Finger zu kriegen. Sie wollte ja auch nicht, dass deine Mutter die Polizei verständigt.«

Daisy blinzelte stirnrunzelnd.

»Ich sag's ja nur«, meinte Kitty unverdrossen. »Du wolltest wissen, wer sonst noch infrage kommt.«

»Ja«, sagte Daisy. »Natürlich hast du vollkommen recht. Wir wissen, dass die Uhr fehlt, und wir wissen auch, dass Tante Saskia ständig Dinge mitgehen lässt, die nicht ihr gehören. Sie ist kein *Dieb* – Menschen wie *wir* sind keine Diebe – aber sie hat … ein kleines Problem. Bisher hat sie immer nur Kleinigkeiten eingesteckt, die keiner vermisst, aber wenn sie die Uhr unbedingt haben wollte, wäre ihr vermutlich zuzutrauen, dass sie eine Dummheit begangen hat, um sie zu bekommen. Schreib es auf, Hazel.«

»Und was ist mit Onkel Felix?«, warf ich ein, nachdem der erste Vorstoß gewagt war. »Ich weiß, du magst ihn, aber du musst zugeben, dass auch er sich seltsam verhält. Warum hat er gelogen, was die Vergiftung von Mr Curtis angeht? Wir haben belauscht, wie er den Doktor beauftragt hat, Proben zu nehmen, um sie nach London zu bringen, also steht fest, dass er den Vorfall verdächtig findet. Und weißt du noch, dieses Gespräch im Irrgarten? Er hat Mr Curtis deutlich gemacht, dass etwas Schlimmes geschehen würde, wenn er sich weigert abzureisen. Was, wenn er auf den Mord angespielt hat?«

»Niemals!«, widersprach Daisy aufgebracht. »Er … Du kennst Onkel Felix nicht!«

»Weil du uns nie von ihm erzählen willst!«, sagte ich. »*Sind* die Gerüchte über ihn wahr?«

Daisy wurde rot. »Das sage ich nicht«, stellte sie schließlich klar. Ich hatte den Eindruck, was sie eigentlich damit meinte, war *Ich weiß es nicht.* »Aber er – ach, von mir aus. Du kannst ihn fürs Erste mit auf die Liste setzen. Aber ich werde ihn ausschließen, ihr werdet schon sehen!«

9

In diesem Moment öffnete sich die Tür und Bertie kam herein, dicht gefolgt von Stephen. Bertie zupfte wieder einmal an seiner Ukulele herum. Durch die Feuchtigkeit hatte sie sich verstimmt und gab nun fiese, falsche Töne von sich. Bertie sah wie immer verärgert aus, und ich überlegte, ob *er* verdächtig sein könnte. Manchmal hatte er grauenhafte Wutausbrüche – und er hatte über Mr Curtis und Lady Hastings Bescheid gewusst.

Daisy rümpfte die Nase über ihn. »Verschwinde! Wir sind beschäftigt. Was treibst du da überhaupt – was für ein *Lied* soll das bitte darstellen?«

»Den Trauermarsch«, antwortete Bertie, der aufs Widerlichste weiterklampfte. »Und darf ich dir vielleicht dieselbe Frage stellen, Kürbiskopf? Was treibt *ihr*?«

Daisy funkelte ihn an. »Wir spielen ein Spiel. Würde euch nicht gefallen.«

Bertie verengte die Augen – und sah dabei genau aus wie Daisy manchmal. Ich wusste nicht, ob ich es lustig oder unheimlich finden sollte. »Ich kenne all deine Geheimnisse, Kürbiskopf«, sagte er. »Zum Glück ist das umgekehrt nicht so.«

»Warum?«, fuhr Daisy ihn an. »Was hast du jetzt schon wieder angestellt?«

»Tja, auch wenn Mutter das anders sieht, habe ich Mr Curtis nicht umgebracht«, meinte Bertie. »Genau genommen, glaube ich nicht mal, dass er überhaupt ermordet wurde. Du etwa, Stephen?«

Stephen wurde kreidebleich. »Ich weiß nicht«, stammelte er. Deutlich spürte ich, dass ihm diese Unterhaltung zuwider war. Er tat mir wirklich leid.

»Siehst du?«, meinte Bertie. »Er hält schon die Frage für dumm. Ehrlich, wie ist Mutter überhaupt auf so eine Schnapsidee gekommen? Ich weiß, dass sie sich von Zeit zu Zeit kindisch benimmt, aber das ist ja wohl die Höhe!«

»Mami kann ein Trottel sein«, räumte Daisy ein. »Wahrscheinlich hat sie Dr. Cooper einfach falsch verstanden.«

Bertie schnaubte und selbst Stephen grinste.

»Und jetzt verschwinde«, wiederholte Daisy, »sonst zwingen wir euch dazu, mit unseren Puppen zu spielen.«

»Grauenvoll!«, sagte Bertie und ließ die Ukulele vor Schmerz sirren.

Mein Blick kreuzte den von Stephen. Aus seinem blassen Gesicht stachen seine Sommersprossen noch deutlicher hervor als sonst, doch er lächelte mir zu, wodurch ich mich schlagartig besser fühlte. Stephen schlug sich tapfer, also konnte ich es auch.

»Na schön«, sagte Daisy, als sie fort waren. »Dem Himmel sei Dank, dass wir nicht wirklich mit Puppen spielen müssen. Zurück zur Liste der Verdächtigen. Wen können wir noch festhalten? Ich weiß, wen wir ausschließen können. Wenn wir davon ausgehen, dass Mr Curtis das Gift im Tee verabreicht wurde, bedeutet das, der Mörder muss im Esszimmer gewesen sein, als der Tee serviert wurde, um das Gift in die Tasse kippen zu können – in der Kanne kann es schließlich nicht gewesen sein. Hetty und Mrs Doherty waren nicht anwesend, also können wir sie von vorneherein streichen. Worüber ich ehrlich froh bin. Oh, meine Güte! Wisst ihr noch, wie weit Chapman sich wegen Mami vom Tisch entfernen musste? Er ist nicht einmal in die Nähe gekommen. Er hätte Mr Curtis' Tasse unmöglich manipulieren können – er scheidet ebenfalls aus!«

Mir kam ein plötzlicher Gedanke. »Was glaubst du, wie der Mörder das Gift aus der Dose überhaupt in die Tasse geschmuggelt hat?«, fragte ich.

»Vielleicht hat er es in ein Taschentuch eingewickelt, oder in ein Stück Papier. In einem meiner Bücher wurde es genauso gemacht«, sagte Daisy. »Und als keiner aufgepasst hat, hat er es in Mr Curtis' Tasse geschüttet.«

Ich steckte die Hand in die Tasche und zog den Zettel heraus, den ich in der Nacht zuvor auf dem Esszimmertisch gefunden hatte.

»Ein Stück Papier wie das hier?«, fragte ich. »Ich habe es gestern im Esszimmer gefunden, aber ich hätte nie gedacht ... Bei all der Aufregung über die Tasse habe ich es ganz vergessen.«

»Hazel!«, keuchte Daisy. »Du schlaues Ding! Eine Spur, eine echte Spur!«

Zu viert beugten wir uns darüber. Es stellte sich als die halbe Seite aus einem Buch heraus, die dicht bedruckt war. An einer der Kanten war ein wenig helles verschmiertes Puder – sobald ich es sah, war jeder Zweifel ausgeschlossen. Es *war* das Hilfsmittel, das der Mörder benutzt hatte, um das Gift zu transportieren. Wir lasen, was darauf stand:

schlug mit aller Kraft.
Und die grimmige Gestalt türmte auf sich immer mehr
zwischen mir und den Sternen und kam,
so schien es mir, wie ein lebend Wesen
mit Vorsatz und Bedacht
Auf mich zu. Mit zitternden

»Igitt, dämliche Poesie«, meinte Daisy abfällig. »Dass der Mörder es zerrissen hat, kann ich ihm nicht verübeln. Trotzdem ist das hervorragend! Wir müssen nach dem Buch Ausschau halten, aus dem es stammt. Damit sind wir mit unseren Untersuchungen einen wichtigen Schritt vorangekommen. Na schön, zurück zu unseren Verdächtigen. Wen haben wir noch im Angebot?«

»Lord Hastings«, antwortete ich, weil jemand es schließlich sagen musste. »Er wusste von ... deiner Mutter und Mr Curtis. Denkbar, dass er Rache üben wollte. Immerhin haben wir erlebt, wie er Mr Curtis gestern Morgen angegangen ist.«

»Er hat Curtis nur aufgefordert, das Haus zu verlassen!«, erwiderte Daisy. »Und gestern wollte Curtis den Zug nehmen – Daddy wusste das. Wozu hätte er ihn da noch töten sollen?«

»Aber Daisy«, sagte ich. »Er hat ihn angeschrien. Das haben wir alle gehört.«

»Ja – ja, und ich gebe zu, dass wir ihn nicht ausschließen können«, sagte sie scharf. »Er war zur richtigen Zeit an der Teetafel und er hatte allen Grund, Mr Curtis zu verabscheuen. Na gut, dann schreib ihn auf – *fürs Erste.*«

Dann wechselte sie schnell das Thema, als wäre Lord Hastings eine heiße Kartoffel, die man besser möglichst schnell fallen ließ. »Oh, da fällt mir noch was ein! Was ist mit Bertie? Ihn müssen wir unbedingt auf die Liste setzen – darüber wird er sich schrecklich ärgern. Manchmal wird er dermaßen wütend, dass es mich nicht überraschen würde, wenn er insgeheim ein verrückter Massenmörder wäre. Könnt ihr euch nicht auch gut vorstellen, dass er Mr Curtis abserviert hat?«

»Glaubst du das im Ernst?«, fragte Küken.

»Natürlich nicht«, antwortete Daisy. »Er ist mein *Bruder*. Aber immerhin schreiben wir jeden auf die Liste, nicht? Wenn wir schon dabei sind, können wir gleich alle verdächtigen. Also: Daddy, Bertie … Weiter? Oh ja, Stephen.«

»Welches Motiv hätte er denn?« Ich konnte spüren, wie mir die Röte in die Wangen schoss. »Er kennt Mr Curtis doch gar nicht und der Vorfall mit Lady Hastings kann ihm gleichgültig sein.«

»Oh-oh«, machte Kitty. »Hazel mag Stephen!«

Als Daisy mich musterte, wurde mein Gesicht prompt noch heißer. Ich konnte nichts dagegen tun.

»Bertie hat mir ein bisschen über Stephens Vergangenheit erzählt«, sagte sie. »Sein Vater ist tot und seine Mutter schrecklich arm. Was, wenn er Mr Curtis ermordet hat, um die Uhr zu stehlen und zu verkaufen?«

»Wie tragisch!«, meinte Kitty schadenfroh.

»Armer Stephen!«, sagte Küken.

»Ich würde sagen, der Geldaspekt ist nicht der schlechteste. Schreib es auf, Hazel.«

Tat ich – und sagte dann: »Nur noch eine übrig. Was ist mit Lady Hastings?«

Mir ist bewusst, dass das ziemlich gemein von mir war, aber nach dem, was Daisy über Stephen gesagt hatte, wollte ich es ihr irgendwie heimzahlen.

»Aber … habt ihr nicht gesagt, dass sie Mr Curtis mochte?«, wandte Küken schüchtern ein. »Warum sollte sie jemanden umbringen, den sie mag?«

»Dafür haben wir – ich – beobachtet, dass sie gestern Nachmittag mit Mr Curtis gestritten hat«, berichtete ich. Eigentlich hatte ich Daisy nichts davon erzählen wollen, doch nun sah ich ein, dass ich keine Wahl hatte. »Er wollte, dass sie mit ihm durchbrennt. Und sie sollte ihren Schmuck und ein Gemälde mitnehmen, allerdings hat sie sich geweigert und Mr Curtis ist böse geworden. Er sagte, er würde Lord Hastings alles erzählen – was, wenn sie ihn zum Schweigen gebracht hat, um das zu verhindern?«

Daisy runzelte die Stirn. »Das hättest du mir sofort erzählen müssen! Das ist eine wichtige Information! Wie auch immer, Mami ist nicht schlau genug für einen ausgefuchsten Plan, wie Gift in eine Tasse zu schmuggeln. Wäre sie es gewesen, wäre sie schon beim ersten Versuch aufgeflogen, da bin ich absolut sicher. Aber egal. Deine Beobachtung bedeutet, dass wir sie *noch* nicht ausschließen können. Sie muss mit auf die Liste.«

Liste der Verdächtigen

1. *Miss Alston.* MOTIV: unbekannt. Aber wir vermuten, dass sie irgendein Geheimnis hat, von dem Mr Curtis wusste. GELEGENHEIT: War zur Tatzeit an der Teetafel. Könnte das Gift aus der Halle entwendet haben.

   ANMERKUNGEN: Wurde von Daisy Wells und Hazel Wong dabei beobachtet, wie sie von Mr Curtis vor dem Irrgarten bedroht wurde. Wer ist sie wirklich und was tut sie hier? Wir müssen Nachforschungen anstellen.

2. *Tante Saskia.* MOTIV: hatte es auf Mr Curtis' Uhr abgesehen. GELEGENHEIT: War zur Tatzeit an der Teetafel. Könnte das Gift aus der Halle entwendet haben.
ANMERKUNGEN: Verhält sich verdächtig. Will nicht, dass die Polizei eingeschaltet wird – obwohl das auch an ihren früheren Vergehen liegen könnte. Ihr Zimmer nach der Uhr durchsuchen?

3. *Onkel Felix.* MOTIV: War zornig auf Mr Curtis wegen Lady Hastings. Daisy Wells und Hazel Wong haben gehört, wie er Mr Curtis im Irrgarten bedroht hat.
GELEGENHEIT: War zur Tatzeit an der Teetafel. Könnte das Gift aus der Halle entwendet haben.
ANMERKUNGEN: Wir wissen, dass er bezüglich Mr Curtis' Todesursache gelogen hat. Warum?

4. *Lord Hastings.* MOTIV: Eifersucht.
GELEGENHEIT: War zur Tatzeit an der Teetafel. Könnte das Gift aus der Halle entwendet haben.
ANMERKUNGEN: Wurde dabei beobachtet, wie er Mr Curtis Samstagmorgen angebrüllt und ihn aufgefordert hat, Fallingford zu verlassen.

5. *Bertie Wells.* MOTIV: War zornig auf Mr Curtis wegen Lady Hastings. GELEGENHEIT: War zur Tatzeit an der Teetafel. Könnte das Gift aus der Halle entwendet haben.

6. *Stephen Bampton.* MOTIV: Finanziell schlecht gestellt. Könnte er Mr Curtis' Uhr gestohlen haben, um sie zu verkaufen? GELEGENHEIT: War zur Tatzeit an der Teetafel. Könnte das Gift aus der Halle entwendet haben.

7. *Lady Hastings.* MOTIV: Mr Curtis hat ihr gedroht. Sie könnte ihn ermordet haben, um ihn daran zu hindern, seine Drohung wahr zu machen. GELEGENHEIT: War zur Tatzeit an der Teetafel. Könnte das Gift aus der Halle entwendet haben.

»Na schön«, sagte Daisy. »Damit wäre unser Treffen wohl beendet.«

»Und was machen wir jetzt?«, wollte Küken wissen.

»Natürlich Beweise sammeln. Wir müssen jeden unserer Verdächtigen in Augenschein nehmen. Zum Beispiel müssen wir versuchen, etwas über Miss Alstons Vergangenheit herauszufinden. Können wir an ihr Empfehlungsschreiben kommen? Sie muss eins haben. Wir könnten in ihrem Zimmer danach suchen – vielleicht bewahrt sie ihre Papiere dort auf. Dann wäre da das Stück Papier, das Hazel gefunden hat.

Aus welchem Buch stammt es? Und wir sollten Chapman, Mrs Doherty und Hetty befragen. Wir wissen, dass sie es nicht waren, aber die Aussagen von Dienstboten sind für gewöhnlich die wichtigsten. Wir wären trottelige Detektive, sie außer Acht zu lassen. Mit ein bisschen Glück schließen wir den Fall ab, bevor die Polizei auftaucht.«

Ich fühlte die alte Detektivvorfreude in mir aufsteigen. Daisys Begeisterung dafür, reale Dinge in Rätselnüsse zu verwandeln, machte mir zu schaffen – doch dann überlegte ich, ob es vielleicht sogar besser war, Mr Curtis als ein Rätsel zu sehen anstelle eines echten Menschen, den man *ermordet* hatte. Während mir das durch den Kopf ging, fühlte ich mich immer schrecklicher, bis die Vorfreude verpufft war.

»Wo fangen wir an?«, fragte Kitty. Das Detektivfieber schien auch sie gepackt zu haben – ihre Augen leuchteten, als sie die Haare aus der Stirn schüttelte.

»Miss Alstons Zimmer«, beschloss Daisy. »Weil sie gerade unten bei den anderen Erwachsenen ist. Derzeit erscheint sie als wahrscheinlichste Täterin, aber wir müssen mehr über sie in Erfahrung bringen. Wir können nach ihren Papieren suchen – und wo wir schon dabei sind, auch gleich nach der Teetasse und der Uhr.«

10

Wir schlichen auf den Flur hinaus. Er war leer. Mein Herz klopfte rasend schnell – ich konnte noch immer nicht fassen, dass wir in Miss Alstons kleines Gästezimmer einbrechen wollten. Was, wenn sie nach oben kam und uns überraschte?

Die Tür war geschlossen. Daisy näherte sich auf Zehenspitzen, drückte die Klinke herunter und schob sie behutsam auf.

Es fühlte sich beinahe unerträglich falsch an. Miss Alston war so unzugänglich – genau genommen wussten wir rein gar nichts über sie. Bisher hatte ich noch nicht einmal einen Blick in ihr Schlafzimmer geworfen, genauso wenig wie die anderen. In meiner Vorstellung war ihre Türschwelle eine unsichtbare Grenze, die einen bei Übertreten zu Asche verbrennen oder zu Tode gefrieren ließ.

»Oh nein!«, wisperte Küken, als Daisy eine vorsichtige Schuhspitze durch die Tür schob und sich mit gerecktem Hals umschaute – ihr war genauso unbehaglich zumute wie mir, das war deutlich.

»Ja bitte, Küken?«, fragte Daisy, ohne den Kopf zu drehen.

»Ich glaube nicht, dass das legal ist!«, flüsterte Küken nervös.

»Natürlich ist es nicht *legal*, Küken. Aber wir ermitteln, deshalb ist es in Ordnung.«

»Ich will da nicht rein!« Küken verzog das Gesicht.

»Na schön, dann bleibst du eben draußen! Keiner zwingt dich. Du kannst Schmiere stehen. Sobald Miss Alston die Treppe hochkommt, pfeifst du oder quiekst, oder irgendwas. Hazel, Kitty, kommt ihr mit?«

Nachdem Küken zitternd auf dem Flur zurückblieb, blieb uns nichts anderes übrig. Kitty und ich tauschten einen besorgten Blick und überquerten dann die Grenze zu Miss Alstons Zimmer. Ich verbrannte nicht – obwohl ich mich mit einem Mal so schrecklich schämte, dass ich am ganzen Körper vor Hitze kribbelte, bis in die Fingerspitzen.

Im Zimmer herrschte penible Ordnung – sämtliche Schubladen waren geschlossen, das Bett war mit militärischer Präzision gemacht und die Schulbücher lagen fein säuberlich alphabetisch aufgereiht. Es war so ordentlich, dass ich es schon wieder mit der Angst bekam. Was, wenn wir verräterische Spuren hinterließen? Wenn sie nicht der Mörder war, wäre sie außer sich. Und *wenn* sie es wäre … Ich schauderte.

Doch Daisy schien keinerlei Bedenken zu haben.

»Ach, nun kommt schon!«, zischte sie uns an und zerrte eine der Schubladen in Miss Alstons Kommode auf. »Wenn ihr euch so zimperlich anstellt, lösen wir das Rätsel nie. Hmpf – nur Liebestöter.«

»Daisy!«, rief ich, halb entsetzt über das, was sie tat, und halb schockiert über den Anblick von Miss Alstons weißer Unterwäsche.

»Jetzt legt einen Zahn zu!«, schalt Daisy uns. »Wir müssen suchen! Papiere, Uhr, Tasse – schon vergessen? Beeilung!«

Doch obwohl Daisy die Kommode gründlich durchkämmte und dabei langweilige braune Röcke und Pullover in die Luft beförderte, als wären es Vögel, die aus dem Unterholz eines englischen Waldwegs platzten, brachte ihre Suche keinerlei Ergebnisse.

»Nichts«, ächzte sie. »Los, Hazel – beeil dich! Kitty, mach dich nützlich und leg die Klamotten wieder zusammen.«

Ich suchte. Wirklich. Ich schaute in jedes von Miss Alstons Büchern, so schwungvoll, dass mir der nach frischen Seiten duftende Luftstoß die Haare aufwirbelte. Ich zog sogar die seidenglatten braunen Koffer unter dem Bett hervor und fuhr mit den Fingern über die Nähte – Stellen, an denen Leute in Geschichten gerne gestohlenen Schmuck verstecken. Aber da war nichts. Keine Uhr, keine Tasse und kein Empfehlungsschreiben. Genau genommen: kein einziges Schreiben, welcher Art auch immer. Unsere penible Durchsuchung von Miss Alstons Zimmer hatte absolut nichts Persönliches zu Tage befördert. Keine Familienfotografien, keine Briefe von Freunden. Sie war und blieb ein Rätsel.

»Verschlossen wie eine Auster«, sagte ich zu Daisy. »Glaubst du, sie hat überhaupt Familie? Hier gibt es keinen einzigen Schnappschuss.«

Daisy hockte sich auf ihre Fersen. »Sie *muss* Familie haben. Jeder hat doch eine ... es sei denn – warte, Hazel, warte! Da könntest du einer Sache auf der Spur sein!«

Kitty und ich warteten gespannt.

»Schaut euch dieses Zimmer an«, sagte Daisy. »Schaut euch die Sachen darin an. Anhand der Umgebung sollte man auf den Charakter einer Person schließen können. Was verrät uns diese hier? Nichts. Die Bücher sind neu, und es sind nicht einmal Eintragungen darin. Auch die Kleider sind brandneu – sie wirken noch nicht einmal gewaschen. Natürlich wäre es denkbar, dass sie sich für ihre neue Stelle neu eingedeckt hat, doch sicherlich ist sie nicht so reich, dass sie sich auch neue Unterwäsche zugelegt hätte. Und doch ist alles neu! Selbst der Koffer. Seht ihn euch an! Keine Zollstempel, keine Kratzer im Leder. Was hier falsch ist, ist, dass *nichts* falsch ist. Alles ist zu perfekt! Das alles sind keine Besitztümer, das sind *Requisiten*.«

»Was soll das heißen?« Doch noch während ich die Frage stellte, dämmerte mir, dass Daisy vollkommen recht hatte. Dieses Zimmer war ein klaffendes Loch, an dessen Stelle sich eine Persönlichkeit hätte zeigen sollen. Miss Alston war nicht echt.

»Das heißt«, sagte Daisy, »dass wir zwar keine echten Spuren gefunden haben, aber dafür näher dran sind, Miss Alstons Geheimnis zu verstehen. Was sie auch sein mag, wir wissen, was sie nicht ist: eine echte Gouvernante. Sie tut nur so. Wir müssen herausfinden, wie sie Mami und Daddy dazu gebracht hat, sie einzustellen und uns unterrichten zu lassen. Was Hazel und ich gestern mitgehört haben, beweist, dass Mr Curtis wusste, dass sie etwas zu verbergen hatte – und nun müssen wir klären, was.«

»*Wie?*«, wollte Kitty wissen. »Ich bezweifle, dass sie dir eine Antwort gibt, wenn du sie fragst.«

Daisy verdrehte die Augen. »Selbstverständlich werde ich nicht *sie* fragen. Ich werde niemanden fragen. Ich werde den Brief suchen, den sie Mami und Daddy geschickt hat, als sie sich für die Stelle als Gouvernante beworben hat.«

II

Küken stand noch immer auf dem Flur, das Gesicht besorgter und verkniffener als sonst.

»Hervorragend aufgepasst, Küks«, sagte Kitty.

»Ja, ganz toll gemacht«, ergänzte Daisy, ohne sie wirklich anzusehen. »Können wir jetzt weitermachen?«

»Daisy?«, piepste Küken kleinlaut.

»Unsere Suche hat keine zufriedenstellenden Ergebnisse erbracht«, sagte Daisy. »Wir gehen in Daddys Arbeitszimmer, um zu sehen, ob wir dort etwas Hilfreicheres finden können.«

»Daisy?«, wiederholte Küken.

»Was denn, Küken? Du machst dir doch nicht noch immer Sorgen, dass wir etwas Falsches gemacht haben, oder?«

»Eigentlich nicht«, sagte Küken mit der dünnsten Stimme, die man sich vorstellen kann. »Es ist nur so … Ich glaube, ich habe etwas gefunden.«

Küken zog die Hände hinter dem Rücken hervor. Darin hielt sie ein kleines schwarzes Notizbuch umklammert. »Ich stand da und habe auf euch gewartet«, erzählte sie. »Dabei habe ich mich umgesehen, damit sich keiner unbemerkt von hinten anschleichen konnte, und als ich nach unten schaute, sah ich plötzlich das da. Es lag ganz oben an der Treppe, sodass ich es fast nicht gesehen hätte, weil es dort so finster ist und das Geländer so dunkel. Wahrscheinlich hat es jemand verloren.«

»Was ist es denn?« Daisy war drauf und dran, es abzutun.

»Oh, ich habe noch nicht reingesehen«, meinte Küken. »Ich hatte Angst.«

Seufzend riss Daisy ihr das Buch aus den Händen. »Wahrscheinlich ist es nur Chapmans Tagesplaner«, sagte sie. »Oder Miss Alstons Stundenplan. Bestimmt …«

Doch dann riss sie die Augen auf, weit und noch weiter, während ihr der Mund vor Aufregung offen stehen blieb.

»Was ist es?«, wollte Kitty wissen. »Igitt, sieht das schmutzig aus.«

Ich konnte ihr nur recht geben. Das Büchlein war voller Knicke und franste an den Enden aus, das schwarze Leder hatte sich an den Rändern grau verfärbt.

»Hazel, schau dir das an und sag mir, ob ich jetzt völlig den Verstand verliere«, hauchte Daisy leise, ohne aufzublicken.

Kitty und Küken starrten mich eifersüchtig an, während ich das Buch nahm und es aufschlug. *Eigentum von Denis Curtis* stand auf der ersten Seite. Sämtliche anderen Blätter waren voller aneinandergepferchter Worte, geschrieben in absolut winzigen schwarzen Buchstaben. Es war eine lange, lange Liste von Namen, neben denen klitzekleine Notizen standen.

Henry. Hausbesuch: 16.8.1932, Meissner Teegedeck – hatte keine Vorstellung vom Wert. Machte Angebot, es ihm für £10 abzukaufen. 18.8.1932: verkauft für £130.

Abbot. Hausbesuch: 2.10.1932, Halskette (Diamanten und Rubine). Habe sie geradewegs vom Hals seiner reizenden Gattin genommen und die Vermutung geäußert, sie müsse im Gewächshaus in einen Topf gefallen sein. Unsere Suche verlief ohne Erfolg. 5.10.1932: verkauft für £800.

Schultz. 28.1.1933, Alter Meister in einer Schublade. Half ihm in meinen Koffer. Verkauft für £460.

Ich blätterte weiter, vorbei an Seiten um Seiten voller kleiner Namen. *Ferrars, Lord Digby-Jones, Mackintosh, Petrey (MP)* – die Hälfte sämtlicher wichtiger Leute im ganzen Land schien hier versammelt, samt ihren Reichtümern. Ich nahm mir die letzte Seite vor, und mit einem Anflug von Entsetzen las ich:

Wells (Lord Hastings). Hausbesuch: 12.4.1935, Mingvase (zu schwer zum Heben!), Chippendale-Möbel und einige sehr gute Gemälde. Alter Meister im Erdgeschossflur! Könnte womöglich Glückstreffer beim Schmuck landen. Reizende Gattin zugänglich – hat keine Ahnung vom Wert der Dinge. Sollte leicht verdientes Geld sein!

»Daisy!«, sagte ich. »Es ist das Notizbuch, mit dem wir Mr Curtis gestern gesehen haben! Wir hatten *recht*!«

»HA!«, rief Daisy. »Ja! Wir haben es von Anfang an gesagt! Mr Curtis *war* ein Verbrecher und nun haben wir den Beweis!«

»Aber –«, setzte Kitty an.

»Es gibt kein Aber, Kitty. Schau dir dieses Buch an und sag mir, dass es keine Liste all der heimtückischen Diebstähle ist, die Mr Curtis begangen hat. Na los!«

Sie schob es Kitty unter die Nase und Kitty blätterte stirnrunzelnd darin.

»Tja …«, sagte sie. »Na ja … Na schön, ihr habt recht.«

Küken stieß die Luft aus. »Aber warum sollte er seinen Namen reinschreiben?«, gab sie zu bedenken.

»Hätte ich etwas Schlimmes angestellt, würde ich es überhaupt nicht erst aufschreiben«, meinte Kitty.

»Ich würde es zumindest verschlüsseln«, sagte ich.

»Na, *du* schon«, meinte Daisy. »Weil du schlau bist. Mr Curtis war dumm und eingebildet, daher ergibt es mehr als Sinn, dass er etwas so … so *Arrogantes* tun würde.«

»Zeigst du es jemandem?«, fragte Küken.

Daisy überlegte. »Nein. Ich glaube, ich warte noch, bis wir

weitere Beweise haben. Bis wir verkünden können, wer der Mörder ist.«

Noch vor einigen Tagen hatte Daisy Onkel Felix so begeistert von ihrem Verdacht erzählt. Seitdem hatte sich alles geändert. Wir konnten nicht länger sicher sein, dass er auf unserer Seite stand. Wir konnten nicht einmal sicher sein, dass er nicht der Schuldige war.

Als Daisy das kleine Büchlein noch einmal überflog, machte sie ein grimmiges Gesicht. »Mist! Alles ist nach Datum sortiert, nicht alphabetisch, und noch dazu ist die Schrift so winzig! Wie sollen wir je herausfinden, ob einer unserer Verdächtigen hier drinsteht? Hazel, du musst es lesen.«

In diesem Moment hörten wir unter uns laute Stimmen. Sie drangen von irgendwo tief unten im Haus herauf, und sie klangen höchst aufgebracht. Daisy und ich tauschten einen fragenden Blick, dann scheuchte Daisy uns alle nach unten.

12

Gemeinsam schlichen wir die Treppe hinab. Ich war schrecklich nervös, und wie immer, wenn wir uns in ein Detektivabenteuer stürzen, hatte ich den Eindruck, als müsste jeder, der uns sah, auf der Stelle wissen, was wir vorhatten. Das Notizbuch in meiner Rocktasche fühlte sich glühend heiß an, wie ein verräterisches Gewicht – doch wie üblich hätte ich mir keine Sorgen machen brauchen. Als wir in der Eingangshalle ankamen, war dort jeder viel zu beschäftigt, um uns groß Beachtung zu schenken.

Lady Hastings, Tante Saskia und Onkel Felix standen dort versammelt und brüllten sich gegenseitig an.

»Ich sage dir doch, Margaret, ich habe alles unter *Kontrolle*!«, betonte Onkel Felix. Seine Wangen waren gerötet und sein Monokel baumelte von der Jacketttasche, wo es bei jeder seiner Gesten neuen Schwung bekam. »Das Zimmer von Mr Curtis sowie das Esszimmer sind Sperrgebiet. Dr. Cooper hat Proben genommen, und er wird sie nach London schicken, sobald die Straßen wieder frei sind. Selbst wenn sie es bis zu uns schaffen würde – was zweifellos unmöglich ist bei diesem hohen Wasserstand –, könnte die Polizei auch nichts anderes tun.«

»Sie könnte uns befragen«, widersprach Lady Hastings. »Sie könnte mir *glauben*. Ich habe nämlich den Eindruck, dass *du* das noch immer nicht tust, Felix!«

»Du *darfst* die Polizei nicht rufen, Margaret!«, redete Tante Saskia drängend auf sie ein, während sie ihre Finger in ihre Pelzstola grub. Einige ihrer Haarsträhnen hatten sich aus den Klammern gelöst und fielen dabei auf ihre Schultern. Sie trug nur einen Ohrring und ihr Pelz funkelte mich aus kleinen glänzenden Knopfaugen an. »Was ich damit sagen will ... Es ziemt sich nicht. Leute wie wir rufen nicht die Polizei. Wir können diese Angelegenheit unter uns regeln, nicht wahr?«

»Sieht sie nicht *furchtbar* aus?«, wisperte Kitty mir ins Ohr.

»Herr im Himmel, es ist zum Verrücktwerden!«, rief Lady Hastings. »Was habt ihr nur alle? Man könnte denken, der Tod von Mr Curtis würde euch völlig kaltlassen! Also, ich rufe nun die Polizei, und keiner von euch kann auch nur das Geringste tun, um mich aufzuhalten!«

Sie stürzte sich aufs Telefon.

»Die Leitung wird nach letzter Nacht noch immer gestört sein«, meinte Onkel Felix – doch das stimmte nicht. Ich sah einen Anflug von Unwillen über sein Gesicht huschen.

»Vermittlung?«, rief Lady Hastings. »Verbinden Sie mich mit der Polizei von Deepdean. Augenblicklich.«

Tante Saskia zog ihre Stola fester um sich. Onkel Felix tigerte auf und ab, die Hände in den Hosentaschen zu Fäusten geballt. Wir vier sahen uns an. Vor allem Kitty genoss das Spektakel und machte keinen Hehl daraus.

»Hallo!«, sagte Lady Hastings. »Hallo! … Hier spricht Lady Hastings, und ich möchte einen Mord anzeigen. Hallo? Was? … Nein, ich denke mir das nicht nur aus … Machen Sie sich nicht lächerlich! Natürlich bin ich es. Ich bin Lady Hastings aus Haus Fallingford, und einer meiner Hausgäste ist ermordet worden.«

»Das ist wie im Kino!«, tuschelte Kitty aufgeregt.

»Hören Sie, verbinden Sie mich mit Inspektor Priestley, ja? Ich kenne ihn … Jetzt hören Sie *mir* mal zu, einer meiner Gäste wurde *ermordet*, und wenn Sie Inspektor Priestley nicht *auf der Stelle* an den Apparat holen, sorge ich dafür, dass Sie gefeuert werden … Hallo? Also … Hallo? … Oh, Inspektor Priestley, da sind Sie ja … Ja, ich bin es … Ja, wirklich ermordet … Ja, Haus Fallingford … Wie? Gift. Gestern. Es war einfach schrecklich. Sie müssen sofort herkommen … Ja, hier ist alles überschwemmt … Was? Haben Sie denn keine Boote? … Tja, dann kommen Sie eben, sobald Sie können. Ich wiederhole mich: Ein Mann wurde ermordet! Auf Wiederhören.«

Sie knallte die Ohrmuschel auf das Gerät und drehte sich anschließend zu uns allen um. »Bitte schön«, sagte sie. »Das wäre erledigt. Wenn ihr mich nun entschuldigen wollt, ich brauche etwas Zeit für mich; ich bin in der Bibliothek.«

»Ich reise ab«, sagte Tante Saskia. »Sofort. Ich ertrage das n–«

»Wie du sehr wohl weißt, sitzen wir alle hier fest«, unterbrach Onkel Felix sie.

Tante Saskia stieß einen erstickten Laut aus und floh an uns vorbei die Treppe hoch, wobei sie einen Schal und ein klimperndes Armband verlor. Der Reif hätte um ein Haar Küken getroffen.

»Oje!«, wisperte Küken. »Glaubt ihr, Daddy kann uns morgen trotzdem abholen kommen?«

»Nun«, sagte Onkel Felix und wandte sich zu uns um. Ein bisschen erschrak ich, weil ich begriff, dass er ebenso aufmerksam war wie Daisy. »Was führt ihr vier im Schilde? Ihr wart hier, um zu lauschen, habe ich recht?«

»Nein«, antwortete Daisy gelassen. »Wir wollten Daddy aufsuchen, nur habt ihr uns im Weg gestanden. Wir konnten ja wohl schlecht an euch vorbeischleichen, während ihr euch gegenseitig anbrüllt, oder?«

»Hmmmm«, machte Onkel Felix. »Wie gewöhnlich eine glaubwürdige Geschichte.«

»Du hast das Zimmer von Mr Curtis nicht *wirklich* abgeschlossen, oder?«, wollte Daisy wissen.

»Oh doch«, versicherte Onkel Felix, während er sie durch sein Monokel hindurch musterte. »Wir wollen ja nicht, dass am Ende kleine Mädchen eine Leiche inspizieren.«

»Ich bin vierzehn!«

»Das spielt keine Rolle. Von gewissen Dingen, Daisy, das musst du begreifen, muss man die Finger lassen. Diese Sache ist eine Angelegenheit für die Profis.«

Ich merkte, wie sehr das Daisy verletzte. Mit offenem Mund trat sie einen Schritt zurück. »Du meinst die Polizei?«, fragte sie, als sie sich gefangen hatte. »Warum willst du nicht, dass Inspektor Priestley kommt? Du glaubst doch auch, dass hier etwas nicht mit rechten Dingen zugeht, das weiß ich! Wir haben gestern Abend gehört, wie du –«

»*Was* hast du gestern Abend gehört?« Onkel Felix sprach nun ganz kühl, genau wie am Tag zuvor im Irrgarten. Ängstlich wich ich vor ihm zurück, und selbst Daisy vergrößerte den Abstand ein wenig.

»Nichts«, redete Daisy sich heraus. »Gar nichts.«

»Geh, Daisy«, sagte Onkel Felix. »Geh schon. Wenn ich mich recht entsinne, liegt das Arbeitszimmer deines Vaters dort hinten, solltest du tatsächlich nach ihm suchen.«

»Das weißt du ganz genau«, sagte Daisy. »Na gut. Wir gehen.«

13

Als wir ins Arbeitszimmer kamen, war Lord Hastings allein. Er saß in einem alten Ledersessel vor dem Feuer, die Pantoffeln auf Toastie gestützt, der zu einem dicken schnarchenden Ball zusammengerollt war. Millie fläzte auf seinem Schoß wie eine Decke. An den Wänden hingen Gemälde und alles Mögliche an Klimbim: Federn und Stücke von Papier.

Zuerst war ich – in Anbetracht unserer Absicht – froh darüber, dass Miss Alston nicht da war, doch je mehr ich darüber nachdachte, desto merkwürdiger erschien es mir.

Wenn Miss Alston nicht bei uns war, und auch nicht bei Lord Hastings, wo steckte sie? Theoretisch hatte sie ihre Arbeit zu erledigen – wozu sonst war sie im Haus?

»Hallo, Tochter, Freundinnen meiner Tochter«, begrüßte Lord Hastings uns leicht betrübt. »Was kann ich für euch tun?«

»Wir haben Langeweile«, sagte Daisy. »Es regnet. Wir dachten, wir kommen vorbei und sagen Hallo.« Sie drehte sich zu mir und hauchte kaum hörbar: »Schreibtisch. Schnell. Ich lenke ihn ab.« Dann schob sie Millie beiseite und hockte sich auf die Sessellehne ihres Vaters.

»Daddy«, sagte sie. »Was sollen wir tun? Und sag bloß nicht, Toastie Zirkustricks beibringen, wie beim letzten Mal. Ich weiß ganz genau, dass das keinen Sinn hat, außerdem bin ich keine acht mehr.«

»Lass mich überlegen«, meinte Lord Hastings. »Bist du zu alt für eine Schatzjagd?«

»Für alle, außer die besonders guten.« Daisy drehte sich um und guckte mich auffordernd an. Während ich Kitty und Küken als Sichtschutz nutzte, huschte ich zu Lord Hastings' Schreibtisch. Er war mit Papieren geradezu überfrachtet – mit ganzen Stapeln davon. Ich hatte keine Ahnung, wie ich darunter jemals etwas Bestimmtes finden sollte. So behutsam wie möglich ging ich die Zettelberge durch. Quittungen, Besitzurkunden für Grundstücke, Stammbäume – man hätte meinen können, jedes einzelne Dokument der Familie Wells läge hier. Kitty und Küken hielten sich brav vor mir – Küken kaute auf ihrem Zopf herum, so nervös war sie. Ich war mir ziemlich sicher, dass meine Suche im Sand verlaufen würde. Lord Hastings schaute ganz woandershin, nämlich zu Daisy, doch sicherlich musste ihm früher oder später auffallen, was ich da trieb? Da drang Daisys Stimme an mein Ohr.

»Ich gebe zu, dass Miss Alston ziemlich gute Schnitzeljagden veranstaltet, doch ihr Unterricht ist schrecklich öde«, plapperte sie. Wenn sie will, kann Daisy eine ausgezeichnete Lügnerin sein. »Sie ist unfassbar fad! Im Ernst, wo habt ihr sie nur ausgegraben?«

»Das ist tatsächlich eine komische Geschichte«, erzählte Lord Hastings und verlagerte seine Füße auf Toastie, der im Schlaf knurrte. »Sie hat uns geschrieben. Meinte, ihr wäre zu Ohren gekommen, dass wir eine Stelle zu besetzen hätten. Sie kommt von einer Agentur, der … Ach, es fing mit einem H an … oder einem R – und sie hatte gute Zeugnisse.«

»Im März?«, fragte Daisy.

»Nein, mit einem R fing es an, Daisy, nicht mit M – ach, jetzt begreife ich. Ja, so etwa im März war das. Und es kam uns mehr als gelegen. Wir waren damals noch nicht einmal dazu gekommen, eine Annonce zu schalten.«

»Also ist es noch nicht lange her«, meinte Daisy. »Kann nicht zu tief vergraben sein. Wenn du logisch darüber nachdenkst, fällt es dir sicherlich ein.« Ihre Stimme war kurz viel zu laut geworden – natürlich war mir klar, dass sie mir damit etwas sagen wollte. Noch einmal widmete ich mich den Papieren. Wenn sie nach Datum geordnet waren – die neuesten ganz oben –, dann musste ich nur den März 1935 aufspüren. Da war April. Mit angehaltenem Atem ging ich den Stapel durch. Eine Rechnung des Luxuskaufhauses Liberty in London. Eine weitere vom Lebensmittelhändler. Der Grundriss eines Felds. Und ein Brief mit einem amtlich wirkenden Briefkopf, auf dem stand: AGENTUR REPUTIERLICH.

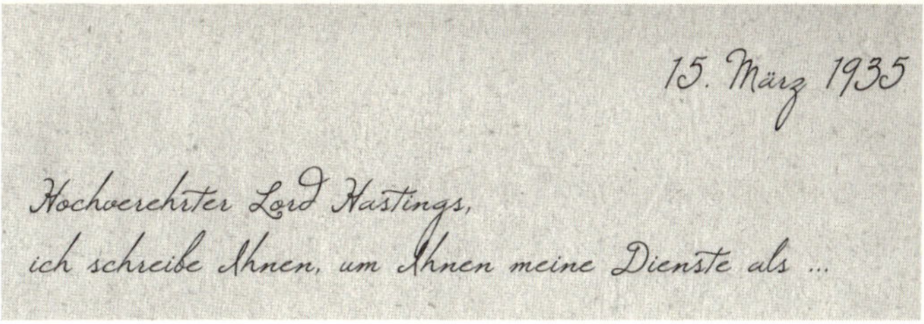
15. März 1935

Hochverehrter Lord Hastings,
ich schreibe Ihnen, um Ihnen meine Dienste als ...

Dahinter klemmten zwei weitere Seiten. Schnell wie der Blitz griff ich alle drei und stopfte sie unter meine Strickjacke. Küken quiekte. Kitty sah zuerst zu mir, dann zu Daisy und Lord Hastings und sagte schließlich: »Weißt du, Daisy, ich glaube, mir ist doch noch ein gutes Spiel eingefallen. Jeder bekommt einen Zettel – es heißt Treffer.«

Neben ihr öffnete Küken schon den Mund, um zu widersprechen – doch dann fiel auch bei ihr der Groschen. Vor Aufregung traten ihr beinahe die Augen aus den Höhlen und sie presste die Hände aneinander.

»Von diesem Spiel habe ich noch nie gehört, glaube ich«, sagte Lord Hastings. »Ist es neu?«

»Brandneu!«, bestätigte Daisy strahlend. »Kitty, du bist die Wucht, dass dir das eingefallen ist. Kommt, meine Lieben, wir verschwinden! Danke, Daddy, es war schrecklich interessant, mit dir zu plaudern. Du hast uns auf eine geniale Idee gebracht.«

»War mir ein Vergnügen, Tochter, Liebes«, sagte ihr Vater. »Dann seid mal schön brav.«

»Aber immer«, meinte Daisy mit Unschuldsmiene und scheuchte mich, so schnell sie konnte, zur Tür hinaus. Ich zog den Bauch ein und gab mir Mühe, nicht zu knistern.

14

Der Salon war verlassen, also nahmen wir ihn in Beschlag. Sobald wir hineingerannt waren, schloss Daisy die Tür und lehnte sich dagegen. Endlich traute ich mich, wieder zu atmen, und dabei fielen die Zettel aus meiner Jacke auf den Teppich.

»Oooh, was steht drin?«, fragte Küken atemlos.

Wir breiteten sie aus und lasen.

15. März 1935

Hochverehrter Lord Hastings,

ich schreibe Ihnen, um Ihnen meine Dienste als Gouvernante für Ihre Tochter, die ehrenwerte Daisy Wells, anzubieten. Mir wurde zugetragen, dass die Stelle derzeit unbesetzt ist, und ich bin der Überzeugung, dass meine Qualifikation bestens geeignet ist, um Miss Wells zu unterrichten. Seit Kurzem stehe ich bei der Agentur Reputierlich unter Vertrag, war jedoch bereits über viele Jahre hinweg in einigen der angesehensten Häuser des Landes als Gouvernante tätig und kann beeindruckende Referenzen vorweisen (beiliegend). Sie können mir an das angegebene Postfach antworten – ich stehe umgehend zur Verfügung.

Hochachtungsvoll
Lucy Alston (Miss)

»Oh«, sagte Kitty enttäuscht. »Dann ist sie also doch eine echte Gouvernante.«

»Wie kommst du darauf?«, fragte Daisy. »Dieser Brief hier *beweist* praktisch, dass Miss Alston Mami und Daddy angelogen hat. Zunächst einmal – was soll diese Agentur Reputierlich sein? *Reputierlich?* Viel zu vage, um echt zu sein. Zweitens: Sie sagt geradeheraus, dass sie eben erst unter Vertrag genommen wurde – bei welcher Agentur war sie vorher und warum hat sie sie verlassen, wenn sie so qualifiziert und großartig ist? Drittens: Woher wusste sie, dass die Stelle frei war? Das wird hier mit keiner Silbe erwähnt, und Daddy hat uns erzählt, dass sie nicht annonciert hatten. Und viertens: Sie ist viel zu gierig auf den Posten. *Stehe umgehend zur Verfügung?* Das ist höchst verdächtig. Nehmen wir uns die Zeugnisse vor.«

Davon gab es zwei, eines handgeschrieben auf dickem cremeweißen Papier mit einem goldenen Briefkopf und eines, das – reichlich schlampig – mit Schreibmaschine auf ein Papier getippt war, das eine auffällige blaue Maserung aufwies. Das erste stammte von Lady Eveleigh, das zweite von Professor Roger Fox-Trottenham. Beide lobten Miss Alstons Vorzüge und Begabung als Erzieherin in den höchsten Tönen. *Sie werden es nicht bereuhen, sie einzustellen*, schrieb Lady Eveleigh. *Indem ich Miss Alston engagierte, folgte ich dem Rat meines guten Freundes, Lord Dutton, und habe es keine Sekunde bereuht*, schrieb Professor Fox-Trottenham.

»Daisy!«, sagte ich verwirrt. »Schau, beide –«

»Beide haben ›bereuen‹ falsch geschrieben!«, zischte Daisy. »Und sieh dir die Unterschriften an!«

Auf den ersten Blick wirkten sie völlig unterschiedlich – doch dann sah ich es. Das g von ›Roger‹ und das g von

›Eveleigh‹ hatten denselben dicken Bogen mit einem kleinen Schwung am Ende.

Ich musste mich setzen.

»Ich glaube«, sagte Daisy, die vor Aufregung hochrot anlief, »dass beide Referenzen von *ein und derselben Person* verfasst wurden!«

»Donnerwetter!«, meinte Kitty. Selbst sie konnte nicht anders, als beeindruckt zu sein, und Kükens Augen gingen beinahe über.

Miss Alstons Referenzen waren gefälscht. Sie log, und nur dank einer Lüge war sie hier. Aber warum? Was wollte sie auf Fallingford? Und wie sollten wir es herausfinden?

»Was nun?«, sprach Küken meine Gedanken aus. Ich war mit meinem Latein am Ende – doch selbstverständlich lässt Daisys Hirn sich nie lange ausbremsen. Wenn sie es mit einem Problem zu tun bekommt, umgeht sie es schwungvoll und jagt weiter der Wahrheit nach. Strahlend betrachtete sie uns drei.

»Das ist ja wohl klar!«, meinte sie. »Wir unterhalten uns mit den Einzigen, die außer uns eine Ahnung davon haben, was in diesem Haus vor sich geht. Mrs Doherty und Hetty.«

15

Es gelang uns, den Salon zu verlassen und durch die Eingangshalle in die Küche zu huschen, ohne jemandem über den Weg zu laufen. Die Küche ist ein Traum. Ich bin vollkommen davon überzeugt, dass sich darin seit der Zeit von Königin Victoria nichts verändert hat – sie besteht ganz aus kaltem Stein und poliertem Messing, über dem Kopf schaukeln große Holzkonstruktionen, die reichlich gruselig erscheinen, bis man begreift, dass sie lediglich dazu dienen, Sachen zum Trocknen aufzuhängen. Doch die Köchin, Mrs Doherty, verleiht dem Ganzen Wärme und zudem Essen in Hülle und Fülle: Immer finden sich die Reste eines Küchleins, das nicht ganz gelungen ist, und abkühlende Bleche voller Kekse, von denen ein oder zwei etwas angebacken sind und deshalb schnell vernichtet werden müssen. Mrs Doherty ist sehr klein und lächelt ständig. Mit ihrer weißen Haube, unter der kurzes graues Haar sitzt, wuselt sie grundsätzlich geschäftig umher, als hätte der Tag nie genug Stunden.

Als wir hereinkamen, stand sie inmitten von Lord Hastings leuchtenden, wenn auch welken Blumen und schälte so schnell Karotten, dass ihr Messer blitzte und orange Schnitzel in alle Richtungen fliegen ließ. Hetty hatte die Hände gerade in der Spüle vergraben und wusch ab.

Als Daisy sich räusperte, blickten beide auf.

»Hallo, Miss Daisy, Liebes«, begrüßte Mrs Doherty sie. »Zeit für die süße Pause? Wenn ihr hungrig seid, hätte ich einen Obstkuchen da, der an einer Seite leicht angebrannt ist und den ich zu Mittag nicht auf den Tisch bringen kann. Und Makronen. Ich habe sie gestern gemacht, aber ganz vergessen, sie zum Tee zu servieren.«

Als sie das Geburtstagskränzchen erwähnte, setzte mein Herz einen Schlag aus – trotzdem lief mir das Wasser im Mund zusammen. Die Makronen lagen aufgetürmt auf einem Teller, saftig, goldbraun und verlockend.

»Menschenskind«, sagte Daisy, »Sie sind die Beste, Mrs D! Kann ich beides haben?«

»Aber selbstverständlich!«, antwortete Mrs Doherty strahlend vor Freude. »Du darfst immer!«

»Und ihr dürft auch beides«, wandte Daisy sich uns dreien zu, »weil ihr zu mir gehört.«

Die Makronen schmeckten himmlisch, als würde man in eine Kokosnusswolke beißen, und der Kuchen war cremig und klebrig. Gut gelaunt kaute ich vor mich hin (ein Bissen vom einen, dann einer vom anderen, um meinen Mund immer wieder zu überraschen), während ich Daisy zuhörte.

»Ist das nicht komisch mit Miss Alston?«, meinte Daisy im Plauderton, während sie ihre Makrone zu einem perfekten Kreis knabberte. »Wie sie hier gelandet ist, meine ich. Daddy hat mir erzählt, dass sie sich einfach so beworben hat, aus heiterem Himmel! Das muss man sich mal vorstellen! Wahrscheinlich hat sie gehört, was für ein Genie ich bin.«

Mrs Doherty lachte. »Ein Genie, so, so«, sagte sie und zwinkerte Hetty zu.

Hetty grinste, wischte ein letztes Mal mit ihrem Lappen über einen Servierteller und stellte ihn beiseite. »Ja, Sie sind berühmt wie nur was«, scherzte sie. »Passen Sie nur auf, als Nächstes kommt der König, um Ihnen einen Besuch abzustatten.«

Ich lächelte in mich hinein. Ein Teil von Daisy ist tatsächlich davon überzeugt, dass der König ihr eines Tages persönlich gratulieren wird.

»Aber ein bisschen komisch ist Miss Alston schon, das stimmt«, redete Hetty weiter. »Mrs D und ich haben uns erst neulich darüber unterhalten. Stumm wie ein Fisch, und nicht *ein* persönlicher Gegenstand im ganzen Zimmer! Bestimmt bewahrt sie alles in ihrer Tasche auf, die sie *niemals* abstellt.«

»Ach ja?«, hakte Daisy nach und spielte die Rolle der Unwissenden ausgezeichnet. Küken verschluckte sich an ihrem Kuchen.

»Und *alle* ihre Kleider sind neu. Ich glaube, sie ist eine verkleidete Prinzessin, und Mrs D hält sie für eine Spionin.«

»Das war ein Scherz«, stellte Mrs Doherty klar, die wieder zu schälen begonnen hatte, ohne dabei auf ihre Hände zu achten. »Aber komisch ist sie, keine Frage. Als ich mit ihr über Mr Curtis reden wollte, hat sie dichtgemacht wie eine Mauer.«

»Sie ist noch eigener geworden, seit … dem, was passiert ist«, meinte Hetty mit einem vielsagenden Blick zu Kitty und Küken. »Wohin ich auch gehe, taucht sie auf wie aus dem Erdboden geschossen. Zuerst dachte ich, ich bilde es mir nur ein, aber Mrs D ist es auch aufgefallen.«

»Dieses Wochenende!«, schimpfte Mrs Doherty. »Miss A, die einem im ganzen Haus auflauert! Ihre Tante, die Teelöffel verschwinden lässt! Ihr Bruder, der die ganze Zeit dieses grauenhafte Instrument quält! Und sein armer, netter Freund, ohne einen Penny in der Tasche oder ordentliche Klamotten! Hetty hat schon angefangen, heimlich seine Socken zu flicken. Und jetzt auch noch eine Leiche in einem der Gästezimmer! Hetty darf nicht mal darin putzen. Zum Aus-der-Haut-Fahren ist das! Ihr Onkel lässt uns nicht einmal ins Esszimmer, um die Tafel abzuräumen. Ich will mir gar nicht vorstellen, was für widerliche Dinge mit dem Kuchen geschehen, der völlig offen herumsteht. Wir werden mehr Ratten haben denn je.«

Kitty hörte mit großen Augen zu, den Mund zu einem gierigen O verzogen. Sie schwebte im siebten Tratschhimmel.

»Woher wissen Sie, dass Stephen kein Geld hat?«, fragte Daisy.

Ich rutschte unruhig auf meinem Platz herum und wünschte, sie würde Stephen in Frieden lassen.

»Gestern habe ich sein Portemonnaie in der Eingangshalle gefunden«, berichtete Hetty. »Natürlich musste ich es aufmachen, um nachzusehen, wem es gehört. Und außer zwei Penny habe ich darin nichts gefunden. Ihr Leute werft mit kleinen Münzen um euch wie mit Wasser. Ihr wisst gar nicht, wofür die gut sind. Nur jemand, der den Wert von Geld kennt, hebt zwei Penny auf.«

»Hetty, das ist wirklich, ehrlich gut!«, lobte Daisy.

»In meinen Detektivromanen heißt es auch immer«, sagte Mrs Doherty, »jedes Detail, egal wie klein, könnte wichtig sein.«

»*Andauernde Wachsamkeit!*«, flöteten Hetty und Daisy im Chor, während sie sich gegenseitig anlächelten.

Als Mrs Doherty kleine Details erwähnte, fielen mir die Teetasse, die Uhr und das Stück Papier ein. Das waren die Details, auf denen bislang unser ganzer Fall beruhte, und nun war unsere Chance gekommen, wenigstens über eins davon mehr zu erfahren.

»Die Tasse!«, sagte ich zu Daisy, die zum Glück sofort begriff.

»Welche Tasse?«, wollte Mrs Doherty wissen.

Schnell nahm ich einen weiteren Bissen von meinem Kuchen, damit ich nicht antworten musste.

»Hazel macht sich Sorgen um das Gedeck von gestern. Sie kann Ratten auf den Tod nicht ausstehen«, beeilte Daisy sich zu sagen. »Ist wirklich *alles* noch im Esszimmer? Sie haben nicht aufgeräumt?«

In diesem Augenblick kam Chapman mit einem Tablett voll klirrender Gläser in die Küche. Er betrachtete uns, als hätte er uns zu gerne ausgeschimpft. »Was machen Sie hier, Miss Daisy?«, fragte er stattdessen höflich.

»Nichts weiter!«, antwortete Daisy rasch. »Wir unterhalten uns nur mit Mrs Doherty und Hetty über … Tee.«

Die Gläser auf Chapmans Tablett erklangen wie verstimmte Glocken, und er wich bis an einen der Schränke zurück, als hätte Daisy ihn mit einem Messer bedroht.

»Genug *davon*«, sagte er, als hätte Daisy nicht *Tee*, sondern *Mord* gesagt. »Miss Daisy, geleiten Sie Ihre Freundinnen umgehend aus der Küche. Hetty und Mrs Doherty müssen das Mittagessen vorbereiten, und ich bin ein schwer beschäftigter Mann. *Bitte sehr*, Miss Daisy!«

Wieder einmal wurden wir hinauskomplimentiert – wenigstens hatte uns unser Besuch eine Menge zum Nachgrübeln beschert. Mir schien, als wären wir auf eine neue Spur gestoßen. Obwohl wir wussten, dass Chapman nicht direkt für Mr Curtis' Tod verantwortlich sein konnte, hatte ich den Eindruck gewonnen, als würde ihm die Angelegenheit zu schaffen machen. Zumindest danach zu urteilen, wie er bei dem Wort *Tee* reagiert hatte. Die Frage lautete: Weshalb?

16

Wir liefen hinaus in die Eingangshalle – und stolperten prompt in die nächste Szene hinein. Lady Hastings, noch immer in ihrem hellgrünen Kleid und dem extravaganten Pelz, was sie am Vortag getragen hatte, stand mitten auf dem abgetretenen Läufer und brüllte Onkel Felix an.

»Ich bin in Trauer!«, heulte sie. »Warum kann das keiner begreifen? Oh, ich habe eine herzlose Familie. Du hättest

Bertie hören sollen – gerade eben hat er mir erzählt, ich solle froh sein, dass Denis tot ist. *Froh!*«

»Nun sei nicht so melodramatisch, Margaret«, meinte Onkel Felix. »Du hast ihn kaum gekannt.«

»*Kaum gekannt!*«, schrie Lady Hastings. »Rein zufällig war er mein *Ein und Alles*!«

Daisy, die neben mir stand, klappte der Mund auf. Sie war ganz blass geworden. »WAR ER NICHT!«, schrie sie ihre Mutter an, ihre gewohnte Fassung dahin. »SONDERN *DADDY*! Warum musst du alles kaputt machen?«

»*Daisy!*« Lady Hastings drehte sich zu uns um. »Was macht ihr hier? Ihr solltet doch spielen! Miss Alston! Miss Alston!«

»Ich muss mich wundern, Daisy, wo bleibt deine Selbstbeherrschung?«, sagte Onkel Felix. »Es geht nicht, dass hier jeder den Kopf verliert.«

Daisy funkelte ihn böse an. »*Ich* bin beherrscht – wie steht es mit euch?«

»*Diese Familie!*« Lady Hastings warf theatralisch die Hände in die Höhe und rauschte die Treppe hoch.

In diesem Augenblick trat Miss Alston aus dem Musikzimmer. Selbstverständlich musste sie es gehört haben, als man ihren Namen gerufen hatte, trotzdem versetzte ihr Anblick mir einen grässlichen Schrecken. Daisy erstarrte, Kitty schnappte entsetzt nach Luft und Küken stieß ein kleines, angstvolles Wimmern aus.

»Was für ein Lärm«, sagte Miss Alston gefasst. »Was um alles in der Welt geht hier vor?«

Ich starrte ihre glänzende braune Tasche an und fragte mich, wie wir jemals daran kommen sollten.

»Meine Schwester hat eine Szene gemacht«, erklärte Onkel Felix und warf Miss Alston einen seltsamen Blick zu, der mir zu denken gab … und dann verstand ich. Es war die Sorte Blick, die Daisy mir zuwirft, wenn sie mir ohne Worte ihre Gedanken verrät. Es war ein Blick zwischen Vertrauten – doch soweit ich wusste, hatten sich Onkel Felix und Miss Alston vor diesem Wochenende noch nie getroffen.

»Miss Alston«, sagte er mit einem weiteren dieser auffälligen Blicke, »ich glaube, die Mädchen langweilen sich.«

»Gar nicht!«, protestierte Daisy. »Uns geht es bestens. Kitty und Küken wollten Mrs D dabei helfen, den Tisch für das Mittagessen zu decken, und Hazel und ich wollten noch schnell einen Spaziergang im Garten machen. Nicht wahr, Hazel?«

»Oh«, sagte ich. »Ja.«

»Aber –«, setzte Kitty empört an.

»Wirklich prima von euch, die *Assistenten* für Mrs D zu spielen«, fiel Daisy ihr ins Wort. »Und was ihr dabei alles *Nützliches* lernen könnt! Komm mit, Hazel!«

Sie packte mich am Handgelenk und zerrte mich zur Haustür. Obwohl sie nach außen vollkommen gelassen wirkte, spürte ich, wie sie zitterte. Ich drehte mich noch einmal zu Onkel Felix und Miss Alston um, die beieinander standen und uns nachsahen. Wenn das kein verdächtiges Verhalten war! Die beiden wollten mir nicht aus dem Sinn, auch wenn mir klar war, dass Daisy im Moment an nichts anderes denken konnte als an ihre Mutter.

Wir rannten durch den schweren steinernen Torbogen des Haupteingangs. Für den Augenblick hatte es aufgehört zu regnen, dennoch schlotterte ich. Was ich wollte, war mein Mittagessen – ich war schrecklich eifersüchtig auf Kitty und Küken, die dabei helfen durften –, aber dies war eine Angelegenheit, die nur Daisy und mich etwas anging, wie in den guten alten Zeiten, und mir war klar, dass ich diesen Umstand schätzen sollte.

Daisy rümpfte die Nase und marschierte, ohne anzuhalten, auf den Rasen. Der Boden war so aufgeweicht, dass meine Schuhe komplett in der Wiese versanken. Ich versuchte, auf Zehenspitzen zu gehen, um sie mir nicht ganz zu besudeln, doch es half nichts. Schon bald gab ich es auf und schwappte hinter Daisy her.

»Ich hasse Mami«, zischte Daisy nach einer Weile. »Ich weiß, es gehört sich nicht, aber ich *hasse* sie. Trauern wegen Mr Curtis! Zu behaupten, er wäre ihr wichtiger als Daddy! Sie ist furchtbar. *Oh!* Was für eine Enttäuschung sie ist! Vielleicht hat der Mörder uns wirklich einen Gefallen getan, als er Mr Curtis losgeworden ist. Vielleicht vergisst sie ihn jetzt und alles wird wieder so wie früher.«

»Aber er ist *tot*, Daisy«, sagte ich und schlitterte über ein besonders glitschiges Büschel Gras.

Wir liefen am Irrgarten vorbei und weiter auf die überschwemmten Felder zu, während Haus Fallingford auf seinem kleinen Hügel hinter uns zurückfiel. Ich wünschte mir, es wäre ebenso leicht gewesen, alles andere für immer hinter uns zu lassen.

»Na und?«, meinte Daisy. »Manche Leute sollten vielleicht gar nicht erst leben.«

Meine Fäuste ballten sich und ich blieb stehen. »*Daisy!* So was darfst du nicht sagen! Du weißt, dass es nicht stimmt. Mr Curtis war schlimm, aber deswegen hatte er doch nicht verdient, zu *sterben*! Sag so was nicht.«

»Tja, jemand war anderer Meinung«, entgegnete sie. »Was für ein grässlicher Fall! Alles ist verkehrt. Der einzig wirklich gemeine Mensch ist tot. Typisch unser Glück, was?«

In diesem Augenblick öffnete sich im Haus hinter uns ein briefmarkengroßes Fenster und eine puppengroße Gestalt steckte den Kopf heraus, deren Stimme wie die einer Maus klang, die versuchte zu brüllen. Einen unschönen Moment lang glaubte ich, die nächste Katastrophe wäre eingetreten – doch dann verstand ich die Worte der Puppengestalt Kitty.

»*Mittagessen!*«, schrie sie, sehr leise und sehr weit weg. »*Kommt rein!*« Dabei fuchtelte sie mit ihren Streichholzärmchen, als wollte sie uns Winksignale geben. Mein Magen knurrte vorfreudig.

»Mist«, fluchte Daisy. »Essen. Warum kommt es uns immer wieder in die Quere? Na schön – nach dem Mittag halten wir ein ordentliches Detekteitreffen ab, um zu besprechen, was wir heute Morgen herausgefunden haben. Wir gehen dazu zum Geheimen Baum, damit Bertie und Stephen uns nicht wieder stören können. Bist du dabei, Watson?«

»Sind Kitty und Küken dabei?«, wollte ich wissen. Der ›Geheime Baum‹ klang nach *unter freiem Himmel*, und unter freiem Himmel – das spürte ich am eigenen Leib – wurde man immer noch nass.

»Ja, die auch.« Daisy seufzte. »Wenn du darauf bestehst. Obwohl wir sie eigentlich gar nicht brauchen. Was so viel heißt wie: Sie sind nicht *du*.«

»Oh.« Mit einem Mal wurde mir trotz des kühlen Winds, der mir durch die Strickjacke blies, wohlig warm.

»Sag nichts«, meinte Daisy. »Lass uns einfach die Hände schütteln.«

Also vollführten wir unseren geheimen Detektivhandschlag und rannten dann (platschend) zum Mittagessen.

17

Es wurden Lamm, Gemüse, cremiges Kartoffelpüree und als Nachtisch ein wackliger rosa Mandelpudding mit Kirschen obendrauf serviert. Während wir das Lamm verspeisten, riss Bertie einen Witz über Mörder, woraufhin Chapman prompt seinen Servierteller fallen ließ und Hetty ihm zu Hilfe eilen musste. Onkel Felix und Miss Alston tauschten weitere verdächtige Blicke, und mir ging wieder einmal durch den Kopf, wie überaus seltsam sich dieses Wochenende entwickelte.

»Na gut«, begann Daisy eine halbe Stunde später.

Wir hatten uns zu viert auf die Astgabelung der großen Eiche gequetscht, die direkt neben dem ummauerten Küchengarten steht und auf die Obstbäume dahinter blickt, die vom Unwetter all ihrer frühen Blüten beraubt worden waren. Aus einigen morschen Brettern hatte man eine Plattform und eine Art Dach zusammengezimmert, allerdings rochen sie nach Moos und waren glitschig – und mein Platz war alles andere als bequem. Jedes Mal, wenn ich mich bewegte, erntete ich weitere schwarze Flecken auf Beinen und Armen. Der Himmel war grau und wirkte verdächtig voll Wasser, obwohl der Regen sich im Moment zurückhielt.

»Hergehört! Hergehört! Hiermit erkläre ich dieses Treffen der Detektei Wells & Wong für eröffnet. Küken, du Nervensäge, hör endlich mit dem Gezappel auf.«

»Entschuldigung, Daisy«, sagte Küken. »Ich höre ja schon auf.«

»Hier ist es schrecklich unbequem, Daisy«, beschwerte sich Kitty. »Im Ernst, *müssen* wir hier bleiben?«

»*Ja.* Von hier oben aus sehen wir, wenn jemand kommt – willst du etwa, dass der Mörder sich unbemerkt an uns heranschleicht?«

»Mir gefällt dieser ganze Mordkram nicht«, piepte Küken unglücklich. »Ich wünschte, es hätte keinen gegeben.«

»Tja, ob es dir gefällt oder nicht, es gab einen«, sagte Daisy, »und jetzt ist es an uns, herauszufinden, wer ihn begangen hat.«

»Ich weiß«, meinte Küken. »Ich mag es nur nicht.«

Daisy warf Kitty einen augenrollenden Blick zu, woraufhin die wissend grinste. Ich fand das ziemlich gemein. Immerhin konnte ein Teil von mir Küken sehr gut verstehen. Ich liebe es zu ermitteln, aber genauso gerne bin ich in Sicherheit. Daisy vergisst schlimme Sachen immer schnell. Wenn sie an den Mord von Deepdean denkt, fällt ihr nur der Ruhm ein – nicht die nächtliche Schreckensjagd. Ich dagegen bekomme die Verfolgung manchmal nicht aus dem Kopf.

»Na schön«, sagte sie nun. »Wir müssen über die neuen Informationen nachdenken, die wir seit dem letzten Treffen gesammelt haben. Welche Beweise haben wir? Die fehlende Tasse und die Uhr. Das Stück Papier aus dem Buch. Und die gefälschten Zeugnisse.

Tasse und Uhr: Die Tasse haben wir bereits besprochen, aber ich frage mich immer mehr, warum die *Uhr* gestohlen wurde.«

»Weil sie hübsch und wertvoll ist?«, schlug Küken vor.

»Möglich«, meinte Daisy. »Und wenn das der Grund ist, wäre die wahrscheinlichste Täterin Tante Saskia. Für alle Fälle müssen wir ihr Zimmer nach der Uhr durchsuchen.

Ein anderer hätte allerdings ein viel besseres Motiv für einen Diebstahl: Stephen.«

Ich presste die Lippen zusammen, trotzdem konnte ich nicht verhindern, dass ein kleiner Laut hervordrang.

Daisy verdrehte die Augen. »Hazel glaubt natürlich nicht, dass er es war, doch selbst Hazel kann sich irren. Weiter im Takt: Hetty und Mrs D haben uns bestätigt, was wir bereits wussten: Stephen ist arm. Es ist überdeutlich, dass die Uhr schrecklich wertvoll ist. Was, wenn er sie genommen hat, um Schulden zu begleichen, oder so was in der Art?«

»Aber wie sollen wir das überprüfen?«, fragte ich.

»Nichts leichter als das«, antwortete Daisy. »Wir benutzen *dich*. Bei der nächsten Gelegenheit gehst du zu Stephen und findest heraus, ob er … Geld braucht. Immerhin mag er dich. Er wird dir die Wahrheit sagen.«

Das mache ich nicht!, dachte ich. *Niemals, nicht mal für Daisy.* Doch dann fiel mir wieder ein, wer die anderen Verdächtigen waren – wenn Daisy bereit war, ihre eigene Familie in Betracht zu ziehen, dann musste ich den Mut aufbringen, den Freund ihres Bruders auszuschließen.

Ich zupfte am Baumschwamm auf dem Brett neben mir. Unter meinen Fingernägeln wurde er ganz schwarz und eklig. »Ach, von mir aus«, sagte ich schließlich. »Ich frage ihn.«

»Ausgezeichnet«, sagte Daisy. »Wir dürfen nicht vergessen, die Uhr könnte auf eine falsche Spur führen. Der Mörder könnte sie spontan eingesteckt haben, oder sogar nur aus Versehen. Wir müssen uns die übrigen Beweise ansehen.

Etwa das Stück Papier, das Hazel im Esszimmer gefunden hat. Man hat es aus einem Gedichtband gerissen, und dem Fleck darauf nach zu urteilen, liegt es nahe, dass der Mörder es benutzt hat, um darin das Gift aufzubewahren, bis sich die Chance bot, es Mr Curtis in den Tee zu tun.

Leider ist das weniger hilfreich, als man meinen könnte. Mami und Daddy sind beide keine Leseratten, trotzdem hätten sie jederzeit ein Blatt aus einem Buch der Bibliothek reißen können – genau wie jeder andere.«

»Aber ist es nicht wahrscheinlicher, es stammt von jemandem, der viel liest?«, warf ich ein. »Wie zum Beispiel … Onkel Felix.«

Daisy runzelte die Stirn. »Vermutlich. Ja. Und sogar ich muss zugeben, dass Onkel Felix sich aufführt wie … nun, ganz und gar unonkelhaft. Er sagt noch immer nicht offen seine Meinung über das, was Mr Curtis zugestoßen ist. Und er hat alles unternommen, um Mami davon abzuhalten, die Polizei einzuschalten.«

»Und – Daisy!«, platzte ich heraus. »Ich glaube, er kennt Miss Alston. So, wie die beiden sich erst vorhin wieder angesehen haben … Ich kann mir wirklich nicht vorstellen, dass sie sich eben erst kennengelernt haben.«

»Wenn dein einziger Hinweis darauf Blicke sind …«, begann Daisy, doch Kitty unterbrach sie.

»Absolut, das habe ich mir auch schon gedacht!«, sagte sie. »Sie wirkten wahnsinnig vertraut, als wir sie vor dem Mittagessen getroffen haben, oder nicht?«

Daisy sah uns beide mürrisch an. Sie war überstimmt, und daran war sie nicht gewöhnt. »Hmmm«, machte sie. »Vielleicht. Wir müssen Onkel Felix im Auge behalten, das räume ich ein – auch wenn ich nicht davon ausgehe, dass er der Mörder ist. Obwohl er sich komisch benimmt, wissen wir, dass er ein *guter Mensch* ist, genau wie wir wussten, dass Mr Curtis ein *schlechter Mensch* war.«

Ich zog die Stirn kraus. Sicher war ich mir da ganz und gar nicht.

»Ich glaube, es ist unwahrscheinlich, dass es Mami war. Wäre ich ein schlechter Detektiv, der sich nur von seinen Gefühlen beeinflussen lässt – nicht dass das auf *irgendeinen* der Anwesenden zutreffen würde –«, sie blickte uns düster an, »würde ich sie ausschließen, weil sie schlicht viel zu traurig über Mr Curtis' Tod ist und weil sie die Polizei angerufen hat, obwohl sonst keiner dafür war. Doch selbstverständlich müssen wir absolut rigoros sein. Wir brauchen Beweise für ihre Unschuld, und die haben wir noch nicht. Würden wir das Verbrechen nachstellen, könnten wir sie oder einen anderen Verdächtigen womöglich von unserer Liste streichen … Ja, lasst uns das später tun.

Gut, dann zu den gefälschten Papieren. Das sind ungeheuer wichtige Beweisstücke, da sie bestätigen, dass Miss Alston nicht die ist, für die sie sich ausgibt. Sie ist unter einer falschen Identität nach Fallingford gekommen. Aber warum? Hazel und ich waren dabei, als Mr Curtis sie Samstagvormittag vor dem Irrgarten bedroht hat. Er schien zu wissen, wer sie ist – hat sie ihn getötet, damit er Mami und Daddy nicht ihr Geheimnis verraten kann?

Wir müssen herausfinden, wer sie wirklich ist – und nach dem, was Mrs D erzählt hat, ist unsere beste Chance, ihre Handtasche in die Finger zu bekommen und nachzusehen, was sie darin versteckt.«

Daisy blickte uns der Reihe nach auffordernd an, bis wir nickten.

»Gut. Bevor wir zum Abschluss kommen, gibt es sonst noch Hinweise, die wir übersehen haben könnten?«

»Ähm«, sagte ich, »sollten wir Chapman bespitzeln? Er benimmt sich sehr seltsam. Was, wenn er etwas weiß?«

»Oh!«, rief Küken. »Du meinst … weil er beim Mittagessen heute den Teller fallen lassen hat?«

»Ja!«, bestätigte ich. »Und jede Menge andere Sachen.«

»Ein hervorragender Gedanke, Hazel!«, lobte Daisy. »Mensch, am Ende deckt er jemanden. Wie …«

Doch plötzlich hielt sie inne. Beide begriffen wir, wen Chapman am ehesten decken würde: jemand aus Daisys Familie – und nicht nur das, sondern jemand, der zu Fallingford gehörte. Das bedeutete, Lady Hastings, Bertie – oder Lord Hastings. Lord Hastings, dachte ich, den wir alle dabei gesehen hatten, wie er Mr Curtis am Morgen vor dem Mord angeschrien hatte.

»Wen?«, fragte Küken mit weit aufgerissenen Augen. »Wen meinst du?«

Daisy und ich sahen uns an – und dankbarerweise fing es in diesem Moment an zu regnen. Zunächst war es nur ein sanftes Tröpfeln auf den Blättern weit über uns, doch dann wuchs es zu einem Säuseln an, einem Rauschen und schließlich einem Prasseln.

»Ins Haus!«, schrie Daisy, während Kitty bereits die Hände über den Kopf hielt, um ihre Frisur zu schützen. Sie kann ungeheuer eitel sein, was Daisy sehr wohl weiß. Wir waren gerettet.

Wir kletterten den Baumstamm hinab, rutschend und glitschend, sodass unsere Hände am Ende voll widerlichem schwarzem Baumschwamm war. »Das Treffen ist vertagt!«, kreischte Daisy. »Auf zum nächsten Teil unserer Ermittlungen – Verdächtige ausschließen! Oh, diesen Teil mag ich!«

Wir flitzten über den Rasen. Mein Haar klatschte mir wirr ins Gesicht und der Wolkenbruch ließ alles vor mir wie im Nebel verschwimmen. Während wir durch den peitschenden Regen zur Haustür stürmten, überlegte ich wieder einmal, ob ich wirklich herausfinden *wollte*, was Mr Curtis zugestoßen war. Immerhin war er eine überaus gemeine Person gewesen. Wer ihn auch getötet hatte, war ein viel netterer Mensch, als Mr Curtis es je hätte sein können – noch dazu könnte es jemand sein, der Daisy sehr nahestand. Allein für den Gedanken bekam ich ein schlechtes Gewissen – doch wie konnte Mr Curtis' Mörder es verdient haben, gehängt zu werden?

• TEIL VIER •

Allmählich sieht es wahrhaft düster aus

I

Kreischend stolperten wir in die Eingangshalle und hinterließen Pfützen auf den Steinplatten – Daisy schüttelte ihr goldenes Haar wie ein Hund. Wir kamen gerade recht, um Zeugen von etwas höchst Eigenartigem zu werden. Am Fuß der Haupttreppe stand Miss Alston und redete mit Stephen. Sie stand leicht vorgebeugt, regelrecht bedrohlich sah sie aus, fixierte ihn mit ihrem Blick, und obwohl sie leise sprach, erhaschte ich den Satz: »*Wenn Sie irgendetwas gesehen haben …*«

Stephen wirkte zu Tode erschrocken. Er war kalkweiß im Gesicht, sodass seine Sommersprossen krass hervorstachen. Sofort machte ich mir Sorgen. Was hatten wir da belauscht? Fragend schaute ich zu Daisy, um zu sehen, was sie davon hielt. Ohne Zweifel legte Miss Alston erneut verdächtiges Verhalten an den Tag. Für mich klang es ganz danach, als hätte sie Stephen gedroht. Weshalb? Glaubte sie, er hätte etwas Wichtiges beobachtet, was uns der Lösung des Rätsels näher bringen könnte? Wollte sie ihn dazu bringen, sein Wissen preiszugeben? Oder … wollte sie sichergehen, dass er den Mund hielt?

Miss Alston wirbelte herum und starrte uns an. Wie immer hatte sie ihre braune Tasche an sich gedrückt, und erneut fragte ich mich, wie Daisy nur an sie herankommen wollte. »Was soll dieser Radau?«, fragte sie. »Mädchen, was hattet ihr draußen im Regen zu suchen? Ihr holt euch noch den Tod!«

Küken kreischte. Kitty versetzte ihr einen Schlag. Ich konnte mir ein leises Keuchen nicht verkneifen. Nach all unseren Mutmaßungen über Miss Alston klang dieser Satz im höchsten Maße unheilvoll. Sollte tatsächlich sie die Mörderin sein, wäre ihr wohl nichts lieber, als dass wir uns *den Tod holten*. Die Vorstellung, eine Stunde Unterricht bei ihr abzusitzen, jagte mir eine Heidenangst ein.

Miss Alston beäugte uns aufmerksam, also gab ich mein Möglichstes, um normal zu atmen. »Hmmm«, sagte sie schließlich. »Ich werde Mrs Doherty rufen, damit sie hilft, euch trockenzulegen. Und dann ab zum Unterricht, Mädchen! Daisy, deine Mutter möchte nicht, dass ihr herumsitzt und Trübsal blast.«

»Wir blasen keine Trübsal!«, sagte sie schnell. »Wir haben zu tun. Können wir nicht noch ein paar Stunden freihaben? Ich glaube, im Augenblick könnte ich keinen Unterricht ertragen.«

Miss Alston seufzte. »Na, von mir aus. Zwei Stunden. Aber um Punkt fünf will ich, dass ihr euch im Musikzimmer einfindet, sonst komme ich euch *holen*.«

Wir alle wichen einen Schritt zurück. Miss Alston runzelte die Stirn. »*Mrs Doherty!*«, rief sie, woraufhin Mrs Doherty aus der Küche gerannt kam.

Als sie uns sah, schlug sie die Hände über dem Kopf zusammen. »Herr im Himmel!«, rief sie. »Hetty! Handtücher, schnell!«

Wir wurden in ganze Stapel von verblichenen Handtüchern gewickelt, die dezent nach Pferd rochen.

»Was habt ihr nur getrieben?!«, fragte Mrs Doherty, als sie Daisys Haare rubbelte.

Miss Alston hatte gewartet, bis man sich unserer annahm,

und ging dann die Treppe hinauf, die Tasche wie immer unter dem Arm baumelnd. Ich war erleichtert, dass sie fort war – doch wohin ging sie? Was würde sie bis um fünf mit ihrer Zeit anfangen?

Auch Stephen wandte sich zum Gehen. »Stephen!«, rief ich so leise wie möglich. »Bist du ... Geht es dir gut?« Eigentlich wollte ich fragen: *Hat Miss Alston dich bedroht?* – doch das ging natürlich nicht, auch wenn die Worte, die meinen Mund schließlich verließen, leidlich komisch klangen.

»Ja doch«, antwortete Stephen und kam zu mir, sodass wir reden konnten, ohne belauscht zu werden. »Auch wenn ich mich nach dieser ganzen Sache schon richtig auf die Schule freue.«

Ich nickte emsig. Worte konnten nicht annähernd ausdrücken, wie sehr ich ihm zustimmte.

»Seltsam«, sagte er lächelnd. »Hätte nie gedacht, dass ich das mal sage. Stipendiumsjunge, du weißt schon – sich das Zimmer mit zwei Lords und einem Vicomte zu teilen, kann recht schwierig sein. Hätte Bertie sich nicht meiner angenommen, wäre ich vor zwei Jahren weggelaufen.«

»Ich wusste nicht, dass du ein Stipendium hast«, sagte ich. Mein Herz hämmerte. Was, wenn ich genau das Gegenteil von dem herausfinden würde, was ich mir wünschte? »Wirst du ... Was wird aus der Universität?«

»Noch mal Stipendium«, antwortete Stephen. »Ich habe es erst vergangenen Monat erfahren. Ich habe wirklich unverschämtes Glück.« Er zog ein schiefes Gesicht, halb verschämt, halb erfreut. »Wir sind nicht reich, nicht wie *hier*, aber wir kommen über die Runden. Du weißt schon.«

Ich wurde rot. Ich wusste eben *nicht*. Neben dem blütenweißen Anwesen besitzt mein Vater eine Jacht und sein eigenes Bürogebäude mitten im Herzen Hongkongs, zudem hatten wir zehnmal so viele Dienstboten wie Daisys Familie. Doch so etwas lässt sich leicht unter der Tatsache verbergen, dass man kein Engländer ist.

»Äh, ja«, sagte ich, auch wenn ich mich dafür ein klein wenig hasste. »Natürlich. Ich bin froh, dass es dir gut geht.«

Stephen lächelte mich an, dann eilte er die Treppe hoch, um Bertie zu suchen. Ich konnte mein Glück kaum fassen. Stephen hatte ein Stipendium und würde für die Universität im nächsten Jahr ein weiteres erhalten. Er brauchte kein Geld. Er hatte keinen Grund, die Uhr zu stehlen – und daher keinen Grund, Mr Curtis zu töten. Eine Welle der Erleichterung durchströmte mich.

2

Sobald Mrs Doherty und Hetty gegangen waren, fuhr Daisy zu uns herum. »Schnell!«, zischte sie. »Solange wir können! Das ist die perfekte Gelegenheit!«

»Wofür?«, fragte Kitty.

»*Um Nachforschungen anzustellen*«, flüsterte Daisy. »Wir waren uns doch einig, dass wir Tante Saskias Zimmer durchsuchen müssen, oder?«

Mit angehaltenem Atem schlichen wir die Treppe hoch und gaben uns Mühe, nicht gegeneinanderzustoßen. Dabei griff ich nach Daisys Ärmel.

»Daisy!«, wisperte ich. »Hast du gehört, was Stephen gerade gesagt hat? Er hat ein Stipendium, und für die Universität bekommt er noch eins. Er braucht kein Geld! Ich glaube, wir können ihn ausschließen.«

Als Daisy mich ansah, erschien wieder diese Falte über ihrer Nase.

»Du solltest dich freuen«, meinte ich etwas verärgert – obwohl mir im selben Moment bewusst wurde, dass ich diejenige war, die sich freute, und zwar nur ich. Wenn es nicht Stephen war, stieg die Wahrscheinlichkeit, dass es jemand aus Daisys Familie war. Ich errötete und ließ Daisy wieder los.

Tante Saskias Tür war unverschlossen. Als Daisy dagegendrückte, öffnete sie sich weit. Der Raum dahinter war dunkel, da die Vorhänge noch zugezogen waren.

»Du meine Güte!«, hauchte Kitty. »Schaut euch all den *Kram* an!«

Seidentücher und zerknitterte Samtröcke lagen auf dem Boden verstreut oder hingen von Stühlen hinunter bis zum grünen Teppich. Überall lagen schäbige Pelze, die unangenehm tot aussahen, und auf der Frisierkommode standen in Grüppchen Flaschen, Gläser und Töpfchen, die von schmutzigen Taschentüchern und Puderquasten bedeckt waren.

Ich hatte schon den Rest von Fallingford ziemlich unordentlich gefunden, doch das hier übertraf alles. Ich konnte kaum fassen, dass Tante Saskia erst vor zwei Tagen angereist war.

»Na schön, Detektive«, sagte Daisy. »Lasst die Jagd beginnen! Unsere Ziele sind, wie besprochen, die Uhr und die Teetasse von Mr Curtis. Und, falls möglich, ein Buch mit einer herausgerissenen Seite.«

Ich sah mich um – und konnte mich nicht entscheiden, wo ich anfangen sollte. Ein größerer Gegensatz zum aufgeräumten Zimmer von Miss Alston wollte mir nicht in den Sinn kommen. Unter diesen Bergen von Kleidern hätten sich ganze Armeen von Uhren und Tassen verbergen können. Daisy dagegen stürzte sich schwungvoll auf einen Stapel Blusen und schon bald folgte Kitty ihrem Beispiel. Während Küken betreten den Inhalt der Kommode begutachtete und mit spitzen Fingern einen Hügel aus von Lippenstift verschmierten Tüchern inspizierte, machte ich mich daran, unter die Kissen zu gucken. Das Bett roch nach modriger alter Dame und ich verzog elend die Nase.

»Nun hab dich nicht so, Hazel!« Daisy trat neben mich, schob die Nackenrollen beiseite und grub die Finger unter Tante Saskias Matratze.

»Nichts«, grummelte sie, während sie den Arm immer weiter vorschob, bis ihre Schulter fast komplett von der schweren Matratze verschluckt worden war. »Nichts ... nichts ... Oha, was haben wir denn *da*?«

Der Rest von uns hielt im Suchen inne und sah zu ihr.

»Hast du die Uhr?«, fragte Kitty.

»Nein!«, sagte Daisy. »Zumindest ... scheint es mir nicht die richtige Form ... Wartet mal!«

Sie kam unter der Matratze hervor. Ihre Hände waren beladen mit glitzernden Juwelen, schimmerndem Gold und einem klimpernden Haufen aus Halsketten, Ohrringen und Armreifen.

»Mamis Kette!«, sagte Daisy. »Daddys Manschettenknöpfe! Und – oh, seht nur, sie hat sogar die silbernen Plaketten der Karaffen geklaut! Himmel, ich dachte, sie würde nur Löffel mitgehen lassen!«

»Mr Curtis' Uhr sehe ich allerdings nicht«, stellte ich fest.

»Weil sie nicht dabei ist«, sagte Daisy, die ihre Hände besah. »*Mist!* Dafür ist so ziemlich alles andere hier. Einiges davon gehört nicht mal uns! Mein Gott, ich wusste ja nicht, dass es schon so schlimm mit ihr geworden ist!«

»Was bedeutet das?«, fragte Kitty.

»Es bedeutet, dass wir jetzt wissen, warum Tante Saskia keine Polizei im Haus will. Sie ist eine Kleptomanin!«

»Jemand, der nicht anders kann, als Sachen zu stehlen«, raunte ich Küken zu, die verwirrt das Gesicht verzog.

»Stellt euch nur vor, wenn die Polizei das alles finden würde! Nicht mal Daddy könnte verhindern, dass Tante Saskia ins Kittchen wandert. Sie hat sich ganz offensichtlich nicht mehr im Griff – Mensch, ein paar der Sachen hier sind ein Vermögen wert. Sie müssen ihr wahnsinnig wichtig sein. Bisher habe ich es mir nicht ernsthaft vorstellen können, aber jetzt würde ich ihr zutrauen, dass sie für ein wertvolles Stück über Leichen gehen würde. Und jeder hat gesehen, wie gierig sie nach der Uhr war.«

Kitty und Küken warfen sich angsterfüllte Blicke zu. Kitty schauderte. Was die Menschen für grauenhafte Dinge taten, dachte ich. Ein Detektiv zu sein, bedeutet, dass man es mit einigen wahrhaft grässlichen Verbrechen zu tun bekommt.

»Aber wenn Tasse und Uhr nicht hier sind, schließt sie das nicht aus?«, gab Küken zu bedenken.

»Nein, nicht unbedingt!«, sagte Daisy und tänzelte unruhig von einem Fuß auf den anderen. »Sie könnte sie woanders versteckt haben. So ein Schlamassel! Je mehr wir über unsere Verdächtigen herausfinden, desto schuldiger erscheinen die meisten, statt weniger verdächtig. Was nun?«

Es war nicht die Sorte Frage, auf die man eine Antwort gab – nur war Kitty das nicht klar.

»Ich finde, wir sollten diese Verbrechensnachstellung machen, von der du geredet hast«, sagte sie. »Das klingt jedenfalls besser, als in den Zimmern anderer Leute herumzuwühlen, auch wenn wir dabei Schmuck finden.«

»Oh ja, bitte, können wir mit den verbotenen Sachen eine Weile aufhören?«, bat Küken. »Ich bekomme Gänsehaut davon. Früher oder später erwischt man uns *ganz bestimmt*!«

»Assistentenmitglieder der Detektei« – Daisy bemerkte meine schmerzerfüllte Grimasse und stoppte sich – »können manchmal auf Ideen kommen, die nicht *vollständiger* Käse sind«, beendete sie ihren Satz. »Ehrlich gesagt, Kitty, wollte ich gerade denselben Vorschlag machen.«

»Aber wie machen wir das?« Mir fiel unsere letzte Nachstellung in der Deepdean-Turnhalle im vergangenen Jahr ein. »Wenn wir ins Esszimmer gehen, könnte man uns erwischen!«

»Wir können nicht ins *echte* Esszimmer«, meinte Daisy, »aber rein zufällig bin ich in Besitz einer Geheimwaffe. Zum achten Geburtstag hat Mami ein Fallingford-Puppenhaus für mich machen lassen – ein absolut perfekter Nachbau mit sämtlichen Möbeln und der Hintertreppe, einem kleinen Ich und Mami und Daddy und Bertie, die darin wohnen. Es steht im Kinderzimmer.«

»Oh, ich weiß!«, rief Küken strahlend. »Kitty hat damit gespielt, als ihr weg wart.«

»Gar nicht!«, widersprach Kitty, die rot wie eine Tomate wurde. »Ich habe es nur bewundert.«

»Jedenfalls können wir im Esszimmernachbau unseren Tatort nachstellen. Es gibt auch eine kleine Tante Saskia, einen kleinen Onkel Felix und sogar einen Chapman. Und wir können einige der anderen Puppen für Stephen, Miss Alston und Mr Curtis verwenden.«

Das war ein sehr guter Plan – und vor allem sorgte er dafür, dass wir Tante Saskias Zimmer verlassen konnten. Daisy stopfte den Schmuck zurück unter die Matratze, dann galoppierten wir gemeinsam – diesmal bestand kein Grund, leise zu sein – über die Haupttreppe zum Kinderzimmer.

3

Jemand hatte das Puppenhaus in die hinterste Ecke des Zimmers verbannt, die schwere hölzerne Haustür hing offen in den Angeln und sorgte für einen verlassenen Eindruck, zudem blätterte die Farbe der Außenfassade ab. Es war wie Fallingford in Miniatur, eingestaubt, aber absolut perfekt. Ich betrachtete die Treppen, die Türen und Zimmer, die übereinandergestapelt waren, und kam mir vor wie ein Riese oder wie ein Gott oder beides.

Vor unseren Augen hockte Daisy sich geschäftig davor und verrückte unter einer Reihe lauter Klackgeräusche die Möbel.

»Na also!«, sagte sie schließlich und setzte sich zurück, während wir über ihre Schulter hinweg auf das winzige Esszimmer spähten. Alles war wie am Samstagnachmittag: die winzigen Stühle, die winzigen Lampen, auf einem winzigen Tisch standen sogar Spielzeuggebäck und Geschirr. Ich entdeckte einen Teller mit Küchlein, kleiner als mein Fingernagel, und Teetassen, die ich nicht einmal anzuatmen wagte, vor Angst, ich könnte sie umpusten. Mir wurde ganz unheimlich, als würde ich in die Vergangenheit schauen. Ich hoffte, keiner der Erwachsenen (wobei ich eigentlich nur an Miss Alston dachte) würde hereinkommen und sehen, was wir taten.

»Na dann!«, unterbrach Daisy meine Gedanken. »Wir sind uns einig, dass der Mörder das Gift aus dem Schrank in der Eingangshalle genommen, etwas davon in ein Blatt Papier gekippt und es auf diesem Weg ins Esszimmer geschmuggelt hat, richtig?«

Ich schauderte. Vor meinem inneren Auge spielte sich eine lebhafte Szene ab: Der Mörder, der vor dem Hallenschrank stehen bleibt, als eine grässliche Idee in seinen Kopf kriecht. Keiner, der auch nur den geringsten Verdacht schöpft (mit eigenen Augen habe ich gesehen, was in diesem Schrank ist: ein Sammelsurium an Haushaltsutensilien wie Bindfaden, Schuhcreme und Kleiderbürsten). Wäre jemand dazugekommen, hätte der Täter leicht so tun können, als würde er nach etwas ganz anderem als Arsen suchen.

»Gut«, sagte Daisy. »Als Nächstes wollen wir überprüfen, wie leicht es ist, Gift aus einem Stück Papier in eine Tasse Tee zu schütten. Dafür brauchen wir das Puppenhaus nicht. Wir stellen es selbst nach. Mein Nachttisch kann die Teetafel sein, und der Zahnbecher hier ist unsere Tasse. Ihr drei stellt euch außen herum und ich setze mich auf Hazels Bett, genau wie Mr Curtis in seinen Sessel. Hazel, reiß ein Stück aus deinem Fallbuch und falte es zusammen wie einen Zettel mit Gift darin, dann legen wir los.«

Ich war froh, diesmal nicht das Mordopfer spielen zu müssen, so wie bei unserem letzten Fall. Es fühlte sich zu gefährlich an, als würde ich darum bitten, selbst ermordet zu werden.

»Ich will, dass du jemanden zum Mörder bestimmst. Leise, sodass ich es nicht höre. Dann soll der Mörder einen günstigen Moment wählen, in dem er das Papier über der Tasse öffnet und so tut, als würde er das Gift hineinkippen. Sobald das passiert ist, ruft – ich bin gespannt, ob ihr es schafft, ohne dass ich es merke. Bereit?«

Wir drei stellten uns vor dem Tisch dicht gedrängt nebeneinander.

»Wer macht es?«, zischte Kitty. »Ich? Ich könnte es bestimmt hinkriegen – lasst mich. Das macht wahnsinnigen Spaß …«

»Nein«, wisperte ich zurück. Küken zappelte mit weit aufgerissenen Augen herum, sodass ich ihr deutlich ansah, wie sehr sie darauf brannte, auch einmal eine wichtige Rolle zu spielen. »Lass es Küken probieren.«

»Ich?«, keuchte Küken. »Oh, *prima*!«

»Ihr müsst *leise* sein«, schimpfte Daisy von meinem Bett aus – von Mr Curtis' Sessel aus. »Ich gebe mir Mühe, zu summen, aber ihr übertönt mich beinahe.«

»Ja, du!«, raunte ich. »Du schaffst es! Das weiß ich. Und überleg mal: Du wirst sagen können, dass du Daisy reingelegt hat!«

»Oh, dann gefällt es mir doch nicht«, meinte Küken niedergeschlagen. »Das ist nicht besonders nett. Bist du sicher …? Ach … fein, na gut. Hör auf, mich zu zwicken, Kitty. Ich werde es versuchen.«

»Wir sind bereit«, rief ich Daisy zu. Dann fingen Kitty, Küken und ich an zu drängeln und uns mit den Ellbogen anzustoßen – wir griffen über den kleinen Tisch, um mit beiden Händen unsichtbare Sahnetörtchen und Kuchenstücke zu greifen. Es machte überraschend viel Spaß, und selbst Küken, die aufquietschte, ließ sich mitreißen. Der Zahnputzbecher stand dicht neben Kittys Hüfte. Ich war so damit beschäftigt, mit ihr um einen besonders leckeren Muffin, von dem die Butter nur so tropfte (ich hätte ganz und gar nichts gegen einen echten Muffin gehabt, oder auch zwei), zu wetteifern, dass ich es kaum bemerkte, als Küken das kleine Stück Papier in ihrer Hand entfaltete und es über die Tasse hielt.

Daisy summte weiter vor sich hin, und als wir uns eine Minute später zu ihr umdrehten, wirkte sie verärgert. »Seid ihr noch nicht fertig?«, murrte sie.

»Doch!«, rief Küken. »Ooooh, hast du mich nicht gesehen? Wie aufregend! Es war ganz leicht … Oje, ich habe gerade so getan, als hätte ich jemand *ermorden* wollen.«

»Keine Sorge, Küks«, sagte Kitty und tätschelte ihr tröstend die Schulter. »Du hast großartige Arbeit geleistet. Und es war nicht echt.«

»Hast du es wirklich schon gemacht?«, fragte Daisy. »Himmel! Dann war es ja *ungeheuer* leicht. Stellt euch vor, mir ist nicht das Geringste aufgefallen, so ein Gedränge hat geherrscht.«

»Sogar ich habe kaum etwas gesehen«, warf ich ein, »obwohl ich wusste, dass es passieren würde. Damit hätten wir bewiesen, dass es ganz und gar nicht seltsam ist, wenn keiner der anderen bemerkt hat, wie das Gift in die Tasse kam.«

»Das läuft alles überragend«, meinte Daisy zufrieden. Sie stand auf und trat an das Puppenhaus. »In Ordnung, der nächste Schritt erfordert, dass wir gründlich an den entscheidenden Augenblick zurückdenken – und *dafür* brauchen wir das Puppenhaus. Stellen wir alle Verdächtigen an den Platz, an dem sie sich Samstagnachmittag befunden haben. Die hässliche Puppe hier ist Mr Curtis und diese kleine kann Stephen sein. Für euch drei brauchen wir keine Puppen, weil ihr natürlich neben mir nahe der Tür zur Eingangshalle standet.«

Gemeinsam hockten wir uns um das Puppenhaus. Es war merkwürdig – wie ein dummes Kinderspiel, gleichzeitig jedoch todernst. Die Mr-Curtis-Puppe (die wirklich kreuzhässlich war) setzten wir in den Stuhl, ein Stück vom Tisch entfernt. Daisy stellte Chapman gegenüber von Mr Curtis an die Wand. Dann positionierten wir Lord und Lady Hastings, Onkel Felix, Bertie, Stephen und Tante Saskia um die Teetafel herum, genau wie am Samstag.

»Rhabarber, Rhabarber, Rhabarber«, sagte Daisy und ließ die Bertie-Puppe auf und ab hopsen. »Drängel, drängel, drängel – Tante Saskia stürzt sich auf den Kuchen …« Sie ließ die Tante-Saskia-Puppe auf die Törtchen zuspringen, sodass ich um ein Haar laut gelacht hätte. »Mami sagt: *Ich spiele die Mutter*, aber jeder ignoriert sie« – Kitty wackelte kurz an der Lady-Hastings-Puppe – »dann sagt sie: *Gebt Mr Curtis wenigstens eine Tasse Tee*, und dann …«

Mit einem Mal erinnerte ich mich an etwas: Lord Hastings' rotes rundes Gesicht und den Ausdruck darin – und an seine Hand, *in der er die Teetasse hielt*.

Ich hatte die Puppe von Lord Hastings, sein kleines Gesicht, so fröhlich wie im richtigen Leben. Doch am Samstag war er nicht so fröhlich gewesen. Seine Miene war … durchtrieben, komisch, als hätte er etwas Verbotenes getan und wäre sich dessen absolut bewusst gewesen. Ich wollte es nicht wahrhaben, trotzdem musste ich ehrlich sagen, was ich beobachtet hatte.

»Dann reicht Lord Hastings Mr Curtis eine Tasse Tee, die dieser trinkt«, sagte ich.

Die Bertie-Puppe erstarrte. Daisy war vollkommen reglos geworden.

»Bäh!«, sagte Küken mit Piepsepuppenstimme und stupste Mr Curtis an. »Der Tee schmeckt widerlich!«

Alle sahen sie an und ich wurde tieftraurig. »Das hat er

gesagt!«, verteidigte sie sich. »Ich habe mich eben daran erinnert.«

»Ich weiß«, sagte Daisy, die mit einem Schlag wieder lebendig wurde. »Ich … ausgezeichnetes Gedächtnis. Und Hazel. Ja. Du auch. Was für ein … Ich will sagen …«

Es war einer der seltenen Augenblicke, in denen ich Daisy je um Worte verlegen erlebt habe.

»Vielleicht war das Gift schon vorher in der Tasse«, sagte sie schließlich blinzelnd. »Ein anderer am Tisch muss es hineingetan haben, bevor er die Tasse Daddy reichte, damit er sie Mr Curtis anbieten konnte.«

»Aber Lord Hastings hat so ein komisches Gesicht gezogen«, meinte Küken. »Ganz schelmisch, als hätte er etwas ausgefressen.«

Ich wusste, dass sie die Wahrheit sagte – auch ich konnte mich gut daran erinnern –, trotzdem hätte ich sie am liebsten geschüttelt. Wie konnte sie so unsensibel sein?

Mir wurde ganz schwer ums Herz. Ich mochte Lord Hastings, ehrlich und wahrhaftig, auch wenn seine Witze furchtbar waren. Er war liebenswürdig und er war freundlich zu mir, außerdem war er Daisys Vater. Ich wollte nicht, dass er den fiesen Mr Curtis ermordet hatte. Aber es half nichts. Wir hatten festgestellt, dass er Mr Curtis die Tasse gereicht hat, die ihn das Leben kosten sollte.

»Tja«, sagte Daisy, äußerst angespannt. Mir fiel auf, wie sie die Fäuste im Schoß ballte. »Nun … das … Ich sage euch, es *muss* jemand anders gewesen sein. Jemand hat die Tasse vergiftet, bevor er sie Daddy zum Weiterreichen gegeben hat. Daddy weiß es besser, als seine eigenen Gäste zu lynchen, egal wie unhöflich sie auch sind. Hört mal – was ist eigentlich mit Chapman? Hazel, du hast selbst gesagt, dass er sich auffällig verhält. Und schaut euch an, wo er steht. Er hat den Tisch überblicken können, und die Hände der Leute. Er muss etwas gesehen haben – was bedeutet, dass wir unbedingt mit ihm reden müssen. Er wird Daddy entlasten können. *Wenn* Daddy schelmisch wirkte, dann ganz bestimmt aus einem völlig anderen Grund.«

Erleichterung lag in ihrer Stimme, doch ich war mir da längst nicht so sicher. Ich hatte eine Riesenangst, dass Daisy ganz und gar nicht gefallen könnte, was Chapman ihr zu berichten hätte.

4

Zunächst stellte es sich als schwierig heraus, Chapman ausfindig zu machen. »Er muss hier irgendwo sein«, meinte Daisy zornig, während sie wie ein Springteufel den Kopf zu jeder einzelnen Tür im ersten Stock hineinsteckte und wieder herauszog. »Ach! Hallo, Chapman!«

Chapman befand sich in Lord Hastings Zimmer, wo er auf unsicheren Zehenspitzen am Fenster stand und abstaubte. Als er Daisy hörte, fuhr er erschrocken zusammen, sodass ihm der Staubwedel aus der Hand fiel und zu Boden schepperte.

»Hallo, Chapman«, wiederholte Daisy. »Wie geht es Ihnen?«

»Danke, bestens, Miss Daisy«, antwortete er automatisch.

»Wir möchten Sie etwas fragen«, fuhr Daisy fort. »Es geht um Mr Curtis.«

Chapman geriet ins Schwanken und verzog das Gesicht, als hätte er sich geschnitten – er machte einen ebenso eingeschüchterten Eindruck wie zuvor in der Küche. »Mit wem haben Sie gesprochen?«, rief er. »Was hat man Ihnen erzählt?«

»Aber, mit niemandem!«, antwortete Daisy. »Es ist nur so, dass Daddy eine so komische Laune hat, seit … Sie wissen schon – und ich mache mir schreckliche Sorgen, dass er sich einreden könnte, er hätte irgendetwas zu tun mit dem, was geschehen ist. Selbstverständlich weiß ich, dass es nicht so ist! Sie müssen doch alles gesehen haben – können Sie ihm das schlechte Gewissen nicht ausreden?«

Chapman wurde totenbleich. Und fing an zu zittern – er sah aus, als würde er jeden Moment auseinanderfallen.

»Ich habe … nichts … gesehen«, flüsterte er. »Nicht das Geringste! Ich habe nicht darauf geachtet und hätte auch nichts bemerken können.«

Daisy schien verwirrt. »Aber, Chapman, reden Sie doch keinen Unsinn! Sie müssen etwas gesehen haben!«

»Ich … habe … nichts gesehen«, wiederholte Chapman, »und selbst wenn … Nun, dieser Mann war durch und durch verdorben. Manchmal macht die Wahrheit die Dinge nicht besser. Und jetzt raus aus diesem Zimmer, auf der Stelle!«

Daisy wurde rot vor Ärger. »Das ist nicht fair von Ihnen, Chapman!«, rief sie.

»Über meine Lippen kommt kein weiteres Wort«, sagte Chapman entschieden. »Na los, raus hier! Ich habe Arbeit zu erledigen.«

Daisy wurde erst hochrot, dann kalkweiß, und wieder rot, bis sie schließlich auf dem Absatz kehrtmachte und aus dem Zimmer stürmte.

Wir eilten ihr nach, doch kaum hatten wir das Erdgeschoss zur Hälfte hinter uns gebracht, kam Lord Hastings höchstpersönlich die Treppe heraufgekeucht, als hätte man ihn bestellt. Er winkte uns abwesend zu, bevor er in sein Zimmer hetzte.

»Ah, Chapman!«, hörten wir ihn sagen. »Sie kommen wie gerufen!«

Daisy hielt inne. Dann drehte sie sich zu mir. »Schnell!«, zischte sie. »Wir müssen lauschen!«

»Dürfen wir das?«, fragte Küken besorgt.

»Natürlich nicht«, sagte Daisy. »Aber ich habe dir schon mal gesagt, dass es beim Ermitteln genau darum geht.«

Sie schlich näher, bis ganz an die Tür – die Lord Hastings in seiner Hast nicht ordentlich geschlossen hatte. Ich wollte schon einen Rückzieher machen, doch Daisys Finger hatten sich eisern um mein Handgelenk gelegt, und mir war klar, dass ich bleiben musste, um mit anzuhören, was auch immer sie gleich hören würde.

»… wollte, äh, jegliche Missverständnisse aus dem Weg räumen, die … eventuell … also … Chapman, altes Haus, was ich versuche zu sagen, ist dies: *Falls* Sie beim Tee irgendetwas beobachtet haben sollten, das Ihnen womöglich Sorge bereitet, irgendetwas, das ich –«

»Gewiss nicht, Sir«, unterbrach Chapman ihn. »Es gab nichts zu sehen.«

»Genau!«, sagte Lord Hastings erleichtert. »Ganz genau. Nichts ist passiert. Gar nichts. Und das ist es auch, was Sie sagen würden, sollte jemand fragen …?«

»Das und nichts anderes, Sir.«

»Guter Mann. Vortrefflicher Mann! Das … Es ist weit mehr, als man erwarten kann, Chapman, einfach überwältigend. Ich werde es Ihnen nicht vergessen.«

»Sir, wenn Sie erlauben, werde ich für meinen Teil es sofort vergessen«, sagte Chapman. »Darf ich mich entschuldigen, Sir?«

Wie von selbst machten wir alle einen Satz zurück – alle, außer Daisy. Sie stand da, wie zur Salzsäule erstarrt, den Blick ins Leere gerichtet.

»*Verstecken!*«, zischte ich, weil zumindest einer etwas unternehmen musste und Daisy noch immer weggetreten schien.

Wir hechteten in verschiedene Richtungen davon – ich den rechten Arm bei Daisy untergehakt. Gemeinsam landeten wir hinter dem Vorhang in der Nische mit der ausgestopften Eule, wo ich so viel Staub einatmete, dass mir ganz schwindelig wurde.

Lord Hastings schwere Schritte donnerten durch den Flur und anschließend die Treppe hinab – wenig später gefolgt von Chapmans leisen, präzisen Tritten. Wir waren allein.

Noch einmal ließ ich mir durch den Kopf gehen, was wir soeben gehört hatten: Lord Hastings bittet Chapman um Hilfe und will sichergehen, dass der niemandem erzählt, was er beobachtet hat. Es passte – aufs Schlimmste – zu unserer Theorie. Hatte Chapman gesehen, wie Lord Hastings etwas in die Tasse gemischt hatte, bevor er sie Mr Curtis reichte? Ich wünschte, es wäre anders, doch welchen Reim hätte man sich sonst darauf machen sollen?

»Daisy«, sagte ich mit belegter Stimme – schuld waren mein Herz und der Vorhangstaub, »dein Vater –«

»Oh, ich weiß«, wisperte Daisy, die schlagartig wieder zu Sinnen kam. Ihre Stimme war voll aufgesetzter guter Laune. Offensichtlich hatte sie beschlossen, weiter gute Miene zu machen. »Der alte Dummkopf hat etwas angestellt, und er will nicht, dass es herauskommt. Ist Chapman nicht einfach ein Pfundskerl?«

»Aber –«

»Herrgott noch mal!«, sagte Daisy. »Es wird ja wohl kaum um den *Mord* gehen, Hazel! Sei kein Kamel. Ich hab's schon einmal gesagt: Daddy würde so etwas nicht tun!«

Ich begriff, dass Daisys unfassbare Gelassenheit in diesem Fall nur eine weitere Fassade war. Sie konnte so tun, als würde sie ihren Bruder verdächtigen, und ihre Mutter, und ihren Onkel – und ich glaube, ihre Großtante zu verdächtigen, machte ihr nicht einmal etwas aus. Doch wie gesagt, sie tat nur so, als ob, und auch nur solange es um Bertie, Lady Hastings und Onkel Felix ging – bei ihrem Vater jedoch konnte sie nicht einmal das. Es gab Gedanken, die sie schlicht nicht zulassen wollte – und auch wenn sie mir als Freundin unbeschreiblich leidtat, als Detektivin wusste ich, dass sie sich ihnen stellen musste. *Diesen* Fall, dachte ich bei mir, würde Daisy nicht ruinieren, nur weil ihr nicht gefiel, wie die Dinge sich entwickelten.

Sobald ich diesen Entschluss gefasst hatte, löste sich etwas in mir, wie ein Knopf, der von einem zu engen Rock platzt. Ich packte Daisy bei den Schultern und drehte sie so, dass sie mir ins Gesicht schauen musste.

»Doch, das würde er!«, rief ich. »Genau wie jeder andere dazu fähig wäre! Wir wissen, dass er Mr Curtis nicht leiden konnte, und er wusste von Mr Curtis und deiner Mutter – wir haben beobachtet, wie er gestern Morgen mit Mr Curtis gestritten hat. Und ich habe es *gesehen*, Daisy. Ich habe gesehen, wie er Mr Curtis die Tasse Tee gegeben hat! Er ist von allen Mordverdächtigen der wahrscheinlichste! Ich wollte es auch nicht glauben – aber nach dem, was wir jetzt gehört haben, haben wir gar keine Wahl!«

Daisy öffnete den Mund. Zornesröte stieg in ihre Wangen. »Wie kannst du es wagen, Hazel!«

»Ich bin deine Vizevorsitzende! Ich muss es sagen – sonst macht es ja keiner! Und wenn du nicht auf mich hörst, bist du keine ordentliche Vorsitzende der Detektei Wells & Wong!«

Sobald die Worte meinen Mund verlassen hatten, war mir klar, dass ich einen bösen Fehler gemacht hatte.

»Geh mir aus dem Weg!«, zischte Daisy. »Und nimm die Hände weg!«

»Aber weißt du denn nicht –«

»UND OB ICH ES WEISS, DU TROTTEL!«, kreischte sie. »WARUM HAST DU MICH NICHT WEITER SO TUN LASSEN, ALS OB?«

Sie warf sich auf mich. Ich stolperte, der Vorhang riss und ich fiel heftig mit dem Rücken auf den Boden im Flur, Daisy halb auf mir.

»Ich gehe jetzt ins Kinderzimmer«, sagte sie. »*Spar* dir die Mühe, mir zu folgen.« Sie rappelte sich auf und flitzte mit wehenden goldenen Zöpfen die Treppe hoch.

Küken und Kitty waren aus ihren Verstecken gekrochen und starrten mich mit einem nahezu identischen Ausdruck des Entsetzens an.

»Was ist passiert?«, flüsterte Küken. »Geht es Daisy gut?«

»Ich habe ihr klargemacht, dass Lord Hastings der Mörder sein könnte«, erzählte ich.

»Grausam«, meinte Kitty, »aber wahr.«

»*Lass das*«, sagte ich. Ich war nicht in der Stimmung für Kittys Gemeinheiten.

»Ooooh, na fein, Hazel Wong.« Kitty hielt die Hände in die Höhe. »Und was, schlägst du vor, soll eure ach so tolle Detektei jetzt machen, solange Daisy schmollt?«

Etwas zittrig atmete ich ein. Das war eine gute Frage.

»Wir …«, setzte ich an. »Wir werden …«

Da hörten wir ein schreckliches Poltern.

5

Zu dritt hasteten wir die Treppe hinab (zumindest ich überlegte, ob es besonders schlau war, auf Lärm *zu*zurennen, solange ein Mörder frei herumlief). Nach dem ersten Knall folgte kein weiterer Lärm, doch es hatte genügt, um zu wissen, dass er aus der Küche gekommen war. Küken hielt sich ein Stück hinter uns und schüttelte ängstlich den Kopf – da Daisy nun fehlte, musste wohl oder übel ich die Anweisungen geben.

»Komm schon«, redete ich ihr aufmunternd zu. »Wir müssen nachsehen, was los ist.«

Wir gingen in die Küche. Hetty stand mit zur Brust erhobenen Armen da. Rings um ihre Füße lag zerbrochenes Geschirr, während Mrs Doherty mit offenem Mund neben ihr stand. Beide starrten wie vom Blitz getroffen auf einen Haufen schmutziges Porzellan neben dem Abwaschbecken.

»Ich verliere doch nicht den Verstand«, sagte Hetty zu Mrs Doherty. »Nein, oder?«

»Mit *Sicherheit* nicht«, sagte Mrs Doherty entschieden.

»Oh, was ist denn los?«, wisperte Küken. »Irgendetwas Schlimmes?«

Mrs Doherty wandte sich um und entdeckte uns. »Mädchen! Himmel, ist Daisy nicht bei euch?«

»Ihr geht es nicht so gut«, sagte ich schnell. »Was ist denn passiert?«

»Es ist …«, sagte Hetty. »Na ja, sämtliche Teetassen, die zum guten Porzellan gehören, stehen noch immer im Esszimmer, und das Esszimmer ist *abgesperrt*, und das seit gestern. Aber … seht selbst!« Sie zeigte auf den Stapel schmutzigen Geschirrs.

Wir blickten konzentriert darauf. Die gestapelten Tassen kamen mir verdächtig vor wie – nun, wie Tassen –, bis mir auffiel, dass eine darunter feiner war als die übrigen und außerdem geriffelt, mit einem filigranen Goldrand und weiteren goldenen Verzierungen auf den Seiten.

»Eine der guten Tassen, *hier* drin«, erklärte Hetty. »Ich verstehe das nicht! Es ist unmöglich, aber da steht sie. Ich hätte mein Tablett nicht fallen lassen sollen ich habe mich nur so erschrocken. Ich habe nämlich schon den ganzen Tag darüber nachgedacht, *was passiert ist*, und auf einmal taucht da vor mir diese Mahnung auf – mir will nicht einleuchten, wie sie da hingekommen sein könnte!«

Mir leuchtete es ein. Die Erklärung lag auf der Hand: Der Mörder hatte sich in die Küche geschlichen, als Mrs Doherty und Hetty nicht da waren, um die Tasse zu den übrigen ins Waschbecken zu stellen, in der Hoffnung, niemand würde es bemerken. Lord Hastings war eben noch im Erdgeschoss gewesen, fiel mir ein – wir hatten gesehen, wie er nach oben in sein Zimmer gelaufen war, um mit Chapman zu sprechen.

»Was ist hier los, was soll der Radau?«, donnerte eine tiefe Stimme hinter uns. Lord Hastings!

Küken zuckte zusammen und versteckte sich hinter Kitty. Ich ballte die Hände zu Fäusten. Nach dem, was wir belauscht hatten, konnte ich es mir einfach nicht verkneifen. Sollte er sich tatsächlich als Mörder herausstellen, wäre all seine Gutmütigkeit auf einmal wie eine Lüge.

»Ist alles in Ordnung? Was haben Sie diesmal zerbrochen?«, fragte er.

»Schon wieder eine Ratte, Sir«, antwortete Mrs Doherty gefasst. »Hetty hat sich erschreckt und ein Tablett fallen lassen.«

»Gute Güte, ist das alles? Ich hätte angenommen, Sie hätten sich inzwischen an die Viecher gewöhnt. Reißen Sie sich zusammen, Hetty.«

»Sehr wohl, Sir«, sagte Hetty. »Ich bitte um Verzeihung, Sir. Ich leide an einer Phobie.«

»Himmel«, sagte Lord Hastings. »Phobien! Persönlich halte ich nichts davon – neumodischer Humbug. Aber wie dem auch sei … Machen Sie das nicht noch mal, hm?«

»Nein, Sir«, antwortete Hetty.

Lord Hastings zog sich zurück. Wir hörten, wie er in der Eingangshalle zu jemandem sagte: »Hetty hat eine Ratte gesehen. Meint, sie hätte eine *Phobie*.«

Wir alle atmeten wieder. »*Phobie*«, wiederholte Mrs Doherty verächtlich. »Was das angeht, bin ich ganz Lord Hastings' Meinung! Trotzdem ist und bleibt das hier *seltsam*. Ich kann dir nicht verübeln, dass du dich erschrocken hast. Wo *steckt* Daisy? Sieht ihr gar nicht ähnlich, einen Aufruhr wie diesen zu verpassen.«

»Ihr war nicht gut«, schwindelte ich noch einmal unbehaglich. »Ich … gehe mal nach ihr sehen.«

Ich ließ Küken und Kitty in der Küche zurück – bei Mrs Doherty wären sie in Sicherheit, sagte ich mir – und lief allein nach oben. Manche Gespräche gehen nur beste Freundinnen etwas an.

6

Mit einem Knoten im Bauch und einem Gefühl wie Blei in den Füßen stieg ich die Hintertreppe zum Kinderzimmer hinauf – inzwischen benutzte auch ich sie ganz selbstverständlich. Ich wollte Daisy nicht sehen, und ich wusste, dass auch sie mich nicht sehen wollte. Was, wenn sie nie wieder ein Wort mit mir wechseln würde?

Ich überlegte, ob wir die Jagd nach dem Mörder tatsächlich aufgeben sollten. Immerhin war niemand außer Lady Hastings sonderlich betroffen wegen Mr Curtis, und selbst sie würde mit der Zeit darüber hinwegkommen. Allein bei dem Gedanken bekam ich ein schlechtes Gewissen, aber so war es nun einmal.

Ich traf eine Entscheidung. Ich würde Daisy vorschlagen, dass wir so tun könnten, als wäre all das nie geschehen. Von mir aus könnten wir auch die Tasse Tasse sein lassen. Sollte die Polizei sich darum kümmern, wenn sie kam.

Doch als ich die Tür zum Kinderzimmer aufschob, schien es leer zu sein. Verdutzt schaute ich mich um. Wo war Daisy abgeblieben?

Da hörte ich unter ihrem Bett leises Rascheln. Ich ging auf Hände und Knie und krabbelte vorsichtig darauf zu, bis ich eine weiße Socke entdeckte, die gegen den metallenen Bettrahmen trat. Sie saß an einem schmalen Knöchel, der wiederum an ein schlankes, zerkratztes Schienbein anschloss – und darüber war Daisys Wollrock.

»Tagchen«, flüsterte ich. Behutsam streckte ich eine Hand aus, um gegen Daisys Knie zu klopfen, und sie drehte den Kopf, um mich anzusehen.

Ihr Goldschopf war ganz stumpf und auf ihren Wangen klebte Staub, durch den sich Schlangenlinien zogen. In diesem Augenblick sah sie *meiner* Daisy Wells kein Stück ähnlich. »Geh weg«, sagte sie.

»Nein, werde ich nicht«, entgegnete ich. »Versuch erst gar nicht, mich zu zwingen.«

»Was war unten los?«, fragte Daisy. »Nein! Vergiss es. Von mir aus kannst du den verflixten Fall alleine lösen. Da du ja eine so gute Detektivin bist, brauchst du mich sowieso nicht.«

»Du bist auch eine gute Detektivin«, sagte ich wie eine treue Freundin.

»Ehrlich, Hazel, hör auf, so *nett* zu sein.« Sie richtete sich auf den Ellbogen auf und verzog verzweifelt das Gesicht. »Warum kann nicht alles ordentlich, einfach und richtig sein?«

»Das weiß ich nicht.«

»In Büchern ist es immer so«, meinte Daisy. »Das ärgert mich. Irgendwie rechnet man nicht mit … dem richtigen Leben.«

»Vielleicht war er es gar nicht.«

»Hazel, ich muss mich zusammenreißen und den Tatsachen ins Gesicht sehen«, sagte sie bitter. »Oh, ich könnte Mr Curtis gleich noch einmal ermorden, dafür, dass er alles so durcheinanderbringt! Was *war* das denn nun für ein Krach?«

»Die verschwundene Teetasse – Hetty hat sie gefunden. Sie ist in der Küche aufgetaucht. Jemand hat sie zum Abwasch geschmuggelt, zu den ganzen anderen Tassen.«

Daisy stieß sich den Kopf an den Bettfedern. »Was? Sie ist wieder da?«

»Ja. Tut mir leid, Daisy. Sie steht bei all dem anderen schmutzigen Geschirr, als Beweis ist sie wohl nicht mehr zu gebrauchen.«

Doch Daisy schien das nicht zu stören. Schlagartig sprühte sie vor Energie und strahlender Daisyheit.

»Aber, *Hazel*!«, schrie sie. »Kapierst du nicht? Das ändert alles! Wenn die Teetasse in der Küche ist, kann Daddy den Mord nicht begangen haben.«

Ich konnte ihr nicht folgen. »Daisy, dein Vater war eben unten. Er hätte die Tasse ganz leicht in die Küche bringen können.«

Daisy machte einen Ruck nach oben, sodass die Sprungfedern erneut schepperten, während sie sich unter dem Bett hervorschob. »Autsch. Nein, Hazel, *hör zu*. Daddy würde nicht auf die Idee kommen, die Tasse dorthin zurückzubringen, wo sie hingehört. Hätte er sie genommen, hätte er sie irgendwo versteckt … Ach, keine Ahnung, in seinem Kleiderschrank – oder er hätte irgendetwas Dämliches und Dramatisches damit angestellt, wie sie im Garten zu vergraben. Niemals wäre er so vernünftig gewesen, sie in der Küche zu verstecken. Das ist genau die Art von Beweis, auf die ich gehofft hatte. Er ist *unschuldig*!«

Ich dachte daran, wie unordentlich Lord Hastings war: Seine Jacken, seine Gehstöcke, seine Hüte, sie waren über das ganze Haus verteilt. Daisy denkt nicht immer logisch, aber sie hat ein Gespür für Menschen, und in diesem Fall sah ich ein, dass sie recht haben könnte.

»Aber wenn er es nicht war, wer dann?«, fragte ich.

»Na ja«, sagte Daisy. »Miss Alston denkt unheimlich ordentlich. Und … mal überlegen – Tante Saskia benimmt sich, als wäre sie unbeschreiblich dumm, aber in Wahrheit ist sie durchaus intelligent und einfallsreich. Hazel, ich hatte unrecht. Wir dürfen die Flinte nicht ins Korn werfen – wir dürfen auf keinen Fall aufgeben! Alles Mögliche deutet auf Daddy als Tatverdächtigen hin, das sehe ich ein, und die Polizei wird es nicht anders sehen, sobald sie hier ist. Was mit der Tasse passiert ist, beweist *mir*, dass er es nicht war, aber den Behörden wird das nicht reichen. Wir müssen ihn vor sich selbst bewahren! Manchmal geht mit Daddy der Gaul durch – einmal hat ein dummer alter Lord im Parlament Daddy mitten in einer Rede unterbrochen, um etwas zu fragen, und Daddy ist die Hutschnur geplatzt. Er hat den Lord vor allen einen *unerträglichen Lackaffen* genannt. Dann hat er sich geweigert, irgendwelche Fragen zu beantworten, und wurde offiziell gerügt.«

»Was ist ein Lackaffe?«, fragte ich.

»Himmel – eine Affenart eben, weißt du denn gar nichts? Die Sache ist doch die: Unsere Nachstellung und unsere Ermittlungen im Allgemeinen haben gezeigt, dass Daddy einen ganz schön schuldigen Eindruck macht. Die Polizei wird sich auf ihn stürzen, und wenn er dann ausrastet, wird keiner mehr an seine Unschuld glauben. Wenn wir ihm nicht helfen, sitzt er schon so gut wie im Kittchen.«

»Na schön.« Mir war klar, dass ich sie unterstützen musste – und ich konnte ihre Überlegungen nachvollziehen. »Aber was sollen wir unternehmen?«

»Tja, im Augenblick musst du mir einfach vertrauen«, sagte Daisy, während sie sich den Staub von den Kleidern klopfte, auf einmal wieder die Sachlichkeit in Person. »Komm mit, wir gehen nach unten und suchen unsere Assistenten, damit wir sie über diese wichtige Entwicklung informieren können. Wir haben einen weiteren Verdächtigen ausgeschlossen!«

Während ich hinter Daisy die Treppe hinunterrannte, zerbrach ich mir den Kopf. Ich glaubte ihr, was die Teetasse anging, aber ich sah keine Möglichkeit, es zu beweisen. Und auch wenn Lord Hastings es nicht gewesen war, blieben uns fünf weitere Verdächtige, von denen vier zu Daisys Familie gehörten. Ich wurde den Eindruck nicht los, dass uns die Auflösung dieses Falls nicht gefallen würde. Trotzdem war ich froh, dass die Daisy vor mir wieder *meine* Daisy war: albern und genial und verrückt – und abergläubisch wie ich war, meinte ich, dass Daisy in dieser Stimmung jedes Problem losen könnte.

7

Als wir den Fuß der Treppe erreichten, klingelte das Telefon in der Empfangshalle, und Chapman kam aus dem Salon gehumpelt, um abzuheben. Er musterte uns mit einem nicht sonderlich erfreuten Gesichtsausdruck.

»Hallo?«, sagte er. »Durchaus ... Ja ... Nein ... Ja – gewiss, Sir, ich werde sie holen.« Dann hielt er das Mundstück vom Kopf weg, als könnte es ihn beißen, und rief: »Madam! Telefon!«

Allerdings erhielt er keine Antwort. Seufzend legte Chapman den Hörer ab und schlurfte in Richtung Bibliothek.

Sobald er fort war, legte Daisy los, die noch immer bester Laune war. Sie drückte den Hörer ans Ohr, das Mundstück an die Lippen und rief: »Hallo! Inspektor Priestley? Hallo? … Oh, wer ist da? … Nein, ich bin nicht Lady Hastings. Himmel, für wie alt halten Sie mich? Wer sind Sie? Wo ist Inspektor Priestley? Sie sind furchtbar nachlässig, wissen Sie? Richten Sie Ihrem Inspektor aus, wenn er sich nicht beeilt und schleunigst herkommt, haben wir den Fall schon wieder vor ihm gelöst … Doch, das werden wir, und Sie können ihm sagen, dass Daisy Wells das prophezeit … Lachen Sie mich nicht aus! Was für eine Unverschämtheit! Wären Sie mein Polizist, würde ich Sie degradieren. Oh – Mami ist da. Zu dumm. Sagen Sie Inspektor Priestley –«

Lady Hastings riss Daisy das Telefon aus den Händen.

»Verzeihung, Inspektor«, sagte sie atemlos. »Meine Tochter – Oh. Wer spricht da? … Wo ist Inspektor Priestley? Im Ernst, ich finde, man behandelt uns regelrecht schäbig! Wissen Sie nicht, mit wem Sie es zu tun haben? … Ja, mir ist bewusst, dass es eine Überschwemmung gab, trotzdem hätten Sie bereits vor Stunden hier sein sollen! Wir haben die Leiche eines armen Mannes bei uns, die vor sich hin *modert*, und *weder* hat man uns Unterstützung geschickt, *noch* … Oh. Sie kommen? Morgen früh sind Sie hier? Tja, keine Sekunde zu früh, wenn Sie mich fragen. Was, wenn es bis dahin einen zweiten Mord gegeben hat? Ich sage Ihnen, wir schweben in allerhöchster Gefahr … Ja … Ja … Nein, sicherlich nicht! … Ja … Ach, von mir aus. Auf Wiederhören!«

Klappernd stellte sie den Fernsprecher ab und seufzte übertrieben. Immerhin hatte sie Publikum, und zwar nicht nur uns beide. Während des Telefonats hatte sich die Tür zum Salon geöffnet und Tante Saskias großes Gesicht, umgeben von Ohrringen und Schals, hatte herausgelinst – mit einem ausgeprägt scharfsinnigen und misstrauischem Ausdruck unter dem Haarschopf. Hinter ihr befanden sich Miss Alston und Onkel Felix (schon wieder zusammen, ging es mir durch den Kopf) – und aus der Bibliothek kam Bertie, in Gesellschaft von Lord Hastings und Stephen, getrottet. Genau genommen waren all unsere Verdächtigen am selben Fleck versammelt, und alle hatten sie Lady Hastings Gespräch mit angehört. Ich sah, wie Kitty und Küken die Köpfe zur Küchentür herausreckten – auch sie hatten gelauscht.

»Die Polizei ist bereits unterwegs!«, verkündete Lady Hastings unnötigerweise. »Sie meint, bis morgen früh ist das Hochwasser ausreichend zurückgegangen. Endlich werden wir dieser grässlichen Angelegenheit auf den Grund gehen!«

»Mutter, du bist eine Närrin«, sagte Bertie.

»Ich glaube, was Bertie damit sagen will«, mischte Onkel Felix sich ein, »wenn du dieser Sache *wirklich* auf den Grund gehst, könnte dir das Ergebnis missfallen.«

»Ach, haltet doch alle den Mund!«, schrie Lady Hastings. »Ich weiß genau, was ihr damit sagen wollt, und es ist mir egal! Denis wurde *ermordet*. Ich weiß, dass ihr alle ihn gehasst habt – er hat mir von dem grauenhaften Streit erzählt, den du mit ihm angefangen hast, George, und davon, dass du ihn bedroht hast, Felix. Und seine Uhr – *ich* habe sie nicht mehr gesehen, du etwa, Saskia? Denis hatte vor mir keine Geheimnisse, und ebenso wenig werde ich etwas vor der Polizei verbergen, wenn sie morgen kommt.«

Tante Saskia schnappte nach Luft. Miss Alston presste die Lippen aufeinander, als wollte sie dafür sorgen, dass ihnen keine Worte entwischten. Bertie ballte die Faust und schlug damit in seine offene Hand. »Komm mit, Stephen, steh nicht einfach so herum«, sagte er wütend. »Ich kann die Gegenwart der momentan Anwesenden nicht ertragen.«

Lord Hastings stand stocksteif in der Tür zur Bibliothek und hatte eine auffallend rotbraune Farbe angenommen. Die Hände, die auf seinem hervortretenden Bauch lagen, waren fest ineinandergepresst und sein Mund stand offen. »Aber, Margaret«, stieß er hervor, »du kannst doch nicht … Denk an die Familie, Margaret …«

»Ach, *Familie*!«, keifte Lady Hastings unverschämt. »*Blöde* Familie! Und jetzt, Chapman, hören Sie schon auf, wie ein Idiot Löcher in die Luft zu glotzen, und kümmern Sie sich ums Abendessen!«

8

Jeder zog sich nach oben zurück – abgesehen von Onkel Felix, der ins Billardzimmer ging, und Miss Alston. Sie sah uns forschend an, tippte auf ihre Armbanduhr und sagte: »Fast Zeit, Mädchen. In *fünf* Minuten seid ihr im Musikzimmer.« Ob sie nun schuldig war oder nicht, sie hatte ohne jede Frage etwas Einschüchterndes an sich. »Ich muss nur noch etwas aus meinem Zimmer holen. Seid ja nicht zu spät.« Sie drehte sich um und schritt entschlossen die Treppe hinauf, die Handtasche wie immer an ihrem Arm baumelnd.

Die Luft fühlte sich mit einem Mal stickig an – vielleicht fiel mir auch einfach das Atmen schwer. Ich schaffe das nicht, dachte ich panisch. Ich konnte nicht so tun, als wäre alles normal, solange die Möglichkeit bestand, dass Miss

Alston Mr Curtis getötet haben könnte – und womöglich auch uns ermorden wollte.

»Reiß dich am Riemen, Watson!«, wisperte Daisy mir zu und drückte kräftig meine Hand. »Sie wird uns nichts tun! Die Detektei Wells & Wong lebe hoch!«

Egal, wie groß meine Angst auch war, ich durfte Daisy nicht im Stich lassen. Also atmete ich tief ein und nickte tapfer.

»Kitty, Küken!«, rief Daisy. »Zeit für den Unterricht!«

In ihrer Stimme lag keine Spur von Unsicherheit. Manchmal finde ich Daisy einfach nur erstaunlich.

Kitty und Küken kamen folgsam aus der Küche, sahen allerdings genauso besorgt aus, wie ich mich fühlte.

»Nun habt euch nicht so!«, forderte Daisy.

Kitty packte Küken am Arm und marschierte mit ihr los, doch bevor wir gemeinsam die Empfangshalle halb durchquert hatten, platzte Küken heraus: »Nein! Ich will nicht! Ich mach das nicht!«, und stürzte in blinder Panik auf die Bibliothek zu. Als wir hinterhereilten, fanden wir sie wimmernd hinter einem Sofa.

»Jetzt mach mal *halblang*!«, schimpfte Daisy.

Während wir überlegten, was wir mit dem Häufchen Elend machen sollten, öffnete sich die Tür und Bertie kam hereingestürmt.

»Hallo!«, sagte er stirnrunzelnd. »Hab was vergessen. Was treibt ihr denn hier, Kürbiskopf?«

»Küken benimmt sich kindisch«, meinte Daisy, ohne ihn anzusehen. »*Verschwinde*, Bertie – das ist eine Mädchensache!«

»Es geht dabei aber nicht um Mr Curtis, oder?«, fragte Bertie. »Euch ist klar, dass hier nicht wirklich ein Mord stattgefunden hat, oder? Mami benimmt sich nur wie ein Esel. Aber hey, falls Mr Curtis *tatsächlich* von jemandem umgebracht wurde, sollten wir demjenigen dankbar sein.«

»Hör auf«, fuhr Daisy ihn an. »Sei kein Idiot. Du machst dich mit solchen Bemerkungen nur verdächtig.«

Bertie stierte sie düster an, und ich hatte schon Angst, er würde etwas Schlimmes tun, sie anbrüllen oder schlagen. Doch stattdessen öffnete er den Mund und brüllte vor Lachen.

»Kürbiskopf!«, heulte er. »Was um alles in der Welt – *verdächtig, ich*? Du dämlicher kleiner Teufel! Warum sollte ich einen Halunken wie Curtis lynchen? Er war nicht mehr als Dreck auf meinem Schuh! Ich würde nie … auch nur auf die Idee kommen, den Galgen zu riskieren, um Curtis abzuservieren.«

»Aber Mami …«, rief Daisy und verlor für einen Augenblick die Fassung. »Sie und Mr Curtis …«

»Mami«, sagte Bertie, »kann tun und lassen, was sie will. Was das angeht, habe ich schon lange aufgegeben. Und wenn du ein bisschen Verstand im Kopf hast, machst du das auch. Daisy, wenn ich jeden von Mamis bescheuerten Liebhabern um die Ecke bringen würde, wäre ich längst ein Serienkiller.«

»Das ist nicht wahr!«, widersprach Daisy. Ich legte ihr die Hand auf den Arm. Wie schrecklich. Arme Daisy!

»Und ob es das ist«, sagte Bertie. Aus dem Zimmer über uns drangen laute Schritte, wie um seine Worte grauenhaft zu untermalen. »Weißt du denn gar nichts?«

»Hau ab, Schielauge, du Ekelpaket!«, brüllte Daisy. »Sag so was nicht zu mir!«

In diesem Augenblick hörten wir einen entsetzlichen, schrillen Schrei aus dem ersten Stock, gefolgt von einem schrecklichen Knall.

Laut hallte es in meinen Ohren nach. Wir standen wie erstarrt, während ich im Kopf zehn Herzschläge mitzählte – das einzige Geräusch im ganzen Haus.

Dann erschallte ein zweiter Schrei. »HILFE!«, dröhnte Onkel Felix' Stimme aus der Eingangshalle. »SCHNELL! HILFE!«

»Oh, was ist denn los?«, wimmerte Küken und krallte sich an Kittys Ärmel.

»Frag nicht!«, sagte Daisy. »Beeilung! Es ist etwas *passiert*!«

9

Alle fünf rasten wir aus der Bibliothek. Wie aus dem Hut gezaubert, tauchte am Treppenabsatz Tante Saskia auf. Eben eilte Lord Hastings zu ihr und rief: »Herr im Himmel, was ist los? Was ist geschehen?«

Ich hörte, wie Stephen in einem Affenzahn die Haupttreppe vom Obergeschoss herunterrannte, und als er in Sichtweite kam, war auch ihm das blanke Entsetzen ins Gesicht geschrieben – ich nehme an, ich sah nicht anders aus. Inmitten all der Aufregung stellte sich mit einem Mal eine merkwürdige Stille ein, heiß und unheilschwanger kam sie mir vor, wie ein zugedecktes Feuer, das unter der Oberfläche schwelt.

Onkel Felix kniete mitten in der Empfangshalle, über ein Knäuel am Fuß der Treppe gebeugt. Hinter ihm stand Miss

Alston, völlig reglos. Sie hatte die Hände gefaltet, so fest, dass sie wie verflochtene Weinranken wirkten. Ich überlegte, was der Grund für dieses Verhalten war. Sie starrte auf das Bündel Kleider vor Onkel Felix. Offenbar handelte es sich um falschen Alarm.

Erleichterung überkam mich.

Dann bewegte sich das Bündel.

Das ganze Haus schien ein entsetztes Keuchen auszustoßen, andererseits war vielleicht nur ich es. Tante Saskia kreischte: »MARGARET!« Ihr schriller Ton tat mir in den Ohren weh, außerdem wirkte er aufgesetzt und fehl am Platz.

»Großer Gott«, presste Lord Hastings bleiern hervor. »Großer Gott! Was ist passiert?«

»Margaret ist die Treppe hinuntergestürzt«, erklärte Onkel Felix. »Sie ist schwer verletzt und braucht einen Arzt – schnell!«

Er sah auffordernd zu Miss Alston, doch es war Bertie, der reagierte. »Ich rufe ihn!«, fauchte er. »Sie ist *meine* Mutter.«

Die Küchentür öffnete sich und Chapman trat heraus. »Was ist los?«, rief er. Als er Lady Hastings auf dem Boden entdeckte, wurde er vor Schreck ganz blass. Unwillkürlich hob er den Blick zu Lord Hastings, wandte ihn jedoch hastig wieder ab.

Daisy hechtete vor, doch Onkel Felix streckte ihr eine abwehrende Hand entgegen. »Nein!«, sagte er. »Bleib weg!«

»Ach ja?!«, beschwerte Daisy sich. »Darf ich dieses Wochenende eigentlich überhaupt irgendetwas machen?«

»Daisy!«, sagte Onkel Felix streng.

»Fein, von mir aus!«, entgegnete Daisy mit einem hysterischen Unterton. »Wenn du dich unbedingt *wie ein Erwachsener* aufführen musst!«

Ich legte den Arm um sie, während Bertie lautstark forderte, dass die Vermittlung ihn *sofort* mit Dr. Cooper verbinden solle. Tante Saskia hielt sich wankend und wimmernd an Lord Hastings fest, während Daisy bibberte, als hätte sie Fieber.

Onkel Felix beugte sich über das Bündel, das Lady Hastings war, während Miss Alston knappe und leise Worte in sein Ohr flüsterte. Wieder einmal benahmen sie sich, als wären sie überaus vertraut miteinander. Ich dachte daran, was Onkel Felix vor wenigen Minuten gesagt hatte: *Margaret ist die Treppe hinuntergestürzt.* Das glaubte ich sofort, und jemand musste sie gestoßen haben. Onkel Felix schien ihr nun zwar zu helfen, aber er war unbeschreiblich schnell zur Stelle gewesen – genau wie Miss Alston. Was hatte sie vorhin überhaupt holen wollen? War es nur eine Ausrede gewesen, um kurz zu verschwinden?

Dann schaute ich zur Haupttreppe. Dunkel, gewunden und voller Schatten lag sie da – der Tag war vergangen und noch hatte niemand die elektrischen Lampen eingeschaltet. Die perfekte Gelegenheit für einen Hinterhalt. Jemand musste Lady Hastings von der obersten Stufe gestoßen haben – an genau der Stelle, an der Tante Saskia und Lord Hastings erschienen waren. Noch einmal konnte ich mir den Gedanken nicht verkneifen, dass die Verdachtsmomente gegen Lord Hastings erdrückend schienen, und fühlte mich dabei ganz elend. Ich glaubte Daisy – *wirklich*, redete ich mir ein –, doch die Polizei würde ihr nicht glauben. Das Einzige, was mich eine winzige Winzigkeit erleichterte, war, dass wir eins von Daisys Familienmitgliedern ausgeschlossen hatten. Bertie war bei uns gewesen, als Lady Hastings geschrien hatte – auf keinen Fall, nicht einmal mit einem äußerst gewieften Plan, hätte er derjenige sein können, der sie gestoßen hatte.

10

Wir Mädchen wurden in den Salon verbannt, bei geschlossener Tür und mit einer Schachtel Dominosteine vor uns. Toastie und Millie leisteten uns Gesellschaft, jaulend und grollend, weil sie unbedingt rauswollten. Keiner von uns wusste etwas mit ihnen anzufangen – oder mit uns selbst.

Küken weinte. »Deine arme Mami!«, heulte sie. »Wird sie wieder gesund? Wird sie gesund?«

»Das weiß ich nicht!«, antwortete Daisy schneidend. Sie hatte direkt vor der geschlossenen Tür Stellung bezogen und lauschte auf die Geräusche von draußen. Toastie watschelte zu ihr und stellte sich neben ihren Stuhl. Es war beinahe lustig, wie ähnlich sich die beiden waren – goldbraun mit hoffnungsvoll gespitzten Ohren. »Kannst du nicht mal leise sein? Ich versuche zu denken.«

»Ganz bestimmt wird sie gesund«, sagte Kitty beim Versuch, hilfreich zu sein. »Eine Bekannte meiner Tante ist in einem Mehrfamilienhaus die komplette Treppe hinuntergestürzt – von der allerhöchsten Stufe – und sie hat es überlebt. Natürlich hat sie sich jeden einzelnen Knochen gebrochen, und danach hatte sie einen ganz komischen Gang, aber –«

»Kitty«, fiel ich ihr ins Wort. »Es reicht.«

Kitty schloss schmollend den Mund. »Frechheit«, murrte sie leise.

Kurz war sogar Küken leise, bis sie es nicht länger aushielt: »Glaubt ihr, morgen kommt wirklich die Polizei?«

»Pah!«, sagte Daisy. »Was soll die schon groß ausrichten? Ich hoffe, sie kommt nie. Sie wird nur alles kaputt machen.« Ich wusste, dass sie dabei an Lord Hastings dachte.

»Aber wenn sie nicht kommt«, meinte Küken nervös, »wie sollen wir den Mörder dann aufhalten? Ich weiß, du glaubst, die Polizei wäre keine Hilfe, aber würde sie uns nicht wenigstens beschützen? Jetzt sind schon zwei zu Schaden gekommen!«

»Daisy«, sagte ich, weil ich nicht anders konnte, »sie hat recht. Wir wollen, dass die Polizei kommt, nicht wahr? Außerdem ist es Inspektor Priestley. Weißt du noch, in Deepdean? Er ist clever. Er wird wissen, dass es nicht dein Vater war.«

»Ach ja?«, entgegnete Daisy.

Draußen fiel die Haustür lautstark ins Schloss, dann hörten wir eine neue Stimme, sachlich und deutlich. Dr. Cooper war da. Die Hunde flippten aus, Toastie warf sich sogar gegen die geschlossene Tür.

»Er mag ein netter Tölpel sein, aber er ist und bleibt ein Tölpel. Er muss sich an die Regeln halten.«

»Aber wenn er den wahren Mörder fasst –«, begann Kitty.

»Und wenn nicht?!«, fauchte Daisy. »Und überhaupt, wir kommen bestens allein klar. Wir müssen nur zusammenhalten – und vor dem Schlafengehen die Tür zum Kinderzimmer verbarrikadieren. Alle vier gleichzeitig kann er uns nicht umbringen.«

Wie gewöhnlich, wenn Daisy versucht, jemanden aufzubauen, war diese Ansprache alles andere als tröstlich. Küken heulte bitterlich und insgeheim konnte ich es ihr gut nachfühlen. Sollte der Mörder erneut zuschlagen, waren wir ohne Frage die Nächsten. Wie sollten wir denn je vor ihm in Sicherheit sein? Wir konnten noch nicht einmal fortlaufen, ohne dass man uns früher oder später zurückbringen würde – dorthin, wo wir für den Mörder leichte Beute waren.

Ich stellte mir vor, wie Inspektor Priestley durch die weichenden Fluten auf uns zuwatete, wie sein weiter Mantel hinter ihm wehte, und trieb ihn in Gedanken zur Eile an. So wenig Daisy der Polizei auch vertrauen mochte, immerhin hatte er uns schon einmal das Leben gerettet – und jetzt, fand ich, war es an der Zeit, dass er es erneut tat. Ich wollte fort von Fallingford und nie wiederkommen. Ich vermisste mein Zuhause in Hongkong, wo alles heiß und hell und sicher war. Und unabhängig davon, was vergangenes Jahr dort geschehen war, vermisste ich sogar die Deepdean. Eindringlich holte die Erinnerung mich ein – einen Moment lang meinte ich beinahe, den vertrauten Geruch in der Nase zu haben, die Kreide, die unsauberen Socken und das kalte Wasser. Es überdeckte meine Erinnerung an zu Hause, die inzwischen ohnehin allmählich verblasste wie das Parfüm meiner Mutter auf meinen Kleidern. Ich war nicht sicher, wohin ich mich mehr sehnte.

Daisy redete noch immer, schneller und schneller, wie ein Fluss aus Lauten, denen ich einen Sinn abzuringen versuchte: »… aber wir müssen auf der Hut sein. Sobald man uns aus diesem dämlichen Zimmer lässt, dürfen wir nicht vergessen, die Alibis unserer Verdächtigen für den Zeitpunkt zu überprüfen, an dem man Mami gestoßen hat. Gebt auf alles acht – nicht nur auf das, was sie sagen, sondern auch wie sie es sagen. Moderne Detektive müssen psychologisch vorgehen. Es ist nämlich so: Heutzutage sind die Verbrecher gewiefter denn je – so steht es in meinen Büchern – und –«

Ein wahrhaft abscheulicher Lärm schnitt ihr das Wort ab. Es war wie ein Ächzen, ein grässliches Jaulen, das sehr tief begann und dann immer schriller wurde, sodass es sich anfühlte, als würde es sich an meiner Wirbelsäule hochwinden.

»Um Himmels willen!«, rief Kitty. »Was ist das?«

»Oh!«, zeterte Küken. »Ist sie tot? Was stimmt da nicht? Oje!«

Daisy riss den Kopf in die Höhe und die Augen weit auf.

»Was ist?«, fragte ich sie und hatte ehrlich Angst vor der Antwort.

Daisy atmete tief ein. »Das«, sagte sie gefasst, »ist Mami. So jammert sie immer, wenn sie glaubt, sie sei grässlich verletzt – für gewöhnlich, nachdem sie sich den Ellbogen angestoßen hat. Solange sie so ein Theater macht, kommt sie wieder in Ordnung. Sie wird nicht sterben – nicht dass ich das je für wahrscheinlich gehalten hätte. Wenn ihr alle mich nun entschuldigen würdet, ich muss nur …«

Damit erhob sie sich von ihrem Platz, ging mit bedachten Schritten zu der Zierpflanze auf der Kommode und übergab sich äußerst vornehm in den Übertopf.

• TEIL FÜNF •

Wer bleibt denn dann übrig?

I

»Oh, es war grauenvoll«, klagte Lady Hastings. Sie lag auf einem Sofa in der Bibliothek, den Kopf in dicke weiße Bandagen gewickelt und einen Arm in einer Schlinge. Wir umringten sie wie Publikum.

Bevor man uns aus dem Salon gelassen hatte, war es uns gelungen, ein Gespräch zwischen Dr. Cooper und Onkel Felix in der Halle zu belauschen. Offenbar war es ein Wunder, dass Lady Hastings nicht wesentlich schwerer verletzt war. »Sie muss sich beim Sturz den Kopf am Treppengeländer gestoßen haben«, sagte der Arzt (recht verärgert, als hätte Lady Hastings kein Anrecht auf so viel Glück). »Sie erlitt eine Gehirnerschütterung, erschlaffte dadurch und rollte die Stufen hinunter. Meistens versuchen die Leute bei einem Sturz, sich abzufangen, wobei leider der größte Schaden entsteht. Alles, was ich feststellen kann, sind ein gebrochener Unterarm und erhebliche Prellungen. Und dann natürlich noch die Gehirnerschütterung. Man darf sie nicht aus den Augen lassen. Wie ist es überhaupt passiert?«

»Unachtsamkeit«, sagte Onkel Felix knapp. (*Schon wieder eine Lüge!*, dachte ich. *Ganz bestimmt weiß er, dass es genauso wenig ein Unfall war wie Mr Curtis' Tod!)* »Meine Schwester hat zwei linke Füße. Aber bitte machen Sie sich keine Sorgen – wir werden uns mehr als gut um sie kümmern.«

»Oh nein«, widersprach Dr. Cooper. »Sie braucht professionelle Pflege – zumindest bis morgen. Ich bleibe auf Fallingford und werde nicht von ihrem Bett weichen. Wenn der lieben Lady Hastings etwas zustoßen sollte, würde sich das keiner von uns verzeihen, meinen Sie nicht auch?«

»Wie recht Sie doch haben«, stimmte Onkel Felix höflich zu. »Ich danke Ihnen, Doktor. Und … hatten Sie schon Gelegenheit, die Proben zu verschicken?«

»Noch nicht«, antwortete Dr. Cooper. »Sobald das Wasser zurückgegangen ist, werde ich mich darum kümmern, das versichere ich Ihnen. Sie haben die Polizei verständigt – wegen der Leiche?«

»Sie ist bereits auf dem Weg«, antwortete Onkel Felix – und auch diesmal verriet seine Stimme nichts.

Endlich ließ man uns aus dem Salon – wir begaben uns auf direktem Weg in die Bibliothek, wo man Lady Hastings ein Quartier eingerichtet hatte. Wie Daisy ganz richtig gesagt hatte, mussten wir schnellstmöglich Alibis überprüfen – doch es sollte dauern, bis wir etwas Interessantes in Erfahrung bringen würden. Es war zum Haareraufen. Lady Hastings tat nichts anderes, als sich lautstark über ihre Kopfschmerzen zu beschweren. »Habe ich etwa einen Schnitt auf der Stirn?«, fragte sie besorgt. »Wenn das nur keine Narbe gibt! Oh, und mein Arm! Am Ende kann ich nie wieder Klavier spielen!«

»Nicht reden, Lady Hastings«, sagte Miss Alston. »Nur ausruhen.«

Ich schauderte. Nach dem, was wir über Miss Alston herausgefunden hatten, klang jedes Wort aus ihrem Mund wie eine unterschwellige Drohung. Allein ihre Anwesenheit bescherte mir ein heißes Prickeln im Nacken, als würde sie mich mit Blicken durchbohren. Wusste sie, dass wir sie verdächtigten? In der Zwischenzeit starrte Daisy auf die Handtasche wie ein Mungo auf eine Schlange. Einige Male musste ich sie anstoßen, damit sie es nicht ganz so auffällig tat. »Sie muss sie doch irgendwann abstellen!«, wisperte sie mir ins Ohr. »Sie *muss* einfach!« Aber Miss Alston tat ihr den Gefallen nicht.

»Wie soll ich mich denn bitte schön ausruhen?«, zeterte Lady Hastings. »Wo ein Unglück nach dem anderen mich heimsucht? Jedes Mal, wenn ich die Augen schließe, überkommt es mich aufs Neue. Die Schatten auf der Treppe, die Stille, und dann diese grausamen Hände, die mich in den Rücken stießen – so bösartig! Ich weiß noch, wie ich dachte, *Das ist das Ende!* Und dann war da dieser Schlag auf meinen Kopf und dann nichts mehr. Ich dachte, ich sei *tot*!«

»Unglaublich«, murmelte Bertie. »Noch in der Ohnmacht zu denken!«

»Ach, halt den Mund, undankbares Kind«, fuhr seine Mutter ihn an. »Was ich wirklich wissen will, ist, wer für das, was mir zugestoßen ist, verantwortlich ist!«

»Was soll das heißen?«, zwitscherte Tante Saskia.

»Genau, was ich sagte. Ich wurde schließlich nicht von einem Gespenst angegriffen, oder? Jemand hat mir das angetan. Jemand aus diesem Haus! Nicht auszudenken … solch eine Gemeinheit, solch Grausamkeit – womit um alles in der Welt habe ich das verdient?«

»Das«, sagte Bertie, »ist eine Frage, auf die du von uns vermutlich keine ehrliche Antwort möchtest.«

Lady Hastings schenkte ihm keine Beachtung.

»Ich versichere dir, Margaret, ich hatte nichts damit zu tun«, beteuerte Tante Saskia.

Daisy setzte sich aufrecht und stieß mich an. Würden wir unser erstes Alibi zu hören bekommen?

»Ich war in meinem Schlafgemach … beim Lesen, genau, ich habe ein herrliches Buch gelesen, als ich deinen furchtbaren Schrei gehört habe. Ich stürzte aus dem Zimmer und habe den guten George getroffen, der bereits auf dem Treppenabsatz stand – gemeinsam eilten wir nach unten und sahen Felix, der über deinem leblosen Körper kniete. Dachte ich zumindest. Selbstredend war ich *schrecklich* erleichtert, dass du … du weißt schon … am Ende doch nicht leblos warst. George, weißt du noch?« Sie klopfte die Vorderseite ihres Kleids ab, ordnete ihre Schals neu und verströmte dabei einen gespenstischen Geruch. Angewidert verzog ich die Nase. In dem klebrig süßen Glockenblumenparfüm schwang noch eine andere Note mit; irgendwie dreckig und hässlich. Ich konnte sie beinahe auf der Zunge schmecken. Was konnte es nur sein?

Lord Hastings wand sich unbehaglich. »Ich …«, begann er. »Ich … äh, ja, so muss es gewesen sein. Ich kam aus meinem Zimmer, sah dich und … Ja, genau. Genau so ist es gewesen.«

Ich bemerkte, dass Daisy ihm einen besorgten Blick zuwarf. Was sollte das nun wieder? Es hörte sich schon wieder nach einer Schwindelei an.

»Ich war ebenfalls auf meinem Zimmer«, berichtete Miss Alston, »um ein Buch für den Unterricht der Mädchen zu holen. Ich bin sofort nach draußen gerannt und habe niemanden sonst in der Halle gesehen.«

»Und ich war im Billardzimmer«, stellte Onkel Felix kurz angebunden fest.

In diesem Moment fiel mir etwas sehr Seltsames auf: Wenn die Dienstboten sich in der Küche aufgehalten hatten und jeder sonst auf seinem Zimmer gewesen war außer Onkel Felix (der sich im Erdgeschoss aufgehalten hatte – oder es zumindest behauptete), Stephen (oben im Geschoss des Kinderzimmers) und Lady Hastings (die oben an der Treppe gestanden hatte, kurz bevor der Mörder sie hinabstoßen sollte), wer war dann über uns durch den Raum gegangen, als wir in der Bibliothek saßen, unmittelbar bevor Lady Hastings schrie und stürzte? Das Zimmer über der Bibliothek gehörte Mr Curtis, fiel mir ein. Und das Zimmer von Mr Curtis war, wie wir alle wussten, verschlossen. Ich spürte ein unheimliches Gefühl im Nacken. Ich glaubte nicht mehr an Geister, redete ich mir ein. Ich war viel zu erwachsen dafür. Und doch …

Ich stellte mir vor, Mr Curtis' Tür zu knacken und in das dunkle Zimmer zu schleichen. Ob es darin wohl stank? Ob die Schatten lang und gruselig in den Raum fielen? Ob Mr Curtis' Leiche noch auf dem Bett lag?

»Ja, aber das hilft mir nicht«, beschwerte Lady Hastings sich verärgert. »Wir wissen nicht, wer mich die Treppe hinuntergestoßen hat, und bis wir es erfahren, werde ich kein Auge zutun können, da bin ich mir sicher. Denkt nur, derjenige könnte zurückkommen! Ich verlange einen Leibwächter, rund um die Uhr!«

»Dr. Cooper wird bei dir sein«, sagte Onkel Felix. »Genau wie der Rest von uns.«

»Aber es war doch einer von EUCH, der das hier angerichtet hat!«, brüllte Lady Hastings. »Wer sonst soll es gewesen sein? Ich habe keinen der Hunde bellen hören, du etwa? In diesem Haus war das ganze Wochenende über kein anderer.«

Wie zu erwarten brach Küken in Tränen aus.

»Margaret!«, meldete Lord Hastings sich zu Wort und sah sie dabei verlegen an. »Die Kinder!«

»Ich glaube, *gewisse Leute* sollten nach oben gehen«, sagte

Miss Alston und räusperte sich. »Ich werde euch das Abendessen bringen lassen.«

»Aber wir wollen bei Mami bleiben«, sagte Daisy laut. Ich nahm ihre Hand und drückte sie. Ich wusste nicht, was ich mir schlimmer ausmalte: im finsteren Kinderzimmer mit Miss Alston nebenan festzusitzen oder unten bei Lady Hastings zu sein, solange der Mörder jederzeit erneut zuschlagen könnte, um sein Werk zu vollenden.

»Nun stell dich nicht so an, Daisy, Liebes«, meinte Tante Saskia und richtete sich unter dem Klimpern sämtlicher Ohrringe auf, um sich die hässliche Pelzstola mit dem platten Gesicht um den Hals zu schlingen. »Erwachsene wissen, was für die Kleinen das Beste ist. Und ich gebe zu, ich fühle mich selbst reichlich müde. Ich werde mir eine Kleinigkeit aus der Küche holen und mich in mein Schlafgemach zurückziehen – und die Tür verriegeln. Der Mörder soll nicht hereinkommen!«

Damit machte sie auf ihren flachen Alte-Damen-Absätzen kehrt, ihr Kleid blähte sich – und etwas darin löste sich, sodass es scheppernd zu Boden fiel. Schnell wie der Blitz stellte Daisy den Fuß darauf, um anschließend wie die Unschuld in Person an die Decke zu schauen.

Tante Saskia erstarrte. Ich sah ihr an, dass sie sich nur zu gerne gebückt hätte, um aufzuheben, was auch immer sie verloren hatte – gleichzeitig war ihr jedoch bewusst, dass sie genau das tunlichst vermeiden sollte. Auf der Schwelle verharrte sie und vergrub die Finger in ihren Tüchern … bis der Teil von ihr, der sich kein Aufsehen erlauben konnte, die Oberhand gewann.

»Ähm … gute Nacht!«, hauchte sie und trottete mit hängenden Schultern und verkrampften Händen in die Halle.

Offensichtlich hatte es sie einiges an Überwindung gekostet, zurückzulassen, was ihr abhandengekommen war. Vor Neugierde wurde ich ganz kribbelig.

»Oh!«, sagte ich, als hätte ich soeben eine interessante Entdeckung gemacht. »Mein Schuh ist offen.« Ich bückte mich, hantierte mit meinem linken Schnürsenkel herum und legte dabei verstohlen die Hand neben Daisys Schuh. Bereitwillig schob sie ihn beiseite, sodass meine Finger etwas Klobiges, kalt wie Metall, greifen konnten. Es fühlte sich wie ein Schlüssel an.

»Na also!«, sagte ich, stand wieder auf und schmuggelte den Schlüssel in den Ärmel meiner Strickjacke. »Erledigt.«

Daisy zwickte mich anerkennend.

»Na schön, Mädchen«, sagte Miss Alston streng. »Dann ab ins Bett.«

»Oh, Miss Alston«, jammerte Daisy. »Müssen wir wirklich?«

»Ihr müsst«, antwortete sie und verschränkte die Arme vor der Brust. »In zehn Minuten komme ich und überprüfe, ob ihr schon im Nachthemd seid – und falls ja, schicke ich Hetty mit dem Essen rauf.«

Normalerweise hätte das allein genügt, um mich aufzuheitern, doch unter den gegebenen Umständen klang es erneut wie eine Drohung. Was, wenn Miss Alston uns etwas ins Essen mischte? Einen Giftanschlag hatte es ja bereits gegeben.

Zu gerne wäre ich unten geblieben, im Licht und in der Wärme der Bibliothek, und ich sah den anderen an, dass es ihnen ähnlich ging. Doch da sämtliche Erwachsene uns beargwöhnten, hatten wir keine andere Wahl, als aus dem Zimmer und nach oben zu schlurfen.

2

Dicht aneinandergedrängt liefen wir durch das schummrige und staubige Haus. Nach allem, was geschehen war – und dank meiner Befürchtungen wegen des Abendessens –, klopfte mir das Herz bis zum Hals. Wozu gehörte der Schlüssel, den ich aufgehoben hatte? Welche Tür würde er öffnen? Ich faltete die Finger auseinander und begutachtete ihn. In Windeseile steckte Daisy die Nase über meine Schulter und sagte: »Schlüssel!«

»Ooh«, machte Kitty, die ebenfalls daraufstarrte. »Wozu ist er?«

Sobald ihr die Worte über die Lippen kamen, fiel es mir wie Schuppen von den Augen.

Wir befanden uns auf dem Treppenabsatz im ersten Stock, um die Haupttreppe hoch zum Kinderzimmer zu nehmen. Inzwischen brannten die Lampen im Haus, doch die Birnen waren matt und flackerten. In dem seltsamen Zwielicht wirkte das Gebäude kühl und voller Gefahren. Es überraschte mich kein bisschen, dass sich in der Fünf-Uhr-Düsternis jemand unbemerkt an Lady Hastings hatte heranschleichen können – selbst jetzt konnte ich die anderen nur schemenhaft erkennen. Ich hielt den Schlüssel vor mich.

»Ist es … der Schlüssel zum Esszimmer?«, wisperte Küken. »Oh nein – Tante Saskia ist der Mörder!«

»Sei kein Esel«, meinte Daisy. »Wir haben doch schon festgehalten, dass der Mörder den Schlüssel nach der Tat sofort losgeworden wäre. Immerhin hat Onkel Felix mit keinem Ton erwähnt, dass er ihn vermissen würde. Nein, hier haben wir es mit etwas ganz anderem zu tun.«

»Genau!«, stimmte ich zu. »Und ob! Natürlich nur, falls ich recht habe.«

»Für gewöhnlich hast du recht«, sagte Daisy. »Es sei denn, natürlich, ich habe recht. Also, Watson, was glaubst du, welche Tür dieser Schlüssel öffnet?«

Ich atmete tief ein. »Die von Mr Curtis.«

Daisy hob eine Augenbraue (offenbar hatte sich ihr Training gelohnt). »*Erklärung bitte.*«

»Wir wissen, dass Tante Saskia gerne, ähm, schöne Dinge an sich nimmt«, sagte ich. »Und wir alle haben bemerkt, wie sie die Uhr zu Beginn des Wochenendes angegafft hat. Wir suchen schon den ganzen Tag lang danach – was, wenn sie dasselbe gemacht hat? Bestimmt hat sie geglaubt, dass Mr Curtis die Uhr mitgenommen hat, als ihm schlecht wurde und er sich zurückgezogen hat. *Wir* wissen, dass es nicht so war, doch ihrer Meinung nach befand sie sich in seinem Zimmer. Also nahm sie irgendwann heute Nachmittag diesen Schlüssel vom Bund in der Küche und ging in Mr Curtis' Zimmer, um danach zu suchen. Kurz vor Lady Hastings' Sturz hörte ich über der Bibliothek Schritte. Ich habe nicht verstanden, wie sich jemand in Mr Curtis' Zimmer aufhalten konnte – aber wenn es Tante Saskia war, die nach der Uhr stöberte, ergibt alles Sinn.«

»Aber wenn sie bis vor Kurzem noch nach der Uhr suchte, kann sie nicht diejenige sein, die sie Samstagnacht aus dem Esszimmer gestohlen hat!«, gab Kitty zu bedenken. »Und wenn wir *ihre* Schritte aus Mr Curtis' Zimmer gehört haben, als man Lady Hastings gestoßen hat – tja, dann kann sie auch das nicht gewesen sein. Sie *kann* nicht die Mörderin sein!«

»Sehr richtig!«, sagte Daisy. »Ausgezeichnete Arbeit, Assistentin Kitty!«

»Igitt«, ergänzte Kitty und verzog angewidert die Nase. »Stellt euch das mal vor – mit einer Leiche im selben Zimmer!«

Mir fiel der eklige Geruch ein, den Tante Saskias Kleider verströmt hatten.

»Na und?«, meinte Daisy. Manchmal kann man sich nur über sie wundern. Wie sie auf bestimmte Dinge reagiert, ist schon eigenartig. »Es ist nur eine Leiche. Sie kann nicht beißen. Hazel, gib mir den Schlüssel. Deine Theorie ist sehr gut, und ich zweifle nicht daran, dass sie zutrifft, aber es gibt nur einen Weg, um absolut sicher zu sein – wir müssen überprüfen, ob dieser Schlüssel *tatsächlich* die Tür zum Zimmer von Mr Curtis aufschließt.«

»Igitt!«, sagte Kitty noch einmal.

»Nein!«, rief Küken.

»Aber«, sagte ich, »Daisy, die *Leiche.*« Mr Curtis mochte kein Geist sein, aber er war schon eine ganze Weile tot.

»Tja«, meinte sie. »*Schlüssel*, Hazel.«

Ich reichte ihn ihr, und zu dritt sahen wir zu, wie Daisy sich Mr Curtis' Zimmer näherte.

»Sie ist wirklich mutig«, hauchte Küken.

»Sie ist total verrückt«, murmelte Kitty. »Himmel, ich hatte ja keine Ahnung.«

Doch während ich so dastand, begriff ich, was Daisy gemeint hatte, zumindest ansatzweise. Die Leiche konnte uns nicht wehtun. Nichts auf der anderen Seite dieser Tür konnte so schlimm sein wie der Mörder. Daisy tat etwas Schreckliches, damit wir alle wieder sicher sein konnten.

Während Küken protestierte und Kitty atemlos das Schauspiel verfolgte, blieb ich stumm – Daisy steckte den Schlüssel ins Schloss und entriegelte klickend Mr Curtis' Tür.

Ein grässlicher Luftstoß drang durch den entstandenen Spalt, der mich zum Würgen brachte. Es war der Geruch, den ich an Tante Saskia wahrgenommen hatte.

Damit stand es fest. Tante Saskia *war* in diesem Zimmer gewesen, als Lady Hastings gestürzt war. Sie konnte sie nicht von der Treppe geschubst haben – und daher auch nicht die Mörderin von Mr Curtis sein.

3

Daisy zog die Tür zu Mr Curtis' Zimmer zu und sperrte ab. »Als Nächstes«, setzte sie an und ließ den Schlüssel in ihre Tasche gleiten, »müssen wir ein weiteres Treffen der Detektei abhalten, noch vor dem Abendessen. Diese Sache wird kein Ende nehmen, es sei denn, *wir* sorgen dafür. Versteht ihr? Der Mörder wird nicht aufhören. Und er hat meine Mutter verletzt. Sie mag eine törichte Mutter sein, aber sie ist immerhin *meine*, und ich dulde das nicht! Ich werde etwas unternehmen, und ihr werdet mir dabei helfen. Einverstanden?«

Ich nickte. »Einverstanden.« Ich musste Daisy beistehen, bis zum bitteren Ende, das war klar.

»Na schön«, stimmte Kitty zu, nachdem sie einen Blick mit Küken getauscht hatte. »Wir sind dabei.«

Wir gingen die Treppe zum Kinderzimmer hoch und setzten uns im Kreis auf den alten Flickenteppich in der Mitte des Zimmers. Daisy hatte einen alten Leuchter zwischen uns gestellt, dessen einzelne Kerze uns sanftes Licht spendete und Schatten über unsere Gesichter jagte. Es war gleichzeitig herrlich und gruselig. Ich hatte das Fallbuch auf dem Schoß liegen, während Daisy – wer sonst? – den Vorsitz über das Treffen innehatte. *Hätte* es einen Tisch gegeben, hätte sie das Kopfende eingenommen. Küken konnte nicht mit Zappeln aufhören und ließ die geschlossene Tür zum Kinderzimmer keine Sekunde aus den Augen, was Daisy schrecklich auf die Nerven ging – andererseits war es wahnsinnig schwierig, nicht so nervös wie Küken zu sein. Es kam mir vor, als würde das Rätsel im Eiltempo seiner Lösung entgegenrasen und uns unentrinnbar mitreißen. Würden wir die Wahrheit herausfinden, bevor die Polizei ankam – oder bevor der Mörder *uns* erwischte?

»Nun gut«, begann Daisy. »Hiermit erkläre ich dieses Treffen der Detektei für eröffnet. Anwesend sind ich selbst, Hazel, Kitty und Küken – schreib mit, Hazel, inzwischen weißt du ja, was zu tun ist.

Die Fakten des Falls sind folgende: Kurz nach siebzehn Uhr (die Zeit ist uns bekannt, weil Miss Alston uns kurz zuvor zum angedrohten Fünf-Uhr-Unterricht gerufen hatte) hat jemand Mami die Haupttreppe bis in die Halle hinabgestoßen. Ihrer Aussage konnten wir entnehmen, dass sie den Täter nicht gesehen hat – die oberen Stufen lagen im Dunkeln, außerdem hat sich der Täter von hinten an sie angeschlichen. Hazel, dass du auch ja alles mitschreibst!

Natürlich war dieses zweite Verbrechen ein Schock für Mami, aber immerhin liefert es uns endlich die Beweise, die wir brauchen, um einige unserer Verdächtigen restlos auszuschließen.«

»Bertie«, sagte ich beim Schreiben.

»Exakt! Wir können Bertie ein absolut wasserdichtes Alibi geben. Er war bei uns, als wir Mami fallen hörten – es ist schlicht unmöglich, dass er sie die Treppe hinuntergestoßen hat, es sei denn, er hätte Zauberkräfte, und ich weiß aus sicherer Quelle, dass dem nicht so ist. Selbstverständlich gibt es keine Garantie, dass derjenige, der Mami geschubst hat, auch den Mord an Mr Curtis begangen hat – aber im Ernst, dass gleich *zwei* Mörder in unserem Haus ihr Unwesen treiben, scheint mir wirklich unrealistisch. Daher können wir wohl mit gutem Gewissen davon ausgehen, dass es sich um ein und dieselbe Person handelt. Das bedeutet, dass Bertie nichts mit dem Giftanschlag zu tun hat.«

Zu gerne strich ich Berties Namen durch.

»Und falls uns Mami bisher noch fragwürdig erschienen wäre, ist sie nun eindeutig aus dem Rennen. Ganz bestimmt gibt es auf der Welt Verbrecher, die sich selbst eine Treppe hinunterwerfen, um einen möglichen Verdacht von sich abzulenken, aber Mami gehört nicht dazu. Sie hasst es, sich zu verletzen, und sie macht sich ständig größte Sorgen, sie könnte hässlich werden. Damit ist sie aus dem Schneider.

Dann zu Tante Saskia. Mit dem Schlüssel, den sie fallen lassen hat, ist es Hazel auf äußerst schlauem Weg gelungen, zu beweisen, dass Tante Saskia Mami nicht gestoßen hat – gut gemacht, Hazel, exzellente Detektivarbeit! Obwohl wir wissen, dass sie ein unverbesserlicher Langfinger ist, können wir zumindest sicher sein, dass der Mord nicht auf ihr Konto geht.«

Emsig strich ich Namen aus. »Außerdem, Daisy: Wir haben gehört, dass Stephen direkt nach dem Sturz aus dem Obergeschoss kam. Wenn man zudem das Stipendium bedenkt, von dem ich dir erzählt habe, musst du zugeben, dass er nicht länger verdächtig sein *kann*. Nicht nur, weil ich finde, dass er nett ist.«

Ich spürte, wie meine Wangen wieder heiß wurden – was wirklich kindisch war. Das alles war reine Logik.

Kitty grinste mich an (ich wich ihrem Blick aus), doch Daisy nickte zustimmend. »Ja, von mir aus«, sagte sie. »Von Stephens Motiv für das erste Verbrechen müssen wir uns verabschieden, und auch von seiner Gelegenheit, das zweite begangen zu haben, also streichen wir ihn von der Liste. Übrig bleiben damit drei: Miss Alston, Onkel Felix … und Daddy.«

»Aber hast du nicht gesagt, wir sollen deinen Vater nicht verdächtigen?«, wandte Kitty ein.

»Ja, und ich habe außerdem gesagt, dass die Bauerntölpel von Polizisten das nicht einsehen werden. Diese Dummköpfe werden nie auf uns hören, wenn wir keine handfesten Beweise liefern. Also müssen wir genau die besorgen.«

»Wenn er deine Mutter liebt, warum sollte dein Vater überhaupt versuchen, ihr wehzutun?«, fragte Küken mit großen Augen.

»Ganz genau!«, jubelte Daisy. »Hervorragend beobachtet, Assistentin Küken. Geht man davon aus, dass Daddy sogar einen Mord begehen würde, um Mami zurückzubekommen, wäre es unsinnig, dass er ihr etwas antut. Allerdings könnte die Polizei behaupten, er habe sich über Mami geärgert und wollte sie bestrafen – so entlasten wir ihn also nicht.«

Wir seufzten im Chor.

»Außerdem stand er dummerweise noch vor Tante Saskia auf dem Treppenabsatz«, bemerkte ich.

»Ich weiß. Es ist zu blöd! Er schafft es, immer mehr als Schuldiger dazustehen! Von Chapman lässt er sich decken, weil er beim Teekränzchen gestern irgendetwas ausgefressen hat, und jetzt auch noch das! So, wie ich Daddy kenne – und ich *kenne* Daddy –, geht es um etwas vollkommen anderes. Doch ein Außenstehender würde in ihm den perfekten Tatverdächtigen sehen. Wenn wir ihm nicht helfen, wird er am Ende verhaftet und landet im Gefängnis. Armer Daddy, die Lords werden stinksauer auf ihn sein. Man wird ihm den Prozess machen – oh, das wird genau wie in dem Roman über den dummen, armen Herzog von Denver. Und dann …«

Daisy verstummte traurig, was ihr jeder von uns nachfühlen konnte. Sollte Lord Hastings ins Gefängnis müssen und vor Gericht landen, ohne einen Beweis für seine Unschuld … Man würde ihn für schuldig erklären und dann könnte ihn nichts und niemand mehr retten.

»Was ist mit Miss Alston und Onkel Felix?«, fragte ich, um Daisy auf andere Gedanken zu bringen. »Sie waren nicht nur auf der Treppe, als wir dazukamen, sie standen direkt *neben* deiner Mutter. Miss Alston behauptet, als sie dazukam, war niemand auf dem Absatz im ersten Stock – was zutreffen würde, wenn *sie* Lady Hastings gestoßen hätte.«

»Und dein Onkel Felix hat sich auch schon wieder verdächtig verhalten«, warf Kitty ein, die Daisy offensichtlich ebenfalls aufmuntern wollte. »Er wollte nicht, dass außer ihm jemand deine Mutter anfasst.«

Daisy runzelte die Stirn. »Wahrscheinlich wollte Onkel Felix sich nur ungestört um sie kümmern«, meinte sie. »Immerhin ist sie seine Schwester. Aber ich gebe zu, wenn man sein bisheriges Verhalten an diesem Wochenende bedenkt, gibt es einem zu denken. Oh, das gefällt mir nicht! Mir scheint das so gar nicht … Was sollte Onkel Felix mit jemandem wie Miss Alston zu schaffen haben? Wir wissen, dass sie eine falsche Identität vortäuscht und lügt, was ihre Gründe angeht, überhaupt hier zu sein. Ach, ich wünschte, wir kämen an diese verflixte Handtasche, um zu sehen, was sie darin versteckt! Nur wie sollen wir das anstellen? Noch dazu läuft uns die Zeit davon – die Polizei wird bald hier aufkreuzen, und sobald sie da ist, müssen wir den wahren Mörder präsentieren können.«

»Wir könnten Miss Alston einfach bitten«, schlug Küken vor.

»Küken, jetzt sei mal vernünftig. Wenn sie die Mörderin ist, wird sie wohl kaum Ja sagen, oder? Ganz im Gegenteil, solche Ideen sorgen nur dafür, dass wir am Ende die Radieschen von unten ansehen. Nächster Vorschlag.«

»Wir könnten *Feuer* schreien und hoffen, dass sie die Tasche fallen lässt?«, überlegte Kitty.

Daisy bedachte sie mit einem finsteren Blick und das Treffen eskalierte zu einem recht lauten Streit.

Liste der Verdächtigen

1. *Miss Alston.* MOTIV: unbekannt. Aber wir vermuten, dass sie irgendein Geheimnis hat, von dem Mr Curtis wusste. GELEGENHEIT: War zur Tatzeit an der Teetafel. Könnte das Gift aus der Halle entwendet haben. ANMERKUNGEN: Wurde von Daisy Wells und Hazel Wong dabei beobachtet, wie sie von Mr Curtis vor dem Irrgarten bedroht wurde. Wer ist sie wirklich und was tut sie hier? Wir müssen Nachforschungen anstellen.

2. ~~Tante Saskia. MOTIV: hatte es auf Mr Curtis' Uhr abgesehen. GELEGENHEIT: War zur Tatzeit an der Teetafel. Könnte das Gift aus der Halle entwendet haben. ANMERKUNGEN: Verhält sich verdächtig. Will nicht, dass die Polizei eingeschaltet wird – obwohl das auch an ihren früheren Vergehen liegen könnte. Ihr Zimmer nach der Uhr durchsuchen?~~ AUSGESCHLOSSEN: Wir glauben, dass sie in Mr Curtis' Zimmer nach der Uhr gesucht hat – während des Angriffs auf Lady Hastings.

3. Onkel Felix. MOTIV: War zornig auf Mr Curtis wegen Lady Hastings. Daisy Wells und Hazel Wong haben gehört, wie er Mr Curtis im Irrgarten bedroht hat. GELEGENHEIT: War zur Tatzeit an der Teetafel. Könnte das Gift aus der Halle entwendet haben. ANMERKUNGEN: Wir wissen, dass er bezüglich Mr Curtis' Todesursache gelogen hat. Warum?

4. Lord Hastings. MOTIV: Eifersucht. GELEGENHEIT: War zur Tatzeit an der Teetafel. Könnte das Gift aus der Halle entwendet haben. ANMERKUNGEN: Wurde dabei beobachtet, wie er Mr Curtis Samstagmorgen angebrüllt und ihn aufgefordert hat, Fallingford zu verlassen. Wurde

dabei beobachtet, wie er am Samstag während des Teekränzchens Mr Curtis eine Tasse Tee reichte. Das Wiederauftauchen der Tasse ist der Detektei Beweis genug, dass Lord Hastings nicht der Mörder sein kann, doch wir brauchen konkretere Beweise, um auch die Polizei zu überzeugen. Chapman scheint ihn aus irgendeinem Grund zu decken. Wurde nach dem zweiten Verbrechen auf dem Treppenabsatz gesehen – am Tatort, zur Tatzeit.

5. ~~Bertie Wells. MOTIV: War zornig auf Mr Curtis wegen Lady Hastings. GELEGENHEIT: War zur Tatzeit an der Teetafel. Könnte das Gift aus der Halle entwendet haben.~~
AUSGESCHLOSSEN: Er war zum Zeitpunkt des Angriffs auf Lady Hastings bei den Mitgliedern der Detektei.

6. ~~Stephen Bampton. MOTIV: Finanziell schlecht gestellt. Könnte er Mr Curtis' Uhr gestohlen haben, um sie zu verkaufen? GELEGENHEIT: War zur Tatzeit an der Teetafel. Könnte das Gift aus der Halle entwendet haben.~~
AUSGESCHLOSSEN: Er braucht kein Geld – er hat ein volles Stipendium für Eton und anschließend eines für Cambridge, daher hat er kein Motiv für die Verbrechen. Außerdem haben wir gehört, dass er aus

dem Obergeschoss kam, nachdem man Lady Hastings die Treppe hinuntergestoßen hatte.

7. ~~Lady Hastings. MOTIV: Mr Curtis hat ihr gedroht. Sie könnte ihn ermordet haben, um ihn daran zu hindern, seine Drohung wahr zu machen. GELEGENHEIT: War zur Tatzeit an der Teetafel. Könnte das Gift aus der Halle entwendet haben.~~ AUSGESCHLOSSEN: Sie war das Opfer des zweiten Angriffs.

4

Ich überließ die anderen ihrem Streit und ging ins Badezimmer, um mir etwas zu trinken zu holen.

Jemand stand im Flur.

Ein Stück weiter vorn lungerte im Schatten neben dem Fenster eine dunkle Gestalt. Mein Herz setzte einen Schlag aus. Keuchend wich ich zurück Richtung Kinderzimmer. Ich wollte schreien, doch genau wie in meinen Albträumen brachte ich keinen Ton über die Lippen. Der Mörder war hier und er würde mich erwischen, vollkommen allein.

Der Schemen löste sich aus dem Schatten und schlich auf mich zu. »Hazel«, erklang Stephens leise Stimme. »Hazel, warte! Ich bin's!«

Laut atmete ich auf und fand meine Stimme wieder. »Was machst du denn da?«, fragte ich. »Du … ich dachte, du …«

»Tut mir furchtbar leid«, sagte Stephen. »Ich wollte dich

nicht erschrecken. Ich habe nur einen ruhigen Ort zum Nachdenken gebraucht.«

Während ich mich darum bemühte, mein rasendes Herz zu beruhigen, trat ich neben ihn ans Fenster. Es ist ein hübsches rundes, wie ein Bullauge in den Himmel, über das wie mit schmalen Fingern Wein rankt. Von hier aus sieht man die Einfahrt und einen Teil des Affenschwanzbaums. Es hatte endlich aufgehört zu regnen und auf allem schimmerte schwach das Mondlicht, sodass der Affenbaum wie ein Scherenschnitt erschien.

»Geht's dir gut?«, fragte Stephen leise.

»Ja«, wisperte ich. »Glaube schon. Und dir?«

»Manchmal habe ich den Eindruck, als würde es mir niemals wieder gut gehen«, antwortete er.

Gerne hätte ich ihm gesagt, dass ich mich ganz genauso fühlte, ohne es erklären zu können.

»Ich wünschte, das alles wäre endlich vorbei«, sagte ich traurig.

»Ich wünschte, es hätte niemals angefangen«, meinte Stephen mit finsterer Miene. Er legte die Stirn gegen die Fensterscheibe und schauderte sichtlich. Als er sich aufrichtete, war sein Haar feucht und ganz durcheinander. Ein kleiner Wassertropfen rollte über seine Wange.

»Mein Vater hat sich umgebracht«, sagte er leise. »Wusstest du das? Dieses Wochenende … hat all die alten Wunden wieder aufgerissen. Es kommt mir vor, als wäre es erst gestern passiert. Als würde es immer wieder passieren.«

Ich wusste nicht, was ich sagen sollte. Ich starrte auf den Baum hinaus, auf seine krummen Umrisse in der schattigen Einfahrt; jedes einzelne komische Blatt war deutlich zu sehen. »Manchmal geht es mir genauso«, sagte ich schließlich.

»Letztes Jahr ist an unserer Schule eine Lehrerin … gestorben, und ich habe sie gefunden. Ich habe sie *angefasst*. Es war … nicht schön. Daisy findet, ich sollte es einfach vergessen, aber irgendwie will es mir nicht gelingen.«

Jetzt war Stephen an der Reihe zu nicken.

»Das mit deinem Vater tut mir leid«, sagte ich.

»Danke. Hör mal, Hazel. Hab keine Angst. Was ich damit sagen will, ist, dass ihr absolut in Sicherheit seid. Bertie und ich – wir werden nicht zulassen, dass euch vieren etwas zustößt. Das verspreche ich.«

Er hielt inne. Und auch ich verharrte und blickte ihn an. Die Zeit schien stehenzubleiben – bis ein kleiner Windhauch an den Läden vor uns rüttelte und uns aufschrecken ließ.

»Und die Polizei ist auf dem Weg«, sagte ich. »Inspektor Priestley wird uns helfen.«

Ich hoffte, ich würde recht behalten.

Erst als ich wieder im Kinderzimmer war, fiel mir auf, dass ich ganz vergessen hatte, mir mein Wasser zu holen. Daisy, Kitty und Küken zankten noch immer, also setzte ich mich auf mein Bett und machte mich daran, die neuesten Ereignisse in diesem Fallbuch festzuhalten. Als es an der Tür klopfte, wäre ich vor Schreck beinahe an die Decke gehüpft – doch es war nur Mrs Doherty, die uns das Abendessen brachte. Wieder einmal gab es Brotstreifen und Eier – und einen Marmeladenstrudel.

Wir müssen wirklich dicht dran sein, den Fall zu lösen – trotzdem bin ich noch immer nicht sicher, ob unsere Detektei sich mit diesem Verbrechen überhaupt befassen sollte. Knapp außerhalb unserer Reichweite scheint sich etwas zu befinden und auf uns zu lauern.

• TEIL SECHS •

Detektei Wells & Wong löst den Fall

1

Montagmorgen wachte ich mit einem Ruck auf und stellte fest, dass ich noch immer an meinem Fallbuch klebte – und dass mein Bleistift sich verselbständigt und graue Schlieren auf meiner Bettwäsche hinterlassen hatte.

Daisy rüttelte mich am Arm, während in meinen Ohren die Rohre des Hauses sangen und klapperten, weil jemand im Badezimmer des Kinderzimmers ein Bad einließ.

»Hazel!«, sagte Daisy. »Hazel! Hazel! HAZEL, WACH AUF!«

»Ich bin wach«, nuschelte ich. »*Aua.*«

»Hazel, ein Wunder ist geschehen. Miss Alston badet.«

Ich verstand nicht ganz, wieso das ein Wunder war. Miss Alston war keine besonders schmutzige Person.

»Hazel, sei nicht so trantütig. Was nehmen Leute nicht mit ins Badezimmer, selbst wenn sie es sonst nie aus der Hand legen? Was wird nur ganz feucht im Dampf und geht kaputt, wenn es neben einer Wanne voll heißem Wasser steht?«

Mit einem Mal begriff ich, worauf sie hinauswollte. »Eine Handtasche!«

»So ist es, Watson, so ist es!«

Wir strahlten uns gegenseitig an.

»Los! Wir müssen uns beeilen«, drängte Daisy. »Kitty, ich will, dass du dich vor das Bad stellst und die Ohren spitzt. Küken, du kannst vor Miss Alstons Tür Schmiere stehen und uns zuflüstern, wenn Kitty Alarm schlägt. Und Hazel, du kommst mit mir ins Zimmer.«

»Aber ich will –«, fing Kitty an.

»Keine Widerrede!«, rief Daisy. »Ich bin Vorsitzende der Detektei und in diesem Fall musst du meine Autorität respektieren, weil ich weiß, wovon ich rede, und letztes Jahr bereits einen Mordfall gelöst habe. Mit Hazel. Na schön, alle Mann bereit?«

Kitty und Küken nickten, auch wenn Kittys Nicken etwas widerwillig ausfiel.

»Ausgezeichnet«, meinte Daisy. »Bereit, Watson?«

»Bereit«, antwortete ich. Und gemeinsam schlichen wir aus dem Kinderzimmer auf den Flur des Obergeschosses.

Das Rumoren der Rohre verstummte, als Kitty vor dem Bad Stellung bezog, und Küken stellte sich nervös vor Miss Alstons Zimmer. Daisy und ich machten den geheimen Detektivhandschlag, quasi als Glücksbringer, dann öffnete Daisy Miss Alstons Tür. Und wieder waren wir drin.

Das Bett war gemacht. Die Schubladen waren geschlossen. Und Miss Alstons plumpe Handtasche stand auf ihrem Kissen.

»Halali, Watson!«, zischte Daisy mit leuchtenden Augen. »Ich wusste, am Ende kriegen wir sie. Ich wusste es!« Wie eine Katze stürzte sie sich darauf.

»Vorsicht!«, warnte ich. »Du kippst alles aus – sie darf nicht wissen, dass wir hier waren!«

»Hm«, meinte Daisy. »Dafür haben wir keine Zeit.«

Schwungvoll drehte sie die Tasche auf den Kopf, sodass der gesamte Inhalt auf das Bett purzelte. Es war, als hätte Miss Alston Mary Poppins' Tasche geklaut: Zum Vorschein kamen liniertes Papier, Notizbücher, Kekse, Landkarten, Geodreiecke, ein Kompass, ein Riegel Schokolade, ein Päckchen Stecknadeln, Nadel und Faden – und etwas Flaches, Eckiges, das uns silbern entgegenfunkelte.

»Was ist das?«, raunte ich und »Was ist DAS?« zischte Daisy, bevor sie es hochhob und betrachtete. Dann ließ sie es fallen, als hätte es sie gebissen. »Hazel«, sagte sie. »Das wirst du nicht glauben. *Schau!*«

Ich schaute. Das silberne Ding war eine Marke, klein genug, um in meine Handfläche zu passen. An der oberen Seite befand sich ein kleines silbernes Wappen: SCOTLAND YARD stand darauf.

»Aber – woher hat sie das?«, fragte ich. »Das ist eine *Polizei*marke!«

»Meinst du, sie hat sie *gestohlen*?«, überlegte Daisy. »Mann, was, wenn sie eine *richtige* Verbrecherin ist, genau wie Mr Curtis? Oh, endlich haben wir Beweise! Miss Alston hat einen Polizisten bestohlen – ha! Und hier sind auch die Dokumente, durch die wir sie auffliegen lassen!« Ganz unten aus der Tasche zog sie siegesgewiss einen zerknitterten Brief.

»Er stammt von der Polizei!«, rief Daisy. »Schau dir den Briefkopf an! Und da steht …«

Ich beugte mich darüber und las. »*Oh*«, entfuhr es mir.

Daisy und ich blickten uns schockiert an.

Liebe Miss Livedon,

man hat Ihnen inkognito eine Stelle auf Haus Fallingford zugeteilt, dem Heim von Lord und Lady Hastings. Sie werden sich als Gouvernante für ihre junge, aber alles andere als leicht zu beeindruckende Tochter, Daisy Wells, und als Sekretärin für Lord Hastings ausgeben. Man erwartet von Ihnen, dass sie die Machenschaften von Mr Denis Curtis beobachten, der als Gast von Lady Hastings zu einer anstehenden Wochenendveranstaltung

eintreffen wird. Curtis ist ein berüchtigter Dieb, dessen Methode es zu sein scheint, sich auf großen Landsitzen bei der Dame des Hauses einzuschmeicheln, um Zugang zu den Besitztümern zu erlangen. Nach einem kurzen Besuch reist er ab und mit ihm verschwinden in der Regel mehrere unschätzbar wertvolle Gegenstände, meist Schmuck. Um es auf den Punkt zu bringen: Sie müssen ihn auf frischer Tat ertappen.
Man hat Ihnen alle nötigen Referenzen bereitgestellt, doch Lord Hastings ist ein gutgläubiger Mensch, daher ist es unwahrscheinlich, dass man Sie wegen Ihrer Lebensgeschichte löchern wird. Mit der Tochter jedoch ist es eine ganz andere Geschichte, daher empfiehlt es sich, in ihrer Gegenwart auf der Hut zu sein. Der Name auf Ihren Zeugnissen lautet Miss Lucy Alston.
Ich wünsche Ihnen viel Glück. Selbstverständlich werde ich im Fall der Fälle jede Verbindung zu Ihnen abstreiten.
M.

»Jung, aber alles andere als leicht zu beeindrucken!«, zitierte Daisy staunend. »Siehst du, Hazel, ich habe dir gleich gesagt, dass ich berühmt bin.«

Mir schien, sie übersah das Wesentliche. »Jetzt wissen wir, wer Miss Alston wirklich ist!«, sagte ich. »Das also ist ihr Geheimnis. Sie hat keinen Polizisten *beklaut*, sie ist selbst einer!«

»Oh – ja!«, sagte Daisy und kam zurück auf den Boden der Tatsachen.

Wir tauschten fassungslose Blicke. Miss Alston eine Polizistin! Sie hatte Mr Curtis beobachtet, weil sie ihn hatte überführen sollen. *Deshalb* hatte sie sich so verdächtig verhalten, und deshalb hatte Mr Curtis sie Samstagvormittag bedroht. Er muss begriffen haben, dass sie eigentlich von der Polizei war. Und ohne Zweifel hatte Miss Alston – Livedon – ihre eigenen Nachforschungen über Mr Curtis' Tod angestellt. Sicherlich war sie es gewesen, die sein Notizbuch aus seinem Zimmer entwendet und dann verloren hatte – deswegen hatten wir es vor dem Kinderzimmer auf dem Treppenabsatz gefunden. Als wir das Gespräch zwischen ihr und Stephen belauscht hatten, hatte sie ihm nicht gedroht, sondern versucht, ihn zu befragen, um herauszufinden, was er über den Mord wusste!

»Tja!«, sagte Daisy. »Ich sagte ja, sie ist zu schlau für eine normale Gouvernante. Junge, stell dir vor: Eine Polizistin hat uns unterrichtet. Noch dazu eine verdeckte Ermittlerin! *Hazel!*«

Da kam mir ein Gedanke, der unangenehm in meinem Magen wühlte. »Nur, wenn sie eine Polizistin ist, Daisy, kann sie nicht der Mörder sein. Die dürfen keine Menschen töten, oder? Auch wenn sie auf einer geheimen Mission sind.«

»Aber –«, wollte Daisy widersprechen.

»Daisy!«, flüsterte Küken draußen. »Daisy! Hazel! Kitty sagt, *sie kommt raus*!«

Schnell wie der Blitz schaufelte Daisy alles zurück in die Handtasche. Wie Kraut und Rüben lag es darin, und ich war nur froh, dass es schon vorher so ein Durcheinander gewesen war. Mit etwas Glück würde Miss Alston – Miss Livedon – nicht merken, dass man darin gewühlt hatte. Daisy packte meine Hand und gemeinsam trippelten wir hinaus. Ganz krank vor Angst hüpfte Küken auf und ab, während Kitty dastand, die Hände auf den Mund gepresst. Als sie uns sah, atmete sie erleichtert auf. »Ich dachte schon, ihr kommt nie wieder!«, zischte sie.

Da öffnete sich die Tür zum Bad und Miss Alston betrat den Flur, die Haare feucht und in einen Morgenmantel gewickelt. Sie sah uns der Reihe nach an: die schlotternde Küken, Kitty mit ihrem hochroten Gesicht, Daisy und mich, die wir verzweifelt jeden Blick auf ihre Zimmertür vermieden. Hatten wir sie wieder ordentlich geschlossen?

»Was macht ihr denn hier?«, fragte sie. »Sofort runter zum Frühstück! Küken, ich glaube, dein Vater wird dich und Kitty heute doch abholen können.« Damit marschierte sie in ihr Zimmer und schloss die Tür hinter sich.

»Los!«, rief Daisy und ratterte wie ein Dynamo die Haupttreppe nach unten.

»Was habt ihr gefunden?«, keuchte Kitty, während wir hinter Daisy herflitzten. »Was ist passiert?«

»Miss Alston ist eine *Polizistin*!«, berichtete ich. »Auf geheimer Mission, um Mr Curtis zu fangen! Sie kann den Mord nicht begangen haben!«

»Aber …«, meinte Kitty. »Wenn sie eine Polizistin ist – dann sind nur noch zwei Verdächtige übrig!«

»Ich weiß«, sagte ich mit einem schrecklich mutlosen Gefühl. »Onkel Felix … und Daisys Vater.«

2

Auf dem Treppenabsatz im ersten Stock verharrte Daisy. »Gehen wir nicht zum Frühstück?«, fragte ich, denn trotz der vielen Aufregung konnte ich nichts dagegen tun, dass mein Magen Toast und Marmelade forderte.

»NEIN!«, antwortete Daisy laut. »Die Polizei wird jeden Moment hier sein. Wir müssen schnell noch einmal mit Chapman reden und ihn dazu bringen, dass er uns verrät, was er verheimlicht!«

Chapman räumte gerade das Zimmer von Onkel Felix auf und hob den Kopf, als wir eintraten.

»Miss Daisy!«, empfing er uns. »Mädchen! Was tun Sie hier?«

»Keine Zeit«, sagte Daisy. »Wir müssen Sie etwas fragen. Es ist *wichtig*! Wir haben gehört, wie Sie gestern mit Daddy geredet haben – wir wissen auch, was er gesagt hat. Sie haben etwas beobachtet – etwas, was er Samstag beim Tee gemacht hat – und jetzt will er, dass Sie es geheim halten, weil er glaubt, er kommt sonst in Schwierigkeiten, und Sie glauben ihm.«

Chapman legte die Hände auf die Frisierkommode von Onkel Felix. Sein Gesicht war aschfahl geworden. Wieder stellte sich dieses ungute Gefühl in meinem Magen ein, schlimmer als je zuvor. Ich wollte raus – raus aus dem Zimmer, raus aus Fallingford, raus aus dem ganzen Fall, von vorne bis hinten alles hinter mir lassen. Ich wollte nach Hause.

»Aber Chapman, Sie kennen Daddy! Er begreift nicht, wann etwas wichtig ist, und er weiß grundsätzlich nicht, was gut für ihn ist. Wissen Sie noch, letztes Jahr, als er dachte, er könnte ein Schnäppchen machen, indem er gleich eine ganze Ladung Räucherheringe kauft, und er gleich fünf auf einmal gegessen hat und fast daran gestorben wäre, weil sie nicht mehr gut waren? Diesmal ist es ganz genauso. Ich bin sicher, was Sie gesehen haben, hatte nichts mit dem Mord an Mr Curtis zu tun. Wenn Sie uns sagen, was es war, könnten wir die Polizei überzeugen, dass Daddy unschuldig ist. Sonst könnten sie ihn verdächtigen!«

»Nein!«, sagte Chapman und ließ die Hand niedersausen, sodass Onkel Felix' Manschettenknöpfe klapperten. »Miss Daisy, ich *kann* nicht. Was ich gesehen habe – es *beweist*, dass er schuldig ist.«

»Was?«, presste Daisy hervor. Sie klammerte sich an meinen Ellbogen und ich drückte ihre Hand, ganz fest. Neben uns staunten Küken und Kitty Bauklötze.

»Sie dürfen der Polizei nichts davon sagen«, schärfte Chapman uns ein, drehte sich zu uns um und ergriff Daisy an den Schultern. Seine Finger waren krumm und knotig, aber sie wirkten furchtbar kräftig. »Bei Ihrer Ehre als eine Wells, sagen Sie kein Wort!«

Daisy nickte, blass im Gesicht. In diesem Moment war Chapman wirklich zum Fürchten.

»Während der Teestunde stand ich ein Stück weit vom Tisch entfernt, wie Lady Hastings es verlangt hatte. Ich sah, wie man die Teetassen aushändigte. Ich hörte, wie Lady Hastings um eine Tasse für Mr Curtis bat. Und dann sah ich, wie Lord Hastings etwas in ebendiese Tasse gegeben hat. Er meinte, niemand hätte etwas bemerkt, doch wie Sie wissen, war Lord Hastings noch nie sonderlich subtil. Dann reichte er diese Tasse Mr Curtis. Der hat nichts anderes zu sich genommen, weder Essen noch Getränke, bevor ihm übel wurde. Nichts, was sonst hätte schuld sein können. Der Tee war frisch, als man ihn Ihrem Vater reichte. Lord Hastings trägt die Schuld an Mr Curtis Tod.«

»*Nein*«, hauchte Daisy. »Das kann nicht sein! Er … Es muss ein Irrtum sein. Wie können Sie es wagen, Chapman? Lassen Sie mich los!«

Sie stürmte aus dem Zimmer, während Chapman schluchzend das Gesicht in den Händen verbarg. Seine Falten wirkten tief und sein weißes Haar weich wie Daunen. Er sah äußerst klein und traurig aus, kein Stück wie einer der cleveren, tatkräftigen Butler aus den Büchern.

Gerne hätte ich weiterhin an Daisys Theorie festgehalten – doch was sie auch sagte, die Verdachtsmomente gegen Lord Hastings wurden immer erdrückender. Ich wusste nicht länger, was ich glauben sollte.

Als wir auf den Flur liefen, bemerkte ich fremde Geräusche im Haus. Schwere Schritte und tiefe Stimmen, eine Menge davon – darunter eine mit auffällig ironischem Unterton, den ich aus meinen Träumen wiedererkannte, sowohl aus den schlimmen wie aus den besseren. Mein Herz machte einen Sprung.

»Die Polizei!«, hauchte ich. »Inspektor Priestley ist hier! Endlich.«

»Oh!«, sagte Küken. »Dann sind wir jetzt in Sicherheit!«

Plötzlich wollte ich dringend nach unten, so sehr, dass es mir in den Fingern kribbelte. Sobald ich seinen Mantel sähe, dachte ich, und seinen Hinterkopf, würde ich uns gerettet wissen. Solange Inspektor Priestley da war, konnte uns nichts Schlimmes passieren.

Doch Daisy war so blass wie noch nie. »Ich lasse nicht zu, dass wir zu ihm gehen«, sagte sie leise. »Ich weigere mich, zu ihm zu gehen! Wenn wir einfach so in die Halle rennen und ihm brühwarm alles erzählen, sehen wir wie eine Truppe dummer Schulmädchen aus, und obwohl wir rein technisch Schulmädchen sind, sind wir ganz bestimmt nicht dumm. *Das* ist der springende Punkt. *Er* muss zu *uns* kommen. Immerhin hat er uns schon früher um Rat gefragt. Wenn er ein bisschen Verstand hat, macht er es wieder. Er weiß, wer ich – wer *wir* sind, und diesmal sind wir wichtiger denn je. Das hier ist mein Haus und meine Detektei.«

»Aber, Daisy«, sagte ich, »auch wenn wir ihm nicht verraten, was wir bisher herausgefunden haben, wird er es aufdecken. Er ist schlau.«

»Schon möglich«, sagte Daisy, »trotzdem – ich kann Daddy nicht so wie jeden x-beliebigen anderen verpetzen. Das muss der Inspektor verstehen, Hazel.«

Ich sah sie an. Die Falte über ihrer Nase war so tief, als hätte man sie eingekerbt. Auf Daisys Wangen prangten zwei kleine rote Flecken und sie biss sich so fest auf die Lippe, dass es *mir* fast wehtat.

»Na gut«, lenkte ich ein. »Wir werden nicht mit Inspektor Priestley sprechen. Aber, Daisy … versprich mir, egal was passiert, mir wirst du die Schuld daran nicht geben, okay?«

»Hazel«, meinte Daisy feierlich. »Ich würde dir niemals die Schuld für irgendetwas geben. Es sei denn, natürlich, es wäre deine Schuld.«

Ich schnitt ihr eine Grimasse. Irgendwie war es tröstlich, dass Daisy Wells selbst in einer so verzweifelten Situation noch Witze reißen konnte.

3

In diesem Moment trat ausgerechnet die Person aus ihrem Zimmer, von der ich gehofft hatte, dass wir ihr nicht so schnell über den Weg laufen würden.

»Daisy?« Lord Hastings runzelte die Stirn und klopfte seine Jacke ab. »Geht es dir gut? Du wirkst so bedrückt. Hier …

irgendwo habe ich mein Taschentuch … Oje, nein, das ist ein Bonbonpapier. Und das ein Stück Schnur. Und hier …«

»Daddy!«, schluchzte Daisy. »Du bist ein Trottel!«

Lord Hastings schien vollkommen aufgelöst. »Daisy.« Er tätschelte ihr Haar, fast ebenso wie er eben noch seine Jacke abgeklopft hatte. »Daisy! Meine Güte! Was ist nur in dich gefahren?«

»Mr Curtis?«, keuchte Daisy. »Daddy, die Lage ist *ernst*. Du steckst in den *schlimmsten* Schwierigkeiten.«

Genau jetzt kam Inspektor Priestley die Treppe herauf.

Vor Ewigkeiten erschien mir Inspektor Priestley einmal wie ein biblischer Engel, der zu unserer Rettung eilt. Doch als nun der Schatten der Treppe auf sein Gesicht und seinen Mantelsaum fiel (diesen Mantel scheint er niemals abzulegen, egal wo er sich aufhält), wirkte er regelrecht heimtückisch. Als er uns entdeckte, zog er die Stirn kraus. »Miss Wells und Miss Wong«, sagte er. »Warum überrascht es mich nicht, dass Sie in diese Sache verwickelt sind? Und diesmal haben Sie Freunde mitgebracht.«

»Ähm …«, sagte Lord Hastings, dessen Blicke unruhig durch die Gegend huschten, zu den Füßen des Inspektors, in die Luft über dessen Kopf und zum Geländer. »… Ähm, guten Morgen, Inspektor. Ich hoffe … also, falls Sie in irgendeiner Form Hilfe benötigen, wissen Sie sicherlich, wo Sie meine Frau finden. Ich selbst muss mich entschuldigen – auf dem Gelände gibt es einiges zu erledigen. Verzeihen Sie …« Und damit eilte er geradewegs zur Treppe. In der Empfangshalle hörte man ihn sagen: »Meine Güte, wie viele Sie sind! Entschuldigung, ich muss hier durch –«

»Keiner darf hinein oder hinaus, Sir!«, donnerte eine tiefe Stimme respektvoll. »Anweisung vom Chef.«

Mir wurde schlecht. Jetzt kam keiner von uns mehr raus. Wir mussten es bis zum bitteren Ende durchstehen. Armer Lord Hastings! Arme Daisy!

Wir waren mit dem Inspektor allein auf dem Flur. Daisy weigerte sich, ihn anzusehen, doch Küken staunte ihn mit offenem Mund an und Kitty musterte ihn voller Bewunderung. Er jedoch schaute mich an.

»Offenbar hat sich die Detektei Wells & Wong seit unserem letzten Treffen vergrößert«, sagte Inspektor Priestley. »Vermutlich ist es zu viel verlangt, darauf hoffen zu dürfen, dass Sie Ihre Nasen diesmal nicht in die Angelegenheiten der Polizei gesteckt haben, was?«

»Wir haben Ihnen nichts zu sagen.« Daisy stierte die ausgestopfte Eule auf der Säule an. »Abgesehen davon, Sie daran zu erinnern, dass *wir* das letzte Mal den Mord aufgeklärt haben, nicht Sie, wofür Sie dankbar sein sollten.«

»Ich *bin* dankbar«, erwiderte der Inspektor. »Es ist nur so, dass Morde ziemlich gefährlich sind, und ich hege den Verdacht, dass Ihre Eltern Sie ungern verlieren würden.«

Automatisch lenkte diese Bemerkung unsere Aufmerksamkeit wieder auf Lord Hastings.

»*Eltern!*«, rief Daisy. »Was wissen Sie schon?! Ach, lassen Sie uns in Ruhe. Ich wünschte, Sie wären nie gekommen!«

»Ich komme, wenn man mich ruft, und sei es durch Feuer oder Fluten«, sagte Inspektor Priestley und schenkte uns ein verknautschtes Lächeln. »Ich will Sie nicht ärgern. Aber sollten Sie tatsächlich etwas wissen, wäre nun der perfekte Zeitpunkt, damit herauszurücken. Meine Männer und ich werden im Lauf des Vormittags alle im Haus befragen. Wir werden der Wahrheit bald auf den Grund kommen.«

»Oh nein, lieber nicht!«, platzte Küken heraus.

»*Küks!*«, zischte Kitty und trat ihre Freundin ans Schienbein.

Der Inspektor hob die Augenbrauen. »Verstehe ich das richtig, dass Sie tatsächlich etwas wissen?«, fragte er. »Etwas nicht allzu Schönes, wie ich annehme?«

»Das geht Sie nichts an«, schnauzte Daisy ziemlich unverschämt, wie ich fand. »Wir werden keinen Ton mehr sagen. Und wir werden Ihnen diesmal auch nicht bei den Ermittlungen helfen. Sie können uns nicht zwingen!«

»Im Traum würde mir nicht einfallen, Sie zu irgendetwas zu zwingen, aber allmählich bekomme ich eine ganz gute Vorstellung davon, was hier vorgeht.« Der Blick des Inspektors richtete sich auf die Treppe und die Halle darunter. Es bestand kein Zweifel, auf wen und auf was er anspielte.

»Oh!«, sagte ich. »*Bitte.* Nicht.« Ich wusste selbst nicht genau, für wen ich da flehte – Lord Hastings oder Daisy.

»Gesetz ist nun mal Gesetz, so leid es mir tut«, meinte der Inspektor. »Ich kann es nicht umgehen, nur weil mich jemand darum bittet, egal wer dieser Jemand ist.«

Ich starrte in sein Gesicht mit der langen Nase und dem ernsten Blick. Dann – »Kommt schon«, sagte Daisy. »Wir gehen nach oben. Überlassen wir den *Inspektor* seinen Ermittlungen.«

4

Niedergeschlagen und schweigsam hockten wir im Kinderzimmer. Ich hörte, wie die Polizei sich unten an die Arbeit machte. Da waren laute Schritte, sich öffnende und zuschlagende Türen und tiefe Stimmen: »Rogers soll das machen!«, »Nein, die Fingerabdrücke …«

Fingerabdrücke, Fotografien, Messungen und Aussagen: alles Dinge, die die Polizei tun konnte, wir aber nicht. Wozu war die Detektei Wells & Wong eigentlich gut?

Daisy saß mit dem Gesicht zur Wand und weigerte sich, sich zu uns umzudrehen, selbst als ich sie anstubste. Kitty und Küken hatten sich aneinandergelehnt und sahen so erschöpft aus, wie ich mich fühlte. Ich überlegte, ob sie wohl immer noch froh waren, zur Detektei zu gehören.

Als sich mit einem Mal die Tür öffnete, zuckten wir alle zusammen. »Kommt runter, Mädchen«, forderte Miss Alston uns auf. »Die Polizei will euch sehen.«

»Kitty und Küken können gehen«, meinte Daisy, die sich noch immer nicht vom Fleck rührte. »Aber wenn sie wissen, was gut für sie ist, werden sie nichts erzählen. Hazel bleibt hier. Wir streiken.«

Miss Alston hob die Augenbrauen – fing aber keine Diskussion an. Kitty und Küken kamen mit ihr. Ich blieb. Eine sehr zerstreute Hetty brachte uns auf einem Tablett ein spätes Frühstück. Ich aß meine Portion, und als Daisy sich nicht bewegte, auch ihre. Sonst wäre das gute Essen nur im Abfall gelandet.

Dann lag ich auf dem Rücken auf meinem harten, unebenen Bett und starrte auf die abblätternde Farbe an der Kinderzimmerdecke. Ich fühlte mich furchtbar – aufgewühlt und im Unrecht –, trotzdem wollte mir der Fall nicht aus dem Kopf gehen. Es war wie mit einem schmerzenden Wackelzahn: Jedes Mal, wenn man mit der Zunge daranstößt, tut es weh, und dennoch kann man es einfach nicht lassen.

Ich dachte über Miss Alston nach, eine Polizistin, die angeheuert worden war, um Mr Curtis zu stellen. Ich dachte an Mr Curtis' widerliches kleines Buch, in dem alle aufgelistet waren, die er bestohlen hatte. Und selbstverständlich dachte ich an Lord Hastings – wie er Mr Curtis am Samstagmorgen anschrie, wie er ihm Samstagnachmittag die Teetasse reichte und wie er am Sonntag an der Treppe stand und zu Lady Hastings hinunterblickte, die auf dem Boden lag. Hatte er es *doch* getan? Entweder er – oder Onkel Felix. Sonst war keiner mehr übrig.

Die Uhr in der Stube schlug Mittag, und mit einem Mal konnte ich nicht länger stillliegen. Es war ein durch und durch Daisy-typisches Gefühl – nur Daisy selbst war nicht besonders Daisy-typisch, also musste ich ihren Part übernehmen.

»Komm!«, sagte ich zu ihr. »Steh auf.«

»Lass mich in Ruhe«, meinte Daisy.

Ich packte sie an der Schulter – nicht sonderlich sanft – und zerrte sie rückwärts vom Bett. Mit einem Schrei und einem eher undamenhaften Ausruf fiel sie runter. »Hazel!«, beschwerte sie sich. »Was ist denn in dich gefahren?«

»Ich halte das nicht länger aus«, sagte ich. »Hier herumzuhocken und Däumchen zu drehen. Können wir nicht wenigstens irgendetwas *machen*?«

»Es gibt nichts zu tun«, erwiderte Daisy. »Aber … Ach, von mir aus.«

Wir gingen auf den Flur und bemerkten, dass die Tür zum Zimmer von Bertie und Stephen offen stand. Weil uns jede Ablenkung recht war, spähten wir hinein und stießen auf Bertie, der auf seinem Bett kauerte und an seiner Ukulele herumzupfte. Von Stephen fehlte jede Spur.

»Ach«, sagte Bertie, als er uns sah. »Ihr seid's. Ich spiele euch was vor. Hergehört. *Mit meiner kleiiiinen* –«

»Ich will kein Lied«, sagte Daisy.

»Nein.« Bertie hörte mitten im Anschlag auf. »Ich eigentlich auch nicht.«

Bertie schien ähnlich mitgenommen wie Daisy. Noch nie hatte ich ihn so nett erlebt. »Wo ist Stephen?«, erkundigte ich mich.

Bertie machte eine vage Bewegung mit seiner Ukulele. »Unten. Wird befragt, glaube ich. Bescheuertes Wochenende für ihn. Hat schlimme Erinnerungen aufgewühlt. Wusstest du, dass sein Vater sich umgebracht hat?«

Ich nickte.

»Seine Mutter hat sich mit irgendeinem dreckigen Schuft eingelassen, der mitten in der Nacht mit ihrem halben Besitz aus dem Haus abgehauen ist. Schmuck und Gemälde und so weiter. Als Mr Bampton bei dem Unfall seine Anstellung verlor, hatten sie kein Geld mehr und … Na ja, Stephen und seine Mutter mussten dann mit allem irgendwie klarkommen. Stephen hält seinen Vater für so eine Art missverstandenen Helden, aber *ich* nicht. Schlechter Stil, meiner Meinung nach, die eigene Familie so sitzen zu lassen«, meinte Bertie in einem Anflug seines gewohnten Zorns. »Ein Wells würde so was nie tun.« Dann fuhr er zusammen und zog eine schuldbewusste Miene, als hätte er eben erst gemerkt, was er gesagt hatte. »Äh … tut mir leid. Ich wollte nicht –«

»Ich *weiß*, was du gemeint hast«, sagte Daisy düster. »Ist mir egal. Ist sowieso alles *hinüber*.«

Unten ertönte Lärm – Geschrei. Wie auf Kommando waren wir alle drei angespannt, taten aber so, als hätten wir nichts bemerkt. Verzweifelt schaute ich mich im Zimmer um, auf der Suche nach etwas, woran ich mich festhalten könnte – und da sah ich es, auf der zerschundenen alten Kommode neben Stephens leerem Bett: das Buch. Es war ein dünner, billiger Gedichtband. Ich trat näher, um ihn durchzublättern. Den Worten schenkte ich kaum Beachtung – bis meine Finger über eine abgerissene Seite stolperten.

Als hinter diesem Felsenhang, der eben noch
den Horizont begrenzt', übermächtig, schwarz und groß
ein Gipfel, wie von eigenmächt'ger Kraft,
von Instinkt getrieben, reckte das Haupt.
Ich schlug und

Der Rest war abgerissen. Ich steckte die Hand in meine Rocktasche und zog den Zettel heraus, den ich schon das ganze Wochenende mit mir herumtrug. Ich legte beide Papiere aneinander.

schlug mit aller Kraft,
Und die grimmige Gestalt …

Es passte.

All die Dinge in meinem Kopf – das Durcheinander aus halb richtigen Details, die gegeneinander gekämpft hatten und keinen Sinn ergeben wollten – erzitterten plötzlich, schäumten über und setzten sich neu zusammen, diesmal zu einer tadellosen ordentlichen Linie, wie die korrekte Antwort in einem Übungsheft.

»Bertie«, sagte ich betont leise, »wem gehört dieses Buch?«

»Was?«, fragte Bertie abgelenkt. »Das da? Ach, das gehört Stephen. Die bescheuerten Gedichte, die wir im nächsten Trimester durchnehmen. Hat er eine Seite rausgerissen? Offenbar hasst er das Zeug noch mehr als ich. Normalerweise geht er nervend sorgfältig mit seinen Sachen um.«

Ich musste Daisy nicht einmal ansehen, um zu wissen, dass sie erstarrt war. Mein Herz klopfte rasend schnell, wummerte, und das Atmen fiel mir schwer. *Die Seite.* Die Seite, in der der Mörder das Gift versteckt hatte, bevor er es in Mr Curtis'Tasse gekippt hatte. Sie stammte aus Stephens Buch.

»Bertie«, sagte Daisy, »benutzt Stephen die Dienstbotentreppe? Und weiß er von den Schlüsseln im Schirmständer?«

»Hä?« Bertie stutzte. »Manchmal redest du echt *komisches* Zeug.«

»Bertie, du Hornochse, gibst du mir gefälligst eine Antwort? Hast du ihm den Weg über die Hintertreppe gezeigt?«

»Natürlich. Dämliche Frage – gleich nachdem wir angekommen waren. Er kann wie eine Katze schleichen. Von den Schlüsseln weiß er auch – ich hab sie Mittwochnacht benutzt, um in die Küche zu kommen, als ihr anderen schon geschlafen habt.«

Mir fiel ein, aus welchem Grund wir Stephen für das zweite Verbrechen ausgeschlossen hatten. Er war von oben die knarrende Vordertreppe herabgepoltert – doch natürlich – natürlich! – hätte er vorher über den Dienstbotenaufgang in den ersten Stock schleichen können. Der Zugang liegt der Haupttreppe direkt gegenüber. Stephen hätte sich von hinten an Lady Hastings heranpirschen können, ohne dass sie etwas bemerkt hätte, hätte sie stoßen und anschließend, innerhalb zehn leiser Sekunden, wieder nach oben schlüpfen können, um lautstark, sodass es jeder hören konnte, die andere Treppe nach unten zu laufen. Mir wurde schlecht. Könnte es wirklich so gewesen sein? Stephen war so nett und liebenswert und anständig – *und sein Vater hatte sich umgebracht, weil seine Mutter sie in den Ruin getrieben hatte. Sie hatte ein Verhältnis mit einem Schuft, der all ihr Hab und Gut gestohlen hat.* Mir fiel ein, was er am vergangenen Abend unterm Strich zu mir gesagt hatte: *Ihr seid absolut in Sicherheit. Bertie und ich werden nicht zulassen, dass euch vieren etwas zustößt. Das verspreche ich.*

Ich zog das zerknitterte Büchlein aus meiner Rocktasche und blätterte darin, diesmal wesentlich weiter zurück als bisher. Bis ich es fand.

> Bampton. Hausbesuch: 1.10.1928, eine Menge Schmuck, der Hunderte wert ist, und einige prächtige Gemälde. Reizende Frau, die zu gerne behilflich ist, hat mir praktisch alles ausgehändigt. Nahm alles – und die Uhr des Gatten obendrein, als Talisman. Der Rubel rollt!

In dieser Notiz steckte die ganze schreckliche Geschichte. Armer Stephen – dass seinen Eltern das passiert ist! Er tat mir furchtbar leid. Als er nach Fallingford kam und den Streit zwischen Lord und Lady Hastings miterlebte, wie Mr Curtis sich zwischen sie drängte, musste er das Gefühl gehabt haben, als würde alles noch einmal geschehen. Stephen hatte Mr Curtis sicherlich erkannt, andererseits hatte Stephen nach fast sieben Jahren sicher nicht mehr dem kleinen Jungen geähnelt, den Mr Curtis damals getroffen hatte.

Und dann hatte Mr Curtis auch noch mit der Uhr von Stephens Vater wie mit einer Trophäe angegeben! Ich stellte mir vor, wie es wäre, wenn jemand meinen Vater auf dem Gewissen hätte und dann damit prahlte – und sah ein, dass auch ich demjenigen seine Schandtaten würde heimzahlen wollen. Richtig oder Falsch würde kaum mehr eine Rolle spielen. Schließlich würde es um die Familie gehen.

Doch noch während ich diese Gedanken hatte, begriff ich, dass eine andere Familie noch ärmer dran war als Stephens. Daisys Mutter wäre um ein Haar gestorben und ihr Vater steckte im größten Schlamassel – und wenn ich mit meiner neuen Vermutung richtiglag, war all dies die Schuld von Stephen.

Die Vorstellung, Stephen könnte ein Mörder sein, ließ mich vor Schreck und Verwirrung am ganzen Leib zittern – weil er ein *guter* Mensch war, redete ich mir immer wieder ein. Gut – und wie konnte ein guter Mensch so etwas Schlechtes tun? Doch Daisy und ihre Familie waren ohne jeden Zweifel unschuldig. Sie hatten nichts verbrochen. Wir mussten Lord Hastings retten, selbst wenn es bedeutete, Stephen wehzutun. Ich musste meine Gefühle verdrängen und mich wie ein Detektiv benehmen.

»Daisy«, sagte ich hektisch. »*Die Uhr!*«

Daisy begriff sofort. Wie ein Hund, der eine Fährte aufgenommen hatte, reckte sie die Nase in die Höhe und machte einen Satz.

»Was ist los?«, wollte Bertie wissen, der wütend und verdattert von links nach rechts schaute. »Was soll das?«

Daisy ignorierte ihn. Sie wühlte in Stephens Kommode, warf vielgeflickte Socken, fadenscheinige Taschentücher und sorgsam reparierte Hosen beiseite – alles Zeichen für das, was Mr Curtis ihm geraubt hatte, dachte ich und war ganz krank vor Verzweiflung.

»Kürbiskopf! Hey! Leg das zurück! Kürbiskopf, du Berserker, Finger weg!« Aufgebracht stürzte Bertie sich auf Daisy. »Stephens *Sachen*, Kürbiskopf! Was soll das –«

Doch da hatte Daisy Stephens Morgenmantel entdeckt, der über seinem Bett hing, steckte die Hände in die Taschen und zog mit einem Siegesschrei … Mr Curtis' Uhr heraus.

Da war sie, damit hatten wir unser letztes Beweisstück.

Stephen war schuldig.

Kaltes Grauen durchströmte mich, als ich dies begriff, als hätte man mich in kaltes Wasser geworfen. Im selben Moment hörten wir in der Halle unter uns schäumendes Wutgebrüll.

»Daddy!«, rief Daisy. »Schnell, oh schnell!«

Ohne eine Sekunde zu zögern, rannte ich ihr hinterher.

5

Wir stießen auf ein Handgemenge, das im vollen Gange war. Lord Hastings wand sich wie ein fetter Fisch im Griff von Inspektor Priestley und dem großen Polizisten, Noakes, während Rogers nervös danebenstand. Küken heulte, während sich Kükens Vater – der inzwischen offensichtlich angekommen war – empört umblickte, als könnte er seinen Augen nicht trauen. Tante Saskia rang mit den Händen. Lady Hastings stand mit schmalen Lippen da, den bandagierten Kopf an Onkel Felix gelehnt, der ihre Schulter umklammerte. Miss Alston stand mit verschränkten Armen und unbewegter Miene daneben. Und Stephen … Stephen lungerte im Schatten neben der Tür zur Bibliothek, das Gesicht kalkweiß und mitgenommen. Wie hatte mir nur entgehen können, wie verdächtig er sich schon die ganze Zeit benommen hatte? Warum war es mir nicht aufgefallen?

»Loslassen!«, schnaubte Lord Hastings. »LOSLASSEN, SAGE ICH! Ich habe nichts damit zu tun – nichts – warum glauben Sie mir nicht? Ich … ich – Chapman, *helfen* Sie mir!«

Chapman machte den Eindruck, als würde er gleich in Tränen ausbrechen. Mit krummem Rücken stand er bibbernd da. »Sir«, stammelte er, »ich … ich kann nicht –«

»Lord Hastings«, fiel Inspektor Priestley ihm ins Wort. »Wenn Sie mir keine andere Erklärung abliefern, wie es dazu kam, dass Sie Mr Curtis eine offenbar vergiftete Tasse Tee gegeben haben, wenige Stunden bevor er an einer Arsenvergiftung starb, habe ich keine andere Wahl, als sie in Gewahrsam zu nehmen. Das müssen Sie doch einsehen. Ich bin durchaus gewillt, daran zu glauben, dass alles ein schreckliches Missverständnis ist, doch ich brauche die Wahrheit.«

»Die WAHRHEIT!«, brüllte Lord Hastings. »Ich habe ihnen mein WORT gegeben! Das wiegt ja wohl mehr als … Ich sage Ihnen, ich hatte nichts mit dem Tod dieses Mannes zu schaffen! FELIX, kannst du nichts unternehmen? Ruf deinen Kontakt in London an. Das ist eine Frechheit! HILF mir!«

»Es tut mir leid«, sagte Onkel Felix leise. »Das kann ich nicht tun, altes Haus.«

Er hielt Lord Hastings für schuldig, wurde mir klar. Jeder hielt ihn für schuldig. Aber wie konnte ich es ihnen verübeln? Noch vor wenigen Minuten war es mir insgeheim nicht anders gegangen.

Wir mussten etwas sagen, und zwar schnell, doch Daisy schien wie erstarrt. Grob stieß ich sie in die Rippen, und augenblicklich erwachte sie wieder zu Leben.

»Nein!«, rief sie. »AUFHÖREN! Daddy war es nicht!«

»Ich weiß, dass Sie das glauben«, sagte der Inspektor ruhig, »aber solange mir niemand *Beweise* für das Gegenteil liefert –«

»Wir *haben* Beweise!«, schrie Daisy. »Jede Menge! Und wir wissen auch, wer der wahre Mörder ist! Daddy war es nicht, es war Stephen!«

6

Stephen taumelte rückwärts gegen die Bibliothekstür. Panisch blickte er sich in der Halle um – bis sein Blick an mir hängen blieb. Seine Augen waren groß, während er flehend den Kopf schüttelte.

Mir wurde schwindelig, als befände ich mich ganz oben auf einem extrem hohen Steilhang. Ich dachte, mein Entschluss stünde längst fest, doch da stand ich und musste noch einmal eine Entscheidung fällen. Die Gewissheit, einfach keine andere Wahl zu haben, machte es kein Stück weniger abscheulich.

Ständig lag ich Daisy damit in den Ohren, dass sie ihre Fantasie nicht mit ihr durchgehen lassen dürfe – und nun war ich es, die Fakten ignorierte, weil sie mir nicht in den Kram passten. Weil ich Stephen so gerne mochte. So konnte es nicht weitergehen. »Es stimmt«, presste ich hervor, allerdings viel zu leise, sodass ich mich räuspern musste für einen zweiten Versuch. »Es stimmt. Wir haben Beweise.«

»Bitte!«, wandte sich Daisy an Inspektor Priestley. »*Hören* Sie uns zu. Wir haben Ihnen doch schon einmal geholfen, nicht wahr? *Bitte.*«

Im Leben hätte ich nicht gedacht, dass ich Daisy einmal *bitte* würde sagen hören. Trotzdem hätte es womöglich nicht ausgereicht – hätte Stephen nicht in diesem Augenblick Fersengeld gegeben. Keuchend grapschte er nach der Tür zur Bibliothek und gedankenschnell befahl der Inspektor: »Festnehmen!«

Rogers hechtete los und packte Stephen mit seinen dürren Händen, sodass der schluchzend und seufzend innehalten musste.

»Kommen Sie her. Sie haben fünf Minuten, um Ihre Beweise vorzulegen«, wies Inspektor Priestley uns an. »Ich werde die Zeit stoppen.«

»Es stimmt nicht!«, brüllte Stephen im Hintergrund. »Es ist nicht wahr … es ist nicht –«

»Psst!«, zischte Rogers streng. »Nicht den Chef unterbrechen!«

»Wir brauchen keine fünf Minuten«, sagte Daisy. »Wir haben ein Beweisstück von Mr Curtis persönlich – ein Notizbuch, in dem steht, dass er Stephens Eltern betrogen und ihnen alles gestohlen hat, was Wert hatte, einschließlich der Uhr seines Vaters. Deshalb hat Mr Bampton sich das Leben genommen, und *deshalb* hat Stephen Mr Curtis getötet, um Rache zu nehmen. Wir haben die Uhr in Stephens Morgenmantel gefunden und das Notizbuch auf dem oberen Treppenabsatz – wir haben sogar das Stück Papier ausfindig gemacht, in das er das Gift gewickelt hatte, bevor er es in Mr Curtis' Tasse gab. Er hat es aus einem seiner Schulbücher gerissen. All das beweist, dass Stephen der Mörder ist.«

Die Erwachsenen starrten uns mit ein und demselben Ausdruck an: als könnten sie ihren Ohren unmöglich trauen. Tante Saskia klappte den Mund auf und zu wie ein Karpfen. Chapman setzte sich schwerfällig auf den nächsten Stuhl. »Du lieber Himmel!«, sagte Onkel Felix zu Miss Alston. »Sollten Sie sie nicht mit Unterricht beschäftigen?«

7

»Na schön«, sagte Daisy. »Lassen Sie mich anfangen.«

Wir hatten uns in der Bibliothek versammelt – Inspektor Priestley hatte jeden hineingescheucht, nachdem wir unsere Bombe hatten platzen lassen. Sämtliche Stühle und Tische wurden verrückt, um Lady Hastings ausreichend Platz zu machen, damit sie genesen konnte. All die Möbel an einem ungewohnten Platz zu sehen – mit Lady Hastings wie eine Königin auf ihrem Thron in der Mitte des Zimmers –, sorgte für eine irgendwie unwirkliche Atmosphäre. Es war, als wären wir in einem völlig fremden Haus, in dem eine völlig fremde Familie Wells wohnte.

Der Inspektor hatte Lord Hastings die Handschellen noch nicht abgenommen – doch Noakes hatte sich bereits hinter Stephen aufgebaut, eine Hand schwer auf dessen Schulter gelegt. Stephen sah aus, als würde er in Tränen ausbrechen wollen – und mir ging es nicht anders. Ich sah ihn noch immer als Freund, auch wenn mir mit einem Schlag bewusst geworden war, dass er ganz und gar nicht mein Freund war.

Mir wurde davon ganz schlecht, außerdem war ich wütend, als hätte man mich übers Ohr gehauen. All die schönen Erinnerungen an ihn verdrehten sich und wurden bitter. Mir war, als hätte ich den Menschen, den ich da anstarrte, noch nie zuvor gesehen.

In gewisser Weise traf es wohl auch zu.

Mit einem recht unsanften Ellbogenstoß brachte Daisy mich zurück in die Gegenwart. »Hazel!«, fuhr sie mich an. »Ich brauche dich für das große Finale.«

»Es ist kein *großes Finale*«, sagte ich. »Wir sind nicht in einem Buch. Wir erklären nur, was passiert ist.«

»Tja«, meinte Daisy. »Dann brauche ich dich eben *dafür*. Hilf mir beim Erklären.«

»Wo sind wir?«, fragte ich. Wie gewöhnlich genoss Daisy diesen Teil viel zu sehr. Nie ist sie glücklicher, als wenn sie stehen und reden kann, während alle anderen sitzen und zuhören.

»Ich habe eben erzählt, wie Mr Curtis die Sachen der Bamptons gestohlen hat«, brachte mich Daisy auf den Stand der Dinge, »genau wie er es auch hier vorhatte! Er hatte ein Auge auf unsere Antiquitäten geworfen, und dann haben wir belauscht, wie er Mami überreden wollte, mit ihm wegzulaufen und ihren Schmuck mitzunehmen.«

»Stephen muss Mr Curtis erkannt haben – vielleicht nicht sofort, aber spätestens, als er mit der Uhr von Stephens Vater angab«, pflichtete ich bei. »Und dann, als wir Versteck gespielt haben, hat er beobachtet, wie Mr Curtis Lady Hastings dazu bringen wollte, mit ihm nach dem Teekränzchen durchzubrennen. Er muss das Gefühl gehabt haben, als würde alles noch einmal passieren – ich sah ihm an, dass ihm etwas schwer zu schaffen machte. Wir rannten ins Erdgeschoss und – oh! Solange ich in der Bibliothek war, um nach Küken und Kitty zu suchen, muss er am Schrank gewesen sein und etwas von dem Arsen in das Stück Papier gekippt haben, das er aus dem Buch in seiner Tasche gerissen hatte.«

Mir fiel ein, wie Stephen Samstagnachmittag, erhitzt und völlig außer Atem, zu mir in die Bibliothek gerannt war. Vor Wut wurde mir ganz schlecht.

»Es zu besorgen, wäre nicht schwer gewesen – er hätte dafür höchstens eine Minute gebraucht«, erklärte Daisy. »Dann hat er nur noch abwarten müssen, bis sich alle um die Teetafel versammelt hatten, um das Arsen in einem günstigen Moment in eine Tasse zu schütten.

Bestimmt konnte Stephen sein Glück nicht fassen, als Mami um eine Tasse Tee für Mr Curtis bat. Er hat die vergiftete Tasse ins Spiel gebracht und sie Mr Curtis noch nicht einmal persönlich überreichen müssen. Und derjenige, dem Stephen sie in die Hand gedrückt hat, damit er sie dem Opfer gibt, war ausgerechnet Daddy.«

Auf einmal kam mir ein Gedanke. »Aber was hat Lord Hastings dann damit angestellt, wenn er gar kein Gift hineingetan hat?«, frage ich. »Ich habe seinen Gesichtsausdruck bemerkt, nachdem er Mr Curtis die Tasse gegeben hatte – er sah so schuldbewusst aus! Chapman fand das auch.«

»Eine ausgezeichnete Frage«, sagte Inspektor Priestley, »noch dazu eine, die mir selbst schon ordentlich zu denken gegeben hat. Lord Hastings, wären Sie so gütig, Ihr Verhalten zu erklären?«

Lord Hastings hüstelte. »Ich …«, begann er. »Ich … ich glaube kaum, dass ich mich rechtfertigen muss! Äh … Könnten Sie sich nicht einfach damit zufriedengeben, dass ich Ihnen mein Wort darauf gebe, nichts mit dem, äh, Mord zu tun zu haben?«

»Leider nein«, entgegnete der Inspektor.

»Nun komm schon, Daddy, stell dich nicht so an!«, sagte Daisy. »Sag es einfach. Wir wissen, dass du manchmal die schlimmsten Dummheiten anstellst – daran sind wir absolut gewöhnt.«

Armer Lord Hastings!, fuhr es mir durch den Kopf. Meiner Meinung nach springt Daisy mit ihren Eltern manchmal wirklich grausam um.

Lord Hastings schoss die Röte in die plumpen Wangen. »Ich …«, stammelte er erneut. »Ich … äh … nun, wenn ihr es denn unbedingt wissen müsst – ich habe Mr Curtis Salz in die Tasse geschüttet, bevor ich sie ihm gegeben habe.«

Chapman hob die Hände vor die Augen.

»George, was *hast* du dir nur dabei gedacht?«, schrie Lady Hastings.

»Daddy!«, kreischte Daisy.

»Zum damaligen Zeitpunkt schien es mir ein guter Witz«, sagte Lord Hastings, um Würde bemüht. »Rückblickend begreife ich selbstverständlich, dass es womöglich nicht recht … tja – die allerbeste Entscheidung war. Aber es gibt Dinge, die ein Mann nicht einfach so hinnehmen kann, und jemand, der angetanzt kommt, um einem im eigenen Haus die Frau zu stehlen, gehört dazu.«

»Himmel, George, niemand hat mich *gestohlen*«, fuhr Lady Hastings ihn an. »Ich bin doch kein Teppich oder eine Vase. Ich kann tun, was mir passt.«

»Ich weiß«, sagte Lord Hastings. »Ich versuche ja auch, Verständnis aufzubringen. Aber … es war so schwierig, diesmal. Ich hoffe, du wirst mir verzeihen.«

Lady Hastings schnaubte empört.

»Aber, Daddy, wenn das alles ist – du hast zugelassen, dass

dich jeder für einen *Mörder* hält! Sieh nur, Chapman *weint*, der arme Kerl!«

»Äh …«, machte Lord Hastings noch einmal. »Tja. Nun. Ich … ich bitte um Entschuldigung.«

Daisy rollte mit den Augen. »*Wie auch immer*. Jedenfalls hat Mr Curtis den vergifteten Tee dann getrunken und ist verstorben. Stephen muss sich gefreut haben. Doch dann ist ihm aufgegangen, dass er etwas vergessen hat. Die Tasse stand noch im Esszimmer, voller Arsen, und wenn man die Polizei hinzuholte, würde sie sie sofort finden – mit seinen Fingerabdrücken darauf. Die Uhr war auch noch da, und natürlich wollte er die ebenfalls, da sie ihm ja zustand. Er wartete also, bis es im Haus still geworden war, schnappte sich die Schlüssel aus dem Schirmständer und machte sich ins Esszimmer auf, um die Tasse abzuräumen und die Uhr an sich zu nehmen. Nichts ahnend haben *wir* ihn dabei gestört.«

Mit einem Schaudern blickte ich zu Stephen.

»Als wir weggerannt sind, muss er Tasse und Uhr in der Tasche seines Morgenmantels verstaut, die Tür wieder abgesperrt, die Schlüssel an ihren Platz zurückgelegt haben und nach oben gegangen sein. Dann musste er sich am folgenden Tag nur noch in Abwesenheit von Mrs D und Hetty in die Küche schleichen und die Tasse zum übrigen Abwasch stellen. Dass dies bemerkt wurde, war nicht Teil des Plans, aber natürlich konnte keiner – weder Mrs D und Hetty noch wir – wissen, wer die Tasse dort hingebracht hatte.

Als Mami gestoßen wurde, meinten wir, wir könnten Stephen ausschließen. Wir sahen kein Motiv für ihn, außerdem befand er sich im Obergeschoss – wir hörten ja, wie er nach dem Sturz und den Rufen von Onkel Felix lautstark die Treppe heruntergepoltert kam. Aber selbstverständlich muss er sich über den Dienstbotenaufgang nach unten geschlichen, Mami geschubst haben und leise zurückgeflitzt sein, um anschließend – wie die Unschuld in Person – die Haupttreppe zu benutzen. Zweifelsohne hat er geglaubt, dass Mami der Polizei irgendetwas Belastendes über ihn erzählen könnte … Aber wie *konntest* du nur?«, wandte Daisy sich plötzlich direkt an Stephen. »Mr Curtis war ein Verbrecher, aber Mami hat dir nie etwas getan. Sie hat es nicht verdient, fast ermordet zu werden!«

Stephen schüttelte den Kopf. »Ich dachte … Ich habe Lady Hastings für Miss Alston gehalten. Sie hatte kurz vorher mit mir geredet – sie hat mir gedroht, und mir wurde klar, dass sie mich verdächtigt. Oben an der Treppe war es dunkel und sie stand mit dem Rücken zu mir. *Niemals* hätte ich es getan, hätte ich gewusst, dass es Lady Hastings war.«

Lady Hastings wirkte außer sich vor Wut – und auch etwas eingeschnappt. Genau wie Daisy genießt sie es, der Nabel der Welt zu sein. »Keine Sekunde lang glaube ich das! Du wolltest mich ermorden!«, empörte sie sich. »Und das, nachdem ich dich in meinem Haus aufgenommen habe!«

»Das spielt nun wirklich keine Rolle«, meldete Onkel Felix sich gelassen zu Wort. »Ich finde, wir haben genug gehört, Inspektor, meinen Sie nicht auch?«

Sie tauschten einen Blick, dann trat Miss Alston wie auf Kommando in Aktion. Sie richtete ihre Bluse, räusperte sich und sagte: »In der Tat.«

Natürlich!, begriff ich. Miss Alston kannte Onkel Felix tatsächlich. Wenn sie Polizistin war und Onkel Felix ein … was auch immer … dann standen sie vermutlich beide auf der Seite des Gesetzes, genau wie Inspektor Priestley. Deshalb hatte Onkel Felix die Polizei nicht verständigen wollen. Er wusste, dass sie bereits da war. Bestimmt wollten beide unbedingt vertuschen, wer Miss Alston wirklich war und was sie im Haus machte. Daisy verzog die Augen zu Schlitzen, und einen Moment lang dachte ich, sie würde etwas sagen. Doch ausnahmsweise einmal schien sie zu dem Schluss zu kommen, dass es klüger war, den Mund zu halten. War ich froh!

»Und das ist auch schon alles«, wandte sie sich an den Inspektor. »So hat Stephen beide Verbrechen begangen. Die Beweise sprechen für sich: die Seite, das Buch und die Uhr. Und? Glauben Sie uns? Glauben Sie uns? Sie müssen einfach! Es ergibt alles Sinn!«

Inspektor Priestleys Stirn lag in unglaublich tiefen Falten. »Ich …«, sagte er. »Ich glaube Ihnen, in der Tat. Mr Bampton, haben Sie etwas zu Ihrer Verteidigung zu sagen?«

Stephen öffnete ausdruckslos den Mund. Seine Stimme war leer, als sie ihm endlich gehorchte, vollkommen hohl. »Es tut mir leid«, flüsterte er. »Es tut mir leid, was Lady Hastings zugestoßen ist. Ich wollte ihr nicht wehtun. Und ich hätte niemals jemand anderen verletzt.«

Plötzlich wusste ich, was ich ihm sagen wollte. »Das stimmt nicht. Du hättest zugelassen, dass man Daisys Vater bestraft für das, was du getan hast. Und mir … mir hast du vorgemacht, dass du ein *guter Mensch* bist. Wie konntest du nur?«

»Ich dachte, ich wäre einer«, antwortete Stephen niedergeschlagen.

Ich glaube, in diesem Augenblick war er das allererste Mal an diesem Wochenende vollkommen ehrlich zu mir.

8

Danach scheuchte Kükens Vater ein heulendes Küken und eine Kitty mit vor Schreck und Aufregung überquellenden Augen zur Tür hinaus. Mit Gewittermiene ließ er den Wagen an, während Chapman die Koffer in den Gepäckraum lud.

Daisy zog uns alle für eine letzte hastige Besprechung zu sich. »Ihr dürft kein Wort sagen«, murmelte sie Kitty und Küken zu. »Keinen *Piep* über die Detektei oder ihre Rolle bei dem Ganzen. Strengstens geheim, verstanden? Wir haben es *geschworen*.«

»Aber –«, fing Kitty an.

»Kitty Freebody, ich habe dir bereits erklärt, dass ich mittelalterliche Foltermethoden kenne und sie *alle* einsetzen werde, wenn ihr auch nur ein Sterbenswörtchen verratet. Das ist *wichtig*!«

»Oh, bitte nicht!«, rief Küken. »Wir sagen nichts! Du weißt, dass wir nichts verraten!«

»Du nicht«, stimmte Daisy zu, »aber Kitty vielleicht. Sie *redet* gerne.«

»Na schön, von mir aus«, giftete Kitty. »Ich schweige.«

»Ich will nicht mal mehr dran denken!«, meinte Küken. »Armer Mr Curtis! Armer Stephen! Mord ist *schrecklich*.«

»Danke, Küken«, sagte Daisy und rollte mit den Augen. »Also, Kitty, du schweigst? Wenn ja, dann könnt ihr Mitglieder der Detektei bleiben. Mit geringerem Status, versteht sich, aber schon das ist eine *Ehre*. Ist euch das klar?«

»Ich habe doch gesagt, ich halte dicht. Aber ich will einen Ausweis.«

»Falls es je Ausweise gibt«, meinte Daisy großzügig, während Kükens Vater den Motor aufröhren ließ und uns ungeduldige Blicke zuwarf, »bekommt ihr einen.«

Küken und Kitty stiegen in den Wagen. Unter schmatzenden Geräuschen knirschte er über den Kies, dann waren sie fort. Augenblicklich stellte sich bei mir das Heimweh wieder ein – auch wenn ich noch immer nicht wusste, wohin es mich zog. Ohne jeden Zweifel jedoch wäre ich ihnen zu gerne aus Fallingford hinaus gefolgt.

Wenig später stieg Tante Saskia in ihr kleines Automobil und ließ auf der Türschwelle mehrere Tücher und einen silbernen Teelöffel zurück. Beim Versuch, Lady Hastings zum Abschied zu küssen, verfehlte sie sie – oder vielleicht war es eher Lady Hastings, die auswich.

Dann wurde Stephen abgeführt. Daisy und ich schauten aus dem Fenster im ersten Stock zu – und auch wenn der Affenschwanzbaum aussah wie immer, ebenso wie die gekieste Einfahrt, fühlte sich die ganze Welt wie eine andere an. Soeben wurde Stephen unter uns auf die schwarze Rückbank des Polizeiwagens gestoßen. Daisy hatte mir den Arm um die Schulter gelegt und ihren abfälligsten Gesichtsausdruck aufgesetzt.

»Er hätte nie davon ausgehen dürfen, dass er damit durchkommt«, sagte sie.

»Wäre er beinahe«, stellte ich fest.

»Was er Daddy beinahe angetan hätte …!«, sagte Daisy außer sich. »Was er dir angetan hat!«

»Er hat mir nichts getan«, sagte ich schnell. »Was ist mit Bertie?«

»Ist oben in seinem Zimmer. Er hat nicht mal auf seiner Ukulele gespielt, also weiß ich, dass es schlimm ist.«

»Sie waren beste Freunde!«, sagte ich. »Also, zumindest falls Jungs beste Freunde haben. Stell dir vor, dein bester Freund legt dich so herein.«

»Also, ich würde das niemals machen«, meinte Daisy und drückte mich. »Außerdem gehe ich davon aus, dass du mir sowieso sofort auf die Schliche kommen würdest. Du bist um Längen schlauer als Bertie.«

Damals fühlte ich mich nicht sonderlich schlau. Ich fühlte überhaupt recht wenig. Meine Gedanken waren ein einziges Wirrwarr. Stephen wäre beinahe davongekommen. Wir hatten den Fall nur durch einen absolut komischen und glücklichen Zufall gelöst – einige Minuten später und es wäre Lord Hastings gewesen, den man in diesem Polizeiwagen fortgebracht hätte. In diesem Augenblick wünschte ich mir, ich wäre niemals nach Fallingford gekommen.

9

Inspektor Priestley war nicht mit Stephen abgereist. Er hielt sich noch immer im Haus auf, und irgendwie war ich in seiner Gegenwart sehr verlegen. Ich versuchte, ihm aus dem Weg zu gehen – aber es half nichts. Wir wurden von einer aufgekratzten und neugierigen Hetty in die Bibliothek geholt, und als wir ankamen, empfingen uns Onkel Felix, Inspektor Priestley und Miss Alston, die betont ernst im Halbkreis standen. Der Anblick wühlte meinen Magen auf. Wir hatten recht behalten. Sie alle kannten sich.

Nicht dass ich vor Miss Alston noch Angst gehabt hätte, jetzt, da ich wusste, wer sie wirklich war, nämlich keine Mörderin – trotzdem wusste ich einfach nicht, wie ich mich in ihrer Gegenwart verhalten sollte. Was Onkel Felix anging, machte der mich allerdings immer noch nervös. Er wirkte so wichtig und offiziell, dass ich ganz unruhig wurde, wenn er mir Aufmerksamkeit schenkte. Was in seinem Kopf vor sich ging, blieb mir ein Rätsel. Und dann war da natürlich Inspektor Priestley. Ich fragte mich, ob er verärgert war, weil wir versucht hatten, unseren Verdacht gegen Lord Hastings vor ihm geheim zu halten.

Sie schwiegen und ich war um Worte verlegen. Daisy hatte da natürlich keine Skrupel.

»Hallo«, sagte sie mit hochgerecktem Kinn. »Hetty meinte, wir sollten vorbeikommen. Ich vermute, so viel Zeit können wir entbehren. Was gibt es?«

Onkel Felix klemmte sich das Monokel ins Auge und nahm uns ins Visier – bevor er lächelte. »Daisy«, sagte er, »du bist unverbesserlich. Schön, dass du uns eine Audienz gewährst. Ja, wir wollen mit euch reden.«

Anscheinend wirkte ich nervös, denn der Inspektor beruhigte mich: »Keine Sorge. Sie stecken nicht in Schwierigkeiten.«

»Warum auch?«, entgegnete Daisy. »Wir haben den Mord für Sie aufgeklärt, *wieder* einmal. Ich finde, wir verdienen eine Medaille.«

»In der Tat, das haben Sie«, sagte der Inspektor, »und auf Ihre gewohnt vollendete Art obendrein. Ich hege keine Zweifel, dass wir einen Schuldspruch erlangen. Wie dem auch sei …«

»Wie dem auch sei«, meldete Onkel Felix sich geschickt zu Wort, »wir müssen uns über gewisse *andere* Umstände unterhalten, die ihr aufgedeckt habt und die nichts mit dem Mord zu tun haben.«

»Zum Beispiel, dass Miss Alston eine Polizistin ist?«, fragte Daisy, die es offensichtlich in vollen Zügen genoss, ihren Onkel endlich wieder ärgern zu können, ohne sich sorgen zu müssen, er könnte ein Mörder sein.

»*Ja*, Daisy«, antwortete Onkel Felix. Miss Alston wurde unruhig und hüstelte diskret. »Worum wir euch nun bitten müssen, ist, dieses Wissen mit niemandem zu teilen. Es ist von größter Wichtigkeit, dass Miss Livedon – wie ihr wohl bereits wisst, ist dies Miss Alstons echter Name – weiterhin an Fällen wie diesem arbeiten kann, ohne gefährdet zu sein.«

»Natürlich würden wir das nicht tun.« Daisy rollte mit den Augen. »Wir sind absolut diskret, nicht, Hazel?«

»Wir würden nie etwas verraten«, bestätigte ich und nickte, so heftig ich konnte. »Versprochen.«

»Gut.« So, wie Inspektor Priestley lächelte, wurde deutlich, dass er darüber ehrlich erleichtert war. Das tröstete mich.

Miss Alston – Livedon – lächelte uns ebenfalls an. Obwohl sie noch immer ihre langweiligen, altbackenen Kleider trug, wirkte sie irgendwie weniger wie eine Gouvernante und mehr wie ein richtiger Mensch, und plötzlich überlegte ich, ob *ich* eines Tages wie Miss Alston sein könnte. Natürlich war das kindisch. Miss Alstons Arbeit erforderte, dass sie sich anpasste, unbemerkt blieb, und egal wohin ich gehe, falle ich auf wie ein bunter Hund. Trotzdem stellte ich es mir nur zu gerne vor.

»Miss Livedon kam auf meinen Befehl hin nach Fallingford«, erklärte Onkel Felix. »Von Zeit zu Zeit arbeiten wir mit Scotland Yard zusammen.«

Dann war *er* M, dachte ich. Alles fügte sich zu einem Ganzen. Miss Alston hatte für Onkel Felix gearbeitet! Ich hätte es mir bereits bei dem Brief denken können – derjenige, der ihn verfasst hatte, schien sowohl Miss Alston als auch die Familie Wells gut zu kennen.

»Wir hatten Mr Curtis schon eine Weile beobachtet und wussten von seinen Machenschaften, aber wir brauchten weitere Beweise, um den Fall zum Abschluss zu bringen. Wir hofften, dass eine Polizistin vor Ort helfen könnte. Margaret hatte mir erzählt, dass ihr guter neuer Freund Mr Curtis dieses Wochenende ebenfalls auf der Gästeliste stand, und mir war klar, dass ich auf der Stelle handeln musste. Leider durchschaute er Miss Livedon am Samstagvormittag. Sie und ich unterhielten uns darüber, ob wir ihn verhaften sollten, als es zu dem Mord kam – und uns war klar, dass wir unsere Rolle in dieser Geschichte geheim halten mussten. Ich kann mir vorstellen, dass ihr dadurch auf den Gedanken gekommen sein könntet, ich könnte der Täter sein …«

Ich schluckte unbehaglich. »Nicht ernsthaft«, sagte Daisy. Sie ist wirklich eine gute Lügnerin. »Und als wir Miss Alstons Polizeimarke fanden, war sowieso alles klar.«

»Ich muss zugeben«, sagte Onkel Felix, »ihr seid beide sehr schlaue Mädchen.«

»Geben Sie Ihnen zwanzig Jahre, dann machen sie Ihre Arbeit«, sagte Miss Alston lächelnd. »Mädchen – es war mir eine Freude, euch zu unterrichten und von euch verdächtigt zu werden. Verbrecher sollten sich vor euch in Acht nehmen.«

»Danke«, sagte Daisy. »Das sollten sie gewiss.«

Ich beschloss, dass ich Miss Alston – das heißt, Miss Livedon – mochte, sehr sogar.

Wir gingen nach oben, und als wir am Zimmer von Mr Curtis vorbeikamen, sahen wir, dass die Tür offen stand und die Fenster aufgerissen waren. Trübes blaues Tageslicht fiel herein, sodass das gesamte Haus heller erschien. Die Leiche war fort.

Der Fall Mr Curtis schien endlich abgeschlossen.

10

Schon sehr bald erfuhr mein Vater, was geschehen war. Er rief in Fallingford an, und unter einer rauschenden und knisternden Verbindung musste ich mir eine Menge höchst verärgertes Geschrei anhören. Ich versuchte, zu erklären, dass es mir bestens ging, weil der Mörder längst verhaftet worden war.

»Aber *schon wieder* Mord, Hazel!«, brüllte mein Vater, der klang, als wäre er sehr weit weg und stünde außerdem auf dem Kopf. »Wie schaffst du das nur immer wieder? Das ist alles die Schuld von deiner Freundin, dieser Daisy. Ich mag sie nicht.«

»Sie kann doch nichts dafür, dass jemand in ihrem Haus ermordet wurde!«, verteidigte ich sie.

»Ich kann dich nicht verstehen. Ich bleibe dabei, ich mag sie nicht, und mir gefallen diese Morde nicht. Ich will dich in Sicherheit wissen. Muss ich vorbeikommen und die restlichen Ferien über auf dich aufpassen?«

»NEIN!«, rief ich.

»Doch, genau das sollte ich. Ja. Das werde ich tun. Ich gehe mit dir auf Reisen. ICH MAG DEINE FREUNDIN NICHT – hast du GEHÖRT?«

»NEIN!«, rief ich erneut, und dann brach die Verbindung ab.

An dem Tag, bevor wir für das Sommertrimester zurück auf die Deepdean mussten, führten wir ein weiteres Telefonat, diesmal mit dem Inspektor. Hetty rief uns so leise, wie sie konnte, an den Hörer – Daisys Vater war noch immer kein Freund der Polizei, und wir wussten, dass es ihm missfallen würde, wenn Inspektor Priestley Kontakt mit uns aufnahm.

»Mr Bampton hat gestanden«, berichtete der Inspektor. Mit nichts anderem hatte ich gerechnet, und trotzdem erschrak ich mächtig. Um ein Haar hätte ich den Hörer fallen lassen, sodass Daisy ihn für mich halten musste. »Er ist im Gefängnis und wartet auf seinen Prozess. Weil er siebzehn ist, wird er als Minderjähriger vor Gericht gestellt – die Todesstrafe droht ihm also nicht.«

Einen Augenblick lang war mir schwindelig. Ich musste feststellen, obwohl ich Stephen noch immer nicht vergeben konnte, wollte ich nicht, dass man ihn hängte. Vermutlich macht mich das zu einer Zimperliese, aber so ist es eben. Ich freute mich.

»Aha«, meinte Daisy, als hätte man ihr die Wettervorhersage für den kommenden Tag präsentiert. »Verstehe. Und wahrscheinlich heimsen Sie schon wieder die Lorbeeren ganz alleine ein?«

»Wofür halten Sie mich, Madam Super?«, fragte Inspektor Priestley, und selbst in dieser blechernen Stimme hörte ich deutlich das Lachen. »In meinem offiziellen Bericht gibt es eine Zeile, die vermerkt: *Aufgrund von Hinweisen der Schulmädchen-Detektive Daisy Wells und Hazel Wong nahm ich Stephen Bampton fest und löste den Fall.*«

»Im Ernst?«, rief Daisy.

»*Nicht* im Ernst«, sagte ich, als ich mit Mühe wieder zu Sinnen kam. »Es ist ein Witz.«

»Nein, nicht im Ernst«, wiederholte der Inspektor, »aber Sie beide sind vermerkt, wenn auch nicht namentlich. Ich habe Sie gerühmt, soweit ich konnte. Und ich bin Ihnen äußerst dankbar – Sie haben mich davor bewahrt, einen schwerwiegenden und teuren Fehler zu begehen. Lord Hastings für ein Verbrechen zu verhaften, das er nicht begangen hat! Das hätte mir ewig nachgehangen.«

»Ich finde, diesmal sollten wir wirklich eine Medaille kriegen«, meinte Daisy und grinste mich über den Hörer hinweg an.

»Sind bereits in der Post«, sagte der Inspektor. »Jetzt muss ich los. Immer weiter so mit der guten Arbeit. Sie betreiben in der Tat eine sehr erfolgreiche Detektei.«

Ich war sicher, das mit den Medaillen war ein Witz, doch ich sollte falschliegen. Noch am selben Nachmittag lieferte der Postbote ein dickes Paket ab, adressiert an *Miss Wells und Miss Wong*. Als Daisy es aufriss und schüttelte, purzelten vier glänzende silberne Abzeichen auf ihre Bettdecke. Darauf stand DETEKTIV, was Daisy vor Aufregung zum Kreischen brachte. Sie steckte ihres sofort an ihre Bluse, von wo es mich prächtig anfunkelte.

»Jetzt sind wir richtige Detektive«, sagte sie und seufzte vor Glück.

Auf der Türschwelle wurde Bewegung laut und ich entdeckte Bertie. Mit ausdrucksloser Miene betrachtete er Daisy und ihr Abzeichen. Er wandte sich ab und schloss die Tür.

Danach brachte ich es nicht übers Herz, meine Marke zu tragen. Ich stopfte sie ganz unten auf den Boden meiner Knabbertruhe, wo sie blieb.

II

Samstagmorgen waren wir früh auf den Beinen und bereit, zur Schule gefahren zu werden. Unsere Sachen hatte Hetty bereits gepackt, und nun überschlug sich Mrs Doherty geradezu – versuchte, ein letztes Küchlein in meiner Knabbertruhe unterzubringen und in Daisys einen letzten Kriminalroman zu verstauen.

»Vielleicht sollten Sie sich für den Augenblick darauf beschränken, über Kriminalfälle zu *lesen*«, legte sie Daisy nahe. »Meiner Meinung nach haben Sie für den Rest Ihres Lebens genug Morde miterlebt.«

»Hmmm«, meinte Daisy und blickte aus schmalen Augen nachdenklich in die Ferne.

Dann schlug die Tür zum Garten mit einem Knall auf und Lord Hastings erschien in seiner Wachsjacke, während Millie und Toastie um seine Stiefel wuselten. Seitdem der Fall abgeschlossen war, hatte im Haus gewissermaßen Waffenstillstand geherrscht: Lord und Lady Hastings redeten wieder miteinander – vorsichtig und mit vielen verlegenen Pausen, aber immerhin. Keiner von uns wagte auch nur, zu laut zu atmen, um es nicht zu verderben.

»Tochter!«, dröhnte er. »Freundin meiner Tochter!« Einen Moment lang war es, als befänden wir uns wieder zu Beginn der Ferien und keins der grauenhaften Vorkommnisse wäre passiert.

»Hallo, Daddy«, sagte Daisy. »Es geht zurück auf die Schule.«

»In der Tat.« Ihr Vater ging auf uns zu. Dann blieb er stehen und rieb sich versonnen die Brust. »Wahrscheinlich eine gute Sache«, fügte er schließlich hinzu. »Dieses

Haus – nicht so ganz der richtige Ort für dich, im Augenblick.«

»*Du* wirst wieder«, sagte Daisy, wobei mir nicht klar war, ob es eine Frage oder eine Feststellung war.

»Aber immer«, sagte Lord Hastings. »Die Dinge haben die Angewohnheit, sich selbst zu regeln.« Er hielt nochmals inne, kippelte auf seinen Zehen auf und ab, bevor er Daisy die Hand reichte. Daisy nahm sie höchst zaghaft – und dann, urplötzlich, warf sie sich ihrem Vater in die Arme und klammerte sich an seinen Hals.

»Immer mit der Ruhe«, sagte Lord Hastings. »Ach, Daisy, dafür bist du doch inzwischen viel zu alt!« Doch während er das sagte, hob er sie hoch, sodass ihre Füße ganz vom Steinboden der Halle abhoben.

»Ich bin froh, dass du niemanden umgebracht hast«, flüsterte Daisy in sein Ohr. »Ich bin froh, dass du einer von den Guten bist.«

»Genau wie ich«, sagte Lord Hastings. »Es ist eine wahnsinnige Erleichterung, das kann ich dir sagen. Stell dir vor, ich habe mir schon eingebildet, ich hätte Mr Curtis zu Tode *gewünscht*!«

Daisy brach in schallendes Gelächter aus. »Dummer Daddy!« Sie ließ ihn los und hopste auf den Boden zurück. »Als ob *du* das fertigbringen könntest!«

»Du wohl schon?«, fragte er.

»Ich«, sagte Daisy, »bringe alles fertig. Und auch wenn sie ungern ein Wort darüber verliert: Hazel ebenso.«

Sie grinste mich so lange an, bis ich das Lächeln erwiderte. Lord Hastings schlurfte in Richtung Billardzimmer davon, tätschelte Toastie den dicken Po und seufzte. Ich hoffte, er würde wirklich wieder werden. Wenigstens hatte er Chapman, Hetty und Mrs Doherty, die auf ihn achtgaben.

»Guter alter Watson.« Daisy nahm meine Hand und drückte sie. »Ich bin froh, dass du die Ferien über hier warst. Sag es keinem, aber ohne dich hätte ich es nicht ertragen.«

»Geht mir genauso.« Ich beschloss, dass eine Freundschaft mit Daisy sämtliche Morde auf der ganzen Welt wert war.

»Die Detektei Wells & Wong lebe hoch!«, sagte sie.

»Die Detektei Wells & Wong lebe hoch!«, stimmte ich zu.

Als wir uns dort in der Eingangshalle die Hände schüttelten, war ich endlich wieder fröhlich.

12

Sonntagmorgen, am letzten Tag der Ferien vor dem Start des Sommertrimesters, wachte ich in meinem schmalen, ungemütlichen Bett auf der Deepdean auf. Durch das offene Fenster blies kühle Aprilluft ins Zimmer und kroch unter unsere Decken und Laken. Küken wimmerte und versteckte sich tiefer unter der Bettdecke, Kitty schnarchte und Lavinia drehte sich seufzend wie ein schwerer Wal zur Seite. Ich konnte riechen, wie unten der Haferbrei fürs Frühstück anbrannte, und als ich den Kopf wandte, sah ich meine weit offene Koffertruhe, noch immer erst zur Hälfte ausgepackt. Mir war klar, dass ich mir von der Hausmutter Schelte einhandeln würde, wenn sie hereinkam und es bemerkte. Ich setzte mich auf, wobei mein Schulschlafanzug an Hals und Armen kratzte, und atmete tief ein.

Daisy hopste aus dem Bett, warf ihre Decke mit Schwung beiseite und winkte mir. »Hallo, Hazel!«, sagte sie. »Die Langeweile hat uns wieder. Meilenweit nur Langweiler und Latein – und kein Mord in Sicht. Warum freust du dich so?«

»Nur so«, meinte ich.

Und einfach so war das Heimweh verschwunden.

Daisys Fallingford-Führer

Genau wie bei unserem letzten wichtigen Fall hat Hazel mich gebeten, einige der etwas schwierigeren Wörter aus ihren Notizen zu erklären. Ich finde ja, Hazel macht sich viel zu viele Gedanken – aber sie hat darauf bestanden, und von Zeit zu Zeit gebe ich ihr gerne nach, so weiß sie nie, was sie zu erwarten hat.

- **Arsen**: ein gemeines Gift, an dem man auf schreckliche Weise stirbt. Aber weil es außerdem in so vielen Haushaltsmitteln steckt, kommt man äußerst leicht ran, weshalb so viele Mörder es benutzen.
- **Blaustrumpf**: eine schlaue Dame, die sich mehr für Bücher als für Männer interessiert und nicht sehr begabt darin ist, diese Tatsache zu verstecken.
- **Für einen Apfel und ein Ei**: Redewendung, die bedeutet: *für so gut wie gar nichts / sehr billig*.
- **genesen**: etwas, das man machen muss, wenn man krank war. Es bedeutet, sich auszuruhen, bis es einem besser geht.
- **Gouvernante**: eine Art Lehrerin, die Mädchen zu Hause statt in der Schule Unterricht gibt. Mami zwingt mir in jeden Ferien eine auf, was höchst lästig ist.
- **Gran**: nicht nur das lateinische Wort für »Korn«, sondern auch eine Einheit, mit der Ärzte die Dosis von Gift messen.
- **Halali!**: dann also noch mal: Das ist ein Wort aus der Jagd, und es bedeutet, dass man den Fuchs gefunden hat und die

Verfolgung aufnimmt. Man kann es auch rufen, wenn man ein Detektiv ist und deutlich machen will, dass man am besten Teil der Geschichte angekommen ist, weil man drauf und dran ist, den Mörder zu schnappen.

- **Halloa:** ein Wort, das man jemandem zuruft, der weit weg ist, damit er einen bemerkt.
- **Kautschuk:** stammt aus den Bäumen des Britischen Imperiums und kann dazu verwendet werden, hüpfende Bälle und andere nützliche Dinge herzustellen. Es ist sehr dehnbar.
- **Kleptomanie:** eine Art Krankheit, die manche gut gestellte Leute haben. Wer daran erkrankt, kann anscheinend nicht anders, als die Sachen anderer zu klauen.
- **Lackaffe:** altes Wort für einen eingebildeten, eitlen Mann – aber viel schöner als »eitler Mann«, finde ich.
- **Liebestöter:** ein Wort für Unterwäsche, die nur praktisch ist anstelle von hübsch.
- die **Hutschnur** platzt: Wenn einem die Hutschnur platzt, ist er so wütend, dass man den Eindruck hat, er explodiert gleich.
- **Raffles:** eine berühmte Figur aus einem Buch. Er ist ein Meisterdieb und sehr clever. Ich bewundere ihn, auch wenn Hazel das ganz und gar nicht richtig findet.
- **Ruhr:** eine wirklich schreckliche Krankheit, bei der man rein gar nichts bei sich behalten kann. Am Ende verschrumpelt man und stirbt. Recht oft, wenn Leute mit Arsen vergiftet werden, deuten die dummen Ärzte die Symptome falsch und halten es für Ruhr.
- **Sardinen:** Das ist ein Spiel, bei dem einer sich versteckt und alle anderen nach ihm suchen. Wenn man ihn findet, muss man sich mit zu ihm in dasselbe Versteck zwängen,

sodass man am Ende wie Sardinen in der Dose eingequetscht ist.
- **Schweinsleder**: Ledersorte, aus der Handtaschen gemacht sind. Sehr praktisch.
- **Shortbread**: typisch englisches Buttergebäck – mit viiiel Butter. Schmeckt hervorragend zu Tee.
- **Süße Pause**: ein Schulwort, das jedoch in allen Lebenslagen wichtig ist. Es bedeutet, eine Pause einzulegen, egal was man gerade tut, und sich etwas Süßes, Leckeres zu gönnen, wie Kuchen, Kekse oder Milchbrötchen.
- **Treibhaus**: anderes Wort für Gewächshaus, wo man auch im Winter Blumen und Obst anbauen kann.
- **Zahnputzbecher**: der Becher, in den man seine Zahnbürste stellt – was denn sonst?

Danksagung

Sämtliche Menschen in diesem Buch sind frei erfunden – doch einige echte Orte und Namen haben es geschafft, sich einzuschleichen. Danke an euch alle (ihr wisst, wen ich meine), dafür, dass ich euch zu einem Teil von Daisys und Hazels Welt machen durfte. Besonderer Dank gilt jedoch:

Boadie und ihrer Familie. Ohne sie würde es Haus Fallingford nicht geben – und es würde nicht so aussehen, wie es aussieht, gäbe es nicht Boadies wahrhaft einzigartiges Kartenzeichentalent. Nicht viele hätten die Familie ausgestopfter Vögel mit aufgenommen, sie schon.

Und Saskia, angehende Jessica Fletcher – ich hoffe, sie entdeckt außer dem Namen keinerlei Gemeinsamkeit zwischen ihrem wahren Ich und ihrem fiktionalen Alter Ego.

Genau wie all die wundervollen Freunde und Familienmitglieder, die ich im letzten Buch erwähnt habe (ich liebe euch alle zu exakt gleichen Anteilen), haben mehrere Menschen einen besonderen Beitrag zur Schöpfung von *Teestunde mit Todesfall* geleistet:

Die Goodes, so liebevoll wie ihr Name, die mir während der ersten schwierigen Monate, in denen alles sinnlos erschien und jede Figur gleichzeitig in fünf verschiedenen Räumen auftaucht, ein Dach über dem Kopf und einen Platz zum Schreiben gegeben haben.

Meine genialen Erstleser: meine Mutter, Kathie Booth Stevens, meine Kritikpartnerin, Melinda Salisbury, und meine Agentin, Gemma Cooper. Ihr hattet alle vollkommen recht, und dank eurer extrem schlauen Vorschläge ist das Buch um Klassen besser.

Meine Lektorin Nat Doherty, die fantastische Arbeit geleistet hat, indem sie meinen Plot in Form geklopft und mich ermutigt hat, *Teestunde mit Todesfall* so gut wie irgend möglich zu machen und es mit so viel Essen wie irgend möglich vollzustopfen. Meiner Verlegerin, Harriet Venn, danke ich für ihre Begeisterung, mit der sie die Serie promotet hat, und Mainga Bhima sowie dem ganzen Random-Team: Jedes Buch erfordert Zusammenarbeit, und nur mit jedem Einzelnen von euch habe ich das schaffen können.

Nina Tara, die meine Bücher mit ihren prächtigen Karten und Illustrationen zum Leben erweckt hat, sowie Laura Bird und dem Art-Team, die solch wundervolle Umschläge entworfen haben.

Matthew danke ich für Liebe, Unterstützung und noch mehr hilfreiche Vorschläge zu Bären, und den Smalleys, die das Buch auf eigene Faust in jedem Buchladen anpreisen, den sie besuchen. Besonderer Dank an Carolyn, die Obstkuchen auf die Fallingford-Speisekarte gesetzt hat.

Jeder, der auf so vielen fantastischen Wegen Werbung für *Mord ist nichts für junge Damen* gemacht hat – vor allem das Team von Blackwell's in Oxford, das alle verfügbare Kraft und Begeisterung in das Buch gesteckt hat. Ihr alle habt mich umgehauen und mir fehlen die Worte.

Meinen Eltern danke ich für ihre grenzenlose Liebe und ihren Stolz – ihr habt mich zu dem gemacht, was ich bin, und ich habe großes Glück, mit euch verwandt zu sein.

Und schließlich, meine Agentin, Gemma Cooper. Du bist eine echte Gute Fee. Auf viele Fälle mehr!

Robin Stevens, Devon, August 2014